Arsène Lupin

I

Arsène Lupin,
gentleman
cambrioleur

아르센 뤼팽 전집 1

괴도신사 아르센 뤼팽

1판 1쇄 펴냄 2015년 3월 1일
1판 3쇄 펴냄 2021년 4월 13일

지은이 모리스 르블랑
옮긴이 바른번역
감수   장경현, 나혁진
펴낸이 하진석
펴낸곳 코너스톤
주소   서울시 마포구 독막로 3길 51
전화   02-518-3919
ISBN   979-11-85546-26-1 04860

아르센 뤼팽
전집

1

Arsène Lupin

괴도신사
아르센 뤼팽

모리스 르블랑 지음   바른번역 옮김
장경현, 나혁진 감수

코너스톤
Cornerstone

일러두기

저자 모리스 르블랑은 아르센 뤼팽 시리즈의 초기작에서 영국 작가 아서 코난 도일의 추리소설에 등장하는 주인공 셜록 홈즈Sherlock Holmes를 등장시켜 뤼팽과 대결하게 한다. 모리스 르블랑은 아서 코난 도일에게 캐릭터 사용을 허락받고자 했지만 거절당하자 셜록 홈즈의 성과 이름의 머리글자를 바꿔 힐록 숌즈Herlock Sholmes로, 셜록 홈즈의 파트너인 왓슨Watson은 윌슨Wilson으로 수정해 등장시킨다. 이 책에서는 모리스 르블랑의 표기를 따랐다.

차례

1
아르센 뤼팽, 체포되다

이 얼마나 이상한 여행이었는지! 시작은 참 순조로웠는데 말이다. 여행을 앞두고 이토록 조짐이 좋았던 적은 여태껏 없었을 정도다. 프로방스호는 유럽과 미국 사이의 대서양을 횡단하는 여객선으로, 속도가 빠르고 안락했으며 선장도 온화하기 그지없었다. 승객들 역시 사회 최고위 인사들이었다. 사람들은 자연스럽게 어울렸으며 오락거리도 마련되어 있었다. 마치 우리끼리만 세상에서 동떨어진 낯선 섬에 모인 듯했고, 그래서 서로 가까워질 수밖에 없다는 달콤한 느낌마저 들었다.

그렇다, 우리는 서로 가까워지고 있었다….

전날까지만 해도 서로 전혀 모르던 사람들이 끝없는 하늘과 망망대해 사이에서 며칠 동안 한데 얽혀 지내며 사나운 바다와 무시무시하게 몰아치는 파도, 고요히 잠든 듯 음흉한 바다를 함께 헤쳐나갔다. 이렇게 모인 사람들 사이에서 일어날 만한 독특하고 예기치 못한 일들을 생각해본 적이 있는가?

승객들은 이 여행을 파란만장함과 위대함, 단조로움과 다채로움이 모두 담긴 삶의 극적인 축소판이라도 되는 듯 견뎌냈다. 아마도 이 때문에 출발하자마자 종착지가 뻔히 보이는 짧은 여행임에도 모두들 열에 들떠 조급해하고 강렬한 쾌감을 느끼는 게 아닐까.

하지만 몇 해 전부터 대서양 횡단의 이런 감흥에 묘한 요소가 보태졌다. 떠다니는 우리 작은 섬이 사실은 떨어져 나왔다고 여기던 저쪽 땅에 여전히 속해 있었다고나 할까. 바다 한복판을 향해 갈 때는 서서히 풀렸다가 육지와 가까워질수록 다시금 이어지는 연결 고리가 남아 있었다. 그건 바로 무선전신이었다! 다른 세상에서 소식을 전달받는 가장 신기한 방법이 아닌가! 보이지 않는 메시지가 통과하는 철사를 상상해보는 것만으로는 부족하다. 이 신기한 과정은 훨씬 더 불가사의하고 시적인 면이 있어서 바람이 날개를 가졌다고 상상해야만 설명할 수 있을 것이다.

그래서 여행 초반에는, 저쪽 세상 소식을 이따금 속삭여주는 희미한 목소리가 앞서거니 뒤서거니 하며 줄곧 우리를 따라오는 듯했다. 내게도 두 친구가 소식을 보내왔다. 또 더 많은 사람이 우리 모두에게 저 멀리서 슬프거나 즐거운 작별 인사를 고해왔다.

그런데 폭풍우가 치던 이튿날 오후, 프랑스 해안에서 800킬로미터 정도 떨어졌을 즈음 무선전신으로 이런 전보가 왔다.

아르센 뤼팽 승선, 일등석, 금발 머리, 오른쪽 팔뚝에 상처, 홀로 여행, 가명은 R….

바로 이때 어두컴컴한 하늘에서 엄청난 벼락이 내리치는 바람에 전파가 끊어졌고, 나머지 전보 내용은 도착하지 못했다. 아르센 뤼팽이 사용하는 가명의 첫 글자밖에 알 수 없게 된 셈이다.

　만약 뤼팽이 아닌 다른 범죄자의 정보였다면 전보 담당 직원이나 여객선 사무장, 선장은 철저히 비밀을 지켰을 것이다. 범죄자 승선 소식은 그야말로 엄중히 비밀을 지켜야 할 사안이기 때문이다. 하지만 어떻게 소문이 퍼졌는지, 그날로 그 유명한 아르센 뤼팽이 우리 가운데 숨어 있다는 사실이 모두에게 알려졌다.

　아르센 뤼팽이 우리 중 한 명이라니! 몇 달 전부터 신문마다 이 신출귀몰한 괴도의 행적을 얼마나 보도했는가! 노련함으로는 따를 자가 없다는 노형사 가니마르조차 이 수수께끼 같은 인물과 파란만장한 사투를 벌이지 않았던가! 아르센 뤼팽은 별난 신사 같은 구석이 있어서 성이나 상류 사교계만 상대했는데, 어느 날 밤 쇼르만 남작 저택에 침입했다가 빈손으로 떠나면서 다음과 같은 문구가 적힌 쪽지를 남겨놓았다고 한다.

　가구를 진품으로 바꾸면 다시 들르겠습니다.
　　　　　　　　　　　　　　　　　　—괴도신사 아르센 뤼팽

　뤼팽은 변장의 귀재기도 해서 운전사에서 테너 가수로, 마권업자인가 하면 명문가 자제로, 청년이었다가 늙은이로, 마르세유 출신 외판원에서 러시아 출신 의사로, 또 스페인 투우사에 이르기까지 수천수만 가지 모습으로 나타났다.

아르센 뤼팽이 대서양 횡단 여객선이라는 제한된 공간에서 오가는 모습을 한번 상상해보라! 끊임없이 서로 마주칠 수밖에 없는 비좁은 일등석 바로 이 구석이나 식당, 혹은 저쪽 거실이나 흡연실을 드나든다니! 이 사람이 아르센 뤼팽일 수도… 아니면 저 신사나… 옆자리에 앉은 이 사람이… 혹은 선실을 같이 쓰는 그 남자가….

"그러니까 이런 상황이 꼬박 닷새 동안 계속될 거란 말이지요!" 전보가 도착한 다음 날, 넬리 언더다운 양이 목소리를 높였다. "도무지 견딜 수가 없네요! 그 사람을 빨리 잡았으면 좋겠어요."

그러더니 내게 말했다.

"여보세요, 당드레지 씨, 선장님과 벌써 꽤 친해지신 것 같은데 뭐라도 들은 이야기 없나요?"

넬리 양을 기쁘게 해주고 싶은 마음에 사소한 무엇이라도 알았으면 좋겠다고 생각했다. 어딜 가나 단번에 시선을 끄는 멋진 여인들이 있는데, 넬리 양이 바로 그랬다. 이런 여인들은 가진 재력만큼이나 아름다워서 광채를 발하는 법. 그녀들 주위에는 추종자, 열렬한 팬, 숭배자들이 모여들게 마련이다.

넬리 양은 파리에서 프랑스인 어머니 밑에서 자랐고, 지금은 친구인 제를랑 부인과 함께 시카고에 사는 백만장자 아버지 언더다운 씨에게 가는 길이다.

여행 초반에 나는 이 아가씨와 가볍게 사귀어보겠다고 결심했다. 하지만 여행의 특성이랄까, 급속히 가까워지다 보니 그만 넬리 양의 매력에 홀딱 빠져버렸다. 이 여인의 검고 커다란 눈망울을 바라볼 때면 감동에 휩싸여 장난으로 사귀어볼 생각 따위는 단번에 사라졌다. 넬리 양도 내가 찬사를 보낼 때 싫어하는 기색은 아니었다. 그럴싸한 말을 하면 웃어주며 관심을 보였다. 내 열의에 호의를 품고 응해주었던 것이다.

다만 경쟁자 중 한 사람이 신경 쓰였다. 우아하고 내성적이며 꽤 잘생긴 젊은이였는데, 넬리 양은 나 같은 파리 사람 특유의 '시원시원한' 태도보다 그의 과묵함을 더 좋아하는 것 같았다.

넬리 양이 내게 질문을 던졌을 때 젊은이는 마침 넬리 양 주위의 추종자 무리에 섞여 있었다. 우리는 갑판 위 흔들의자에 기분 좋게 앉아 있었다. 전날 폭풍우가 지나간 뒤의 하늘은 맑았다. 정말 달콤한 순간이었다.

나는 넬리 양의 질문에 대답했다.

"넬리 양, 저도 확실히 아는 건 없습니다만 우리가 아르센 뤼팽의 숙적인 노형사 가니마르가 되어 직접 조사해볼 수 있지 않을까요?"

"어머! 너무 자신만만하시네요!"

"아니, 왜요? 이 문제가 그렇게 복잡합니까?"

"아주 복잡하지요."

"문제를 해결할 단서가 있다는 걸 잊고 계시니 그렇게 말씀하시는 겁니다."

"무슨 단서요?"

"첫째, 뤼팽은 R로 시작하는 이름을 쓰고 있습니다."

"좀 모호한 특징이네요."

"둘째, 혼자 여행하고 있습니다."

"그런 특징만으로 찾을 수 있을까요?"

"셋째, 그 사람은 금발입니다."

"그래서요?"

"이 정보를 이용해 승객 명단에서 한 사람씩 지워나가기만 하면 된단 말입니다."

나는 주머니에 있던 승객 명단을 꺼내 쭉 훑어보았다.

"일단 이름 첫 글자로 따지면 후보가 열세 명밖에 없습니다."

"열세 명밖에 없다고요?"

"예, 일등석 승객은 그렇습니다. 이름이 R로 시작하는 열세 명 중에서 잘 아시다시피 아홉 명은 부인이나 아이들, 하인과 함께 여행하고 있습니다. 이 사람들을 빼면 네 명이 남지요. 우선 라베르당 후작…."

넬리 양이 말을 끊었다.

"대사관 비서님이시고 제가 잘 아는 분이에요."

"로손 소령…."

"우리 삼촌이에요." 누군가 말했다.

"리볼타 씨…."

"여기 있습니다." 모여 있던 사람 중 누군가 외쳤다. 그 사람은 이탈리아 남자였는데 멋들어진 검은 수염이 얼굴을 온통 뒤덮고 있었다.

넬리 양이 웃음을 터뜨리며 말했다.

"이분은 금발이 아니시네요."

나는 다시 말을 이었다. "그럼 결국 명단 마지막에 남은 사람이 범인이라고 결론을 내릴 수 있겠군요."

"누가 남았나요?"

"바로 로젠 씨입니다. 누가 로젠 씨를 아시나요?"

모두 잠잠했다. 이때 넬리 양이 한 젊은이에게 말했다. 그러니까 넬리 양 곁에서 한시도 떠나지 않아 계속 신경을 거스르던 그 과묵한 젊은이에게 말이다.

"어머, 로젠 씨, 왜 대답하지 않으세요?"

모두 그 젊은이를 바라보았다. 금발이었다.

솔직히 나는 조금 충격을 받았다. 어색하게 입을 다물고 있는 모습으로 보아 같이 있던 다른 사람들도 모두 나와 비슷한 감정에 사로잡힌 듯했다. 이 젊은이의 태도를 봐서는 도무지 혐의를 둘 만한 구석이 없었기에 상황은 더욱 난감했다.

마침내 로젠이 입을 열었다.

"왜 대답을 안 하느냐고요? 이유를 말씀드리지요. 제 이름, 혼자 여행하고 있다는 점, 머리 색깔로 볼 때 저도 이미 비슷한 추론을 해봤고 똑같은 결론에 도달했으니까요. 결국 저를 체포하셔야 한다는 생각이 드는군요."

이렇게 말하며 로젠은 이상한 표정을 지었다. 강단 있어 보이는 얄팍한 두 입술이 더욱 가늘어지고 창백해졌으며 눈에는 핏발이 섰다.

로젠의 말은 농담이 분명했지만 외양도 그렇고, 그 태도 때문에 모두가 놀랐다. 넬리 양이 천연덕스럽게 물었다.

"하지만 상처가 없잖아요?"

"그렇군요. 상처가 빠졌네요."

그러면서 로젠은 신경질적으로 소매를 걷어 팔뚝을 드러내보였다. 이때 퍼뜩 어떤 생각이 뇌리를 스치는 동시에 넬리 양과 시선이 마주쳤다. 로젠은 오른쪽 팔뚝이 아닌 왼쪽 팔뚝을 보여주었던 것이다.

이 사실을 분명히 지적하려는데, 그만 다른 일이 벌어져 모두의 관심이 그곳으로 집중됐다. 넬리 양의 친구 제를랑 부인이 허둥지둥 뛰어오고 있었다.

제를랑 부인은 하얗게 질려 있었다. 모두 그 곁으로 모여들었고, 부인은 한참 숨을 몰아쉬고 난 후에야 간신히 떠듬떠듬 입을 열었다.

"내 보석이랑, 내 진주…! 누가 몽땅 훔쳐갔어요…!"

조금 지나서 안 사실이지만, 도둑이 전부 가져간 건 아니었다. 묘하게도 보석을 골라서 훔쳐갔다.

별 모양 다이아몬드, 둥그스름한 루비 펜던트, 여러 목걸이와 팔찌 군데군데에서 덩치 큰 보석은 놔두고, 자리는 적게 차지하면서 제일 값나가는 최상급 보석만 쏙쏙 골라서 빼간 것이다. 보석 틀은 탁자 위에 널브러져 있었다. 오색으로 찬란히 빛나던 꽃잎이 모조리 떨어진 꽃대처럼 처량한 몰골이었다.

이런 일을 해냈다는 건 제를랑 부인이 차 마시는 그 시각, 벌건 대낮의 사람이 많이 다니는 복도에서 선실 문을 강제로 열고, 모자 상자 바닥에 숨겨둔 작은 보석 주머니를 찾아내 물건을 골라갔다는 이야기다!

모두 외마디 비명처럼 한 사람의 이름만 되뇌었다. 절도 사건이 알려지자마자 승객들은 모두 똑같은 생각을 했다. 바로 아르센 뤼팽 짓이다. 뤼팽이 한 듯 절도 방식이 복잡하고 오묘하면서 기상천외한 데다… 합리적이기까지 했다. 거추장스럽게 보석을 통째로 가져가기보다 작은 보석들, 즉 진주, 에메랄드, 사파이어 등을 따로 빼내 챙겨가다니 이 얼마나 효과적인 방법인가!

이런 사정으로 저녁 식사 때 로젠 옆에는 아무도 앉으려 하지 않았으며 바로 그날 저녁, 선장이 그 젊은이를 불러들였다는 소식이 들렸다.

모두 로젠이 체포되었다고 철석같이 믿었기에 온통 안심하는 분위기였다. 드디어 한숨 돌렸다고나 할까. 그날 저녁, 승객들은 가벼운 놀이를 즐기고 춤도 췄다. 특히 넬리 양은 날아갈 듯 즐거워 보여서, 일전에 로젠이 보냈던 기분 좋은 찬사 따위는 기억조차 못 하는 것 같았다. 물론 나는 넬리 양의 우아함에 홀딱 넘어가고 말았다. 자정 무렵, 고아한 달빛 아래에서 내 감정을 고백했고 넬리 양은 이를 선선히 받아들였다.

하지만 다음 날, 혐의가 충분치 않아서 로젠이 풀려났다는 소식이 전해지자 모두 아연실색할 수밖에 없었다.

로젠은 보르도 지방의 명망 있는 도매상의 아들이었고 제출 서류가 모두 확실했다. 게다가 팔뚝에는 상처의 흔적조차 없었다.

로젠에게 등을 돌린 사람들이 이구동성으로 외쳤다.

"서류요? 출생증명서라니요! 아니, 아르센 뤼팽이 어떤 서류인들 못 보이겠습니까! 상처는 아예 없었거나… 아니면 흉터를 지워버렸을 테지요!"

이런 말을 듣자 어떤 이들은 절도가 벌어진 그 시각에 로젠이 갑판 위를 거닐고 있었다는 사실이 증명됐다며 반대 의견을 펼쳤다. 이에 로젠을 의심하는 자들은 이렇게 응수했다.

"아르센 뤼팽처럼 신출귀몰한 작자가 절도 현장에 직접 갔겠습니까?"

이런 이상한 의견은 제외한다 해도 로젠이 뤼팽이라는 데 회의적인 사람들조차 왈가왈부하기 어려운 사실이 있었으니, 홀로 여행하고 금발인 데다 R로 시작하는 이름을 가진 사람이 이 젊은이 말고 또 누가 있단 말인가? 전보에서 지목한 사람이 로젠이 아니라면 대체 누구일까?

점심시간 조금 전, 로젠이 우리가 모여 있는 쪽으로 과감히 다가오자 넬리 양과 제를랑 부인은 벌떡 일어나 다른 곳으로 가버렸다.

두려웠던 것이다.

한 시간 후, 손으로 쓴 회람이 선박 직원과 선원, 승객들 사이에 돌았다. 아르센 뤼팽의 정체를 밝히거나 훔친 보석을 찾아내는 사람에게 루이 로젠이 상금 1만 프랑을 주겠다는 내용이 적혀 있었다.

로젠은 선장에게 이런 선언까지 했다.

"아무도 이 절도범에 맞서 저를 도와주지 않는다면, 제가 직접 그 작자를 잡아내고야 말겠습니다."

로젠 대 아르센 뤼팽, 사람들 사이에 도는 말로는 아르센 뤼팽 대 아르센 뤼팽의 대결인 셈이니 흥미로울 수밖에 없었다.

대결은 꼬박 이틀 동안 계속됐다.

로젠은 조사한답시고 승무원들 사이를 이리저리 돌아다니며 꼬치꼬치 캐묻고 다녔다. 밤에도 갑판 위를 배회하는 모습이 사람들의 눈에 띄곤 했다.

한편, 선장은 선장대로 조사에 온 힘을 쏟았다. 선실 천장부터 바닥까지 프로방스호를 샅샅이 수색했다. 도난당한 물건은 범인 선실 외에도 어디든 숨겨놓을 수 있다는 반박하기 어려운 이유를 들면서 말이다.

넬리 양이 물었다.

"뭐라도 찾지 않겠어요? 아무리 재주가 뛰어나다 해도 다이아몬드랑 진주를 보이지 않게 할 수는 없는 노릇이잖아요."

"가능하지요."

내가 대답했다. "모자나 겉옷 안감에 보석을 숨기면 보이지 않을 겁니다. 그러니 보석을 찾아내려면 우리가 몸에 걸친 것을 전부 뒤져봐야 할 겁니다."

그러면서 나는 줄곧 지니고 다니며 넬리 양의 온갖 자태를 찍던 9×12사이즈 코닥 사진기를 보여주며 말했다.

"이 정도 크기만 한 물건이면 그 안에다 제를랑 부인에게서 훔친 보석을 전부 감출 수 있다는 생각이 들지 않나요? 감춰놓고 사진 찍는 척하면 그만이란 말입니다."

"그래도 단서를 남기지 않는 도둑은 없다고 하잖아요."

"한 사람이 있지요. 아르센 뤼팽 말입니다."

"왜요?"

"왜냐고요? 그 사람은 앞으로 저지를 절도에 대해서만 생각하는 게 아니라 나중에 발각될 만한 정황까지 모조리 살피기 때문입니다."

"처음에는 자신만만하시더니."

"그랬습니다만, 그동안 뤼팽이 어떻게 활동하는지 봐버렸으니까요."

"그럼 당드레지 씨 의견은 어떤가요?"

"제 생각에 우리는 시간만 낭비하고 있습니다."

사실 수색으로는 아무런 성과도 보지 못했고 들이는 공에 비하면 어떤 결과도 얻지 못한 것이나 마찬가지였다. 그러던 차에 선장의 손목시계까지 도둑맞는 일이 벌어졌다.

선장은 화가 머리끝까지 나서 조사에 박차를 가했고, 이미 몇 번이나 직접 취조하기도 했던 로젠을 더욱 철저히 감시하라고 지시했다. 그런데 다음 날, 정말 어처구니없게도 선장의 손목시계는 부선장의 제복 칼라 속에서 발견됐다.

돌아가는 이 모든 상황이 신통했고 아르센 뤼팽한테 확실히 유머러스한 면이 있다는 점도 드러났으니, 뤼팽은 절도범이었으나 또한 도락가였다. 취미와 적성에 맞아서 하는 일이었으나 또한 즐겼다. 그런 모습이 마치 자신이 연출해놓은 연극에 출연해 실컷 즐기다가 무대 뒤에 가서는 연출된 행동과 상황에 박장대소하는 짓궂은 배우 같았다.

이 인물은 자기 분야에서 진정 일인자였다. 그런 뤼팽이 다소 상반된 역할, 즉 음울하고 고집불통 같은 인상의 로젠 역할을 소화해내고 있다고 생각하니 일종의 존경심까지 들었다.

그런데 여행이 끝나기 이틀 전 밤, 당직 승무원이 갑판 후미진 구석에서 신음을 들었다. 다가가 보니 한 남자가 쓰러져 있었는데, 머리에는 두툼한 스카프를 뒤집어쓰고 손목은 가느다란 밧줄에 묶인 채였다.

사람들이 밧줄을 풀어주고 일으켜 세워보니 남자는 바로 로젠이었다.

평소대로 갑판을 둘러보러 나갔다가 공격을 당해 얻어맞고 몽땅 털린 것이다. 겉옷에 핀으로 꽂혀 있는 쪽지에는 다음과 같이 적혀 있었다.

아르센 뤼팽은 로젠 씨가 증정하는 1만 프랑을 감사히 받겠습니다.

사실 도난당한 지갑에는 1000프랑짜리 지폐가 스무 장 들어 있었다.

물론 사람들은 로젠이 공격당한 것처럼 자작극을 꾸민 거라며, 딱한 꼴을 한 그 젊은이를 비난했다. 하지만 그런 식으로 자기 손을 혼자 묶는 일은 불가능했을 뿐 아니라 쪽지 글씨체가 로젠 글씨체와는 완전히 달랐다. 오히려 배에서 찾아낸 예전 신문에 실린 아르센 뤼팽의 글씨체와 쏙 닮았다.

결국 로젠은 더 이상 아르센 뤼팽이 아니다. 로젠은 보르도 지방 도매상의 아들 로젠일 뿐이다. 이로써 아르센 뤼팽이 배에 타고 있음이 또다시 입증된 셈인데, 그자의 행동이 얼마나 섬뜩한가!

모두 공포에 사로잡혔다. 아무도 선실에 혼자 남아 있을 생각을 하지 않았으며 한적한 장소에 혼자 가는 일도 가급적 피했다. 낯익은 사람들끼리 무리를 지어 다녔으며 본능적으로 서로를 경계하는 바람에 아주 친했던 사람들조차도 사이가 서먹서먹해졌다. 혼자 여행하는 한 사람만 경계해야 했다면 이토록 전전긍긍하지도 않았을 것이다. 하지만 아르센 뤼팽은 이제… 이제 모든 사람이 뤼팽이었다. 바야흐로 사람들의 상상력은 마구 뻗어나가서 마치 뤼팽이 신비하고 무한한 능력을 지닌 존재인 듯 여겼다. 이 사내는 아무도 예기치 못한 누군가로 변장해 있을 거라고, 예를 들면 존경받는 로손 소령이나 신분 높은 라베르당 후작으로 잇달아 변장했을 거라며 수군거렸다. 심지어 애초에 밝혀진 뤼팽의 가명 첫 글자와 상관없이 부인이나 아이들, 하인과 함께 여행하고 있으며 모두가 잘 아는 이런저런 인물로 변장했을 거라고 추측했다.

무선전신으로는 아무런 소식도 새로 도착하지 않았다. 선장은 우리에게 어떤 정보도 전해주지 않았으며 가타부타 말이 없어서 모두 불안해했다.

이런 이유로 여행 마지막 날은 엄청나게 길게 느껴졌다. 모두 불행한 일이 생길 것 같은 기분 나쁜 예감에 사로잡혀 있었다. 이번에는 절도나 단순한 폭행 정도가 아니라 살인 같은 심각한 범죄가 일어날 거라고 생각했다. 사람들은 시시한 절도 사건 두 번만으로는 아르센 뤼팽의 범죄가 그치지 않으리라고 생각한 것이다. 경찰은 속수무책이고 뤼팽이 프로방스호를 좌지우지하는 상황이었으니, 이 인물은 원하기만 하면 무엇이든 할 수 있었다. 재물도, 목숨도 모두 그 손에 달려 있었다.

하지만 고백하건대 내게는 아주 달콤한 시간이었다. 넬리 양의 신임을 한 몸에 받았기 때문이다. 잇달아 여러 사건이 터지자 안 그래도 걱정 많은 성격의 넬리 양은 내 보호를 받고자 했고, 나는 보호자 역할을 해줄 수 있다는 사실에 행복했다.

솔직히 아르센 뤼팽에게 절이라도 하고 싶은 심정이다. 그 사람 덕분에 우리가 가까워지지 않았던가? 뤼팽 덕분에 이토록 달콤한 꿈도 꾸어보는 게 아니던가? 사랑을 이루고자 하는 꿈도 있었지만 좀 더 현실적인 욕망도 있었다. 고백하지 못할 이유가 어디 있는가? 당드레지 가문은 푸아투 지방에서 꽤 명망 있었으나 지금은 다소 영락한 게 사실이다. 신사로 태어나 가문의 명성을 되찾고자 하는 것이 부끄러운 일은 아니지 않은가!

넬리 양은 이런 의도를 눈치채고도 언짢아하지 않는 것 같았다. 그 미소 띤 눈을 보며 나는 용기를 얻었으며 부드러운 목소리를 듣고 슬그머니 기대하기까지 했다.

그렇게 마지막 순간까지 우리는 갑판 난간에 팔꿈치를 괸 채 나란히 서 있었다. 미국 대륙 해안선이 눈앞에 어른거렸다.

조사는 이미 중단되었다. 모두 기다리고만 있는 상황이었다. 일등 선실부터 이민자로 우글거리는 삼등 선실에 이르기까지 모든 승객이 수수께끼가 풀리는 순간만을 기다렸다. 대체 아르센 뤼팽이 누구인가? 어떤 이름으로, 어떤 가면을 쓰고 숨어 있는가?

드디어 운명의 순간이 오고야 말았다. 내가 앞으로 100년을 더 산다 해도 그 순간의 세세한 장면은 단 하나도 잊지 못할 것이다.

"얼굴이 창백하군요, 넬리 양."

힘없이 내 팔에 기대 있는 넬리 양에게 말했다.

"그러는 당신도요! 다른 사람처럼 보일 정도라고요!"

넬리 양이 대답했다.

"생각해보십시오! 얼마나 흥미로운지를요. 함께 이 순간을 맞이하여 기쁩니다, 넬리 양. 살아가는 동안 가끔은 기억해주 겠지요⋯."

넬리 양은 내 이야기를 듣고 있지 않았다. 숨은 가쁘고 얼굴은 열에 달떠 있었다. 배에서 다리가 내려졌다. 승객들이 내리기도 전에 세관원, 제복 입은 사람들, 화물 담당자가 배에 올라탔다.

넬리 양이 중얼거렸다.

"아르센 뤼팽이 항해 도중에 탈출했다고 해도 놀라지 않을 것 같아요."

"체포되는 불명예를 당하느니 차라리 죽으려고 대서양에 뛰어들었을 수도 있지요."

"웃지 마세요." 넬리 양은 신경질적으로 응수했다.

그러다 나는 갑자기 전율을 느꼈고, 질문하려는 넬리 양의 말을 가로챘다.

"저 다리 끝에 서 있는 나이 든 남자 좀 보세요⋯."

"우산을 들고 황록색 프록코트를 입은 남자요?"

"가니마르예요."

"가니마르요?"

"예, 아르센 뤼팽을 제 손으로 체포하겠다고 맹세한 그 유명한 형사 말입니다. 아, 미국 쪽에서 아무런 정보도 보내오지 않은 이유가 이제 이해되는군요. 가니마르가 거기 있었다는 뜻입니다. 누가 자기 일에 간섭하는 것을 싫어하는 사람이거든요."

"그럼 아르센 뤼팽이 반드시 잡히겠네요?"

"누가 알겠습니까? 가니마르도 변장하지 않은 뤼팽을 한 번도 못 봤다고 하던걸. 혹시 뤼팽이 사용하는 가명을 알고 있다면 모를까…."

"아! 그 체포 현장을 좀 봤으면!"

넬리 양이 말했다. 여자들이 보이기 마련인 약간 잔인한 호기심이 느껴졌다.

"기다려봅시다. 분명 아르센 뤼팽은 숙적이 이곳에 와 있는 것을 이미 알아차렸을 겁니다. 마지막으로 내리는 승객들 틈에 섞여 빠져나가려고 하겠지요. 노형사 눈이 피로해질 때를 기다려서요."

하선이 시작되었다. 가니마르는 태연하게 우산에 기대어 서 있었는데 난간 사이를 허둥지둥 내려오는 사람들에게 그다지 신경 쓰지 않는 것 같았다. 승무원 한 명이 가니마르 뒤에 서서 이따금 정보를 알려주고 있었다.

라베르당 후작, 로손 소령, 이탈리아 사람 리볼타가 지나갔다. 그 뒤에도 다른 무수한 사람들이 지나갔다…. 이제 로젠이 다가오는 것이 보였다.

딱하기도 하지! 지난번에 당한 일의 충격에서 아직 벗어나지 못한 것 같았다.

넬리 양이 말했다.

"그래도 역시 저 사람일지도 몰라요…. 어떻게 생각하세요?"

"가니마르와 로젠을 사진 한 장에 같이 찍어두면 재밌겠네요. 제 사진기로 좀 찍어주세요. 제가 짐이 너무 많아서요."

넬리 양에게 사진기를 건네주었으나 한발 늦어서 찍을 순간을 놓쳐버렸다. 로젠은 다리를 건너는 중이었다. 승무원이 가니마르 귀에 대고 무슨 말을 했지만 형사는 어깨를 으쓱해 보였을 뿐, 로젠은 지나가 버렸다.

그럼 도대체 아르센 뤼팽이 누구란 말인가?

넬리 양이 큰 소리로 물었다. "대체 누구예요?"

이제 스무 명 정도밖에 남지 않았다. 넬리 양은 이 사람일까 저 사람일까 불안해하며 한 사람씩 찬찬히 훑어보았다.

"더 이상 지체할 수 없겠습니다."

내 말에 넬리 양이 앞서갔다. 나는 그 뒤를 따라갔는데 열 걸음도 채 못 가서 가니마르가 우리 앞을 가로막았다.

"무슨 일입니까?" 내가 항의했다.

"잠시만 기다려주십시오. 왜 그리 급하십니까?"

"이 숙녀분과 함께 가고 있습니다."

"잠시만 기다리십시오." 이번엔 좀 더 명령조다.

형사는 내 얼굴을 찬찬히 뜯어보더니 눈을 똑바로 쳐다보며 말했다.

"아르센 뤼팽 아니신가?"

나는 웃음을 터뜨렸다.

"아니요, 저는 베르나르 당드레지입니다."

"그 사람은 3년 전 마케도니아에서 사망했네."

"베르나르 당드레지가 죽었다니 저는 저세상 사람이겠군요. 하지만 여기 이렇게 멀쩡히 살아 있지 않습니까. 이 서류를 보십시오."

"물론 당드레지 서류겠지. 원한다면 그걸 어떻게 입수했는지 기꺼이 설명해주겠네."

"아니, 정신이 어떻게 됐습니까! 아르센 뤼팽은 R로 시작하는 이름을 쓴다고요."

"옳거니, 그거야 자네가 잘하는 속임수 아니던가. 잘못된 단서를 흘려놓고는 그쪽으로 의견을 몰아갔겠지! 여보게, 정말 대단하네. 하지만 이번에는 운이 없군. 자, 뤼팽, 이제 정정당당하게 인정하지그래."

나는 잠시 망설였다. 느닷없이 가니마르가 내 오른쪽 팔뚝을 내리쳤다. 나는 아파서 비명을 질렀다. 전보가 전한, 아직 덜 아문 상처를 건드린 것이다.

포기할 수밖에 없었다. 넬리 양을 돌아보았다. 여인은 얼굴이 창백해진 채 휘청거리며 듣고 있었다.

우리는 시선이 마주쳤고, 넬리 양은 이내 내가 쥐어준 코닥 사진기를 내려다보았다. 갑자기 움찔하는 모습을 보니 넬리 양이 단박에 모든 걸 이해했으리라는 느낌, 아니 확신이 들었다. 그렇다. 가니마르에게 붙들리기 전에 넬리 양의 손에 계획적으로 살짝 쥐어준 그 작은 물건의 움푹한 곳, 비좁은 검정 가죽 칸막이 사이, 바로 거기에 로젤에게 빼앗은 2만 프랑과 제를랑 부인의 진주며 다이아몬드 따위가 전부 들어 있었다.

아! 가니마르 형사가 부하 두 명과 함께 나를 둘러싼 이 심각한 순간에, 맹세컨대 훔친 물건에는 아무 관심도 없었다. 체포되거나 사람들이 나를 욕하는 것 따위도 신경 쓰이지 않았다. 내 관심사는 오로지 내가 건네준 물건을 넬리 양이 어떻게 처리할지, 그것뿐이었다.

이런 결정적인 물증을 남기리라고는 아예 생각해본 적도 없다. 과연 넬리 양이 형사에게 사진기를 넘길까?

나를 배신할까? 이 여인 때문에 신세를 망치게 될까? 넬리 양이 나를 용서하지 못할 적이라도 되는 양 행동할 것인가, 아니면 함께한 시간을 기억해서 경멸 대신 마지못한 호의라도 베풀어줄까?

넬리 양이 내 앞을 지나갔다. 나는 말없이 고개를 깊이 숙여 인사했다. 여인은 다른 승객들 틈에 섞여 다리 쪽으로 가고 있었다. 손에는 내 코닥 사진기가 들려 있었다.

나는 생각했다.

'분명 사람들 앞이라서 나서지 못하는 거야. 한 시간쯤 후에는 증거물을 넘기겠지.'

그런데 다리 중간쯤에 이르자 넬리 양은 실수인 척하며 배와 둑 사이 바다에 사진기를 빠뜨렸다.

그러고는 멀리 가버렸다.

아름다운 넬리 양의 뒷모습이 사람들 사이로 숨었다 다시 나타나더니 이내 사라져버렸다. 끝이었다. 영영 끝나버렸다.

슬픔이랄까, 부드러운 연민에 사로잡혀서 나는 잠시 꼼짝하지 않았다.

"어쨌든 정직한 사람이 아니라 아쉽군…."

내 한숨 섞인 말을 듣고 가니마르는 꽤 놀란 듯했다.

여기까지가 바로 어느 겨울밤, 아르센 뤼팽이 직접 들려준 자신의 체포담이다. 앞으로 이야기하겠지만, 어떤 우연한 사건을 계기로 우리는 관계… 우정이라고 할 만한 관계를 맺었다. 그렇다. 아르센 뤼팽이 내게 얼마간 우정을 느낀다고 여긴다. 우리 집 고요한 작업실에 예고도 없이 가끔 찾아오는 것도 바로 이 때문이리라. 그때마다 젊은이다운 쾌활함과 파란만장한 삶이 내뿜는 광채, 멋진 기운을 흩뿌려 놓는다. 운명의 여신이 호의와 미소를 보내는 사람 특유의 모습이랄까.

뤼팽의 얼굴을 어떻게 묘사할 수 있을까? 스무 번이나 보았지만 매번 완전히 다른 인물이었다…. 아니, 내가 본 모습은 스무 개의 서로 다른 거울에 비친 한 인물의 형상에 가깝다. 그래서 매번 서로 다른 독특한 눈과 얼굴 생김, 고유한 몸짓, 외양, 성격을 띠었을 것이다.

"나조차도 내가 누군지 모르겠다네. 거울을 봐도 내 모습을 못 알아볼 지경이니까."

뤼팽이 내게 한 말이다.

틀림없이 농담이고 역설이겠지만, 그런 무한한 능력과 인내심, 화장술, 이목구비 비율까지 바꾸는 천재적인 능력이 대체 어디에서 나오는지 그 비밀을 알지 못하는 사람이라면 이 말을 충분히 이해할 것이다.

뤼팽은 또 이렇게 말했다.

"어째서 한 가지 외모로만 살아야 하나? 매번 똑같은 인물로 살아가는 위험을 왜 감수해야 하나? 행동만으로도 충분히 나를 분간해낼 수 있는데 말이네."

그러더니 약간 오만한 어조로 이렇게 덧붙였다.

"아무도 '이 사람이 바로 아르센 뤼팽이다'라고 단언하지 못하니 얼마나 다행인지 모르네. 중요한 건 누구나 '아르센 뤼팽이 이런 일을 했다'라고 확신한다는 것이지."

바로 아르센 뤼팽이 한 일, 그가 겪었던 모험을 여기에 기록하고자 한다. 어느 겨울 저녁, 내 고즈넉한 작업실에서 뤼팽이 직접 털어놓은 그 내밀한 이야기를 말이다….

2
감옥에 간힌 아르센 뤼팽

관광객치고 센 강변을 모르는 이는 아마 없을 것이다. 또 노르망디 지역 센 강변을 따라 쥐미에주 수도원에서 생 방드리유 수도원 유적지로 가는 길, 강 한가운데 바위 위에 우뚝 서 있는 자그마하고 기묘한 중세풍의 말라키 성도 한 번쯤은 보았을 것이다. 이 성은 아치형 다리로 도로와 연결되어 있다. 시커먼 망루 밑동은 이를 떠받친 화강암과 한 덩어리를 이루었는데, 이 어마어마한 암석 덩어리는 누군가 어느 산에서 엄청난 힘으로 떼어다 던져놓은 것 같았다. 주변은 온통 갈대 사이로 흐르는 너르고 고요한 강물뿐이었으며 할미새만 젖은 바위 위에서 총총 거닐었다.

말라키 성의 역사는 이름에서 풍기는 느낌만큼 거칠었고 성의 외관만큼 굴곡이 많았다. 그야말로 전투, 포위, 기습, 강탈, 학살의 역사였다. 코 지방 사람들이 밤에 모여 이야기를 나눌 때면 말라키 성에서 벌어졌던 으스스한 범죄와 불가사의한 전설에 대한 이야기가 빠지지 않았다. 또 쥐미에주 수도원에서 샤를 7세의 소실 아녜스 소렐의 대저택까지 이어져 있다는 유명한 비밀 통로에 대해서도 이야기했다.

영웅이나 악당이 숨어들던 이 옛 은신처에 지금은 나탄 카오른 남작이 살고 있다. 일명 사탄 남작이라고도 불렸는데, 남작이 증권가에서 엄청난 속도로 돈을 긁어모아 부자가 된 시기에 붙은 별명이다. 말라키 성주였던 귀족은 자신이 파산하자 조상 대대로 살아오던 이 저택을 사탄 남작에게 헐값으로 팔아치웠다. 남작은 여기에 가구와 회화 작품, 도자기와 나무 조각품 등 멋진 소장품을 들여놓고, 나이 든 하인 세 명만 데리고 혼자 살았다. 그 누구라도 성에 들이는 법이 없었다. 골동품 전시실에는 루벤스 작품 세 점, 와토 작품 두 점, 장 구종(16세기 프랑스 조각가 ─ 옮긴이)의 의자를 비롯해 공매를 통해 최고 갑부들로부터 거액을 지불하고 사들인 멋진 작품이 가득했다. 하지만 그 전시실에 들어가 본 사람은 아무도 없었다.

사탄 남작은 두려웠다. 자기 신변 때문이 아니라 보물에 무슨 일이 생길까 봐 노심초사했다. 예술 애호가인 남작이 제아무리 약삭빠른 골동품상을 상대하더라도 속지 않을 만큼 집요하게 머리를 굴려 하나하나 정성껏 모은 보물이 아닌가. 남작은 수집품을 아꼈다. 수전노처럼 악착같이 움켜쥐고 연인이라도 되듯 애지중지했다.

매일 해 질 녘이면 다리 양쪽 끝과 앞뜰 입구에 서 있는 철창이 달린 네 개의 출입문이 자물쇠로 잠겼다. 미세한 충격에도 진동 전기 경보가 소리 없이 울리게끔 되어 있었다. 센 강 쪽은 절벽 낭떠러지였기 때문에 걱정할 필요가 없었다.

그러던 9월 어느 금요일, 성으로 통하는 다리 입구에 평소처럼 우편배달부가 나타났다. 언제나처럼 남작은 묵직한 문짝을 빼꼼히 열었다.

몇 년 동안 봐왔으면서도 마치 모르는 사람인 양, 남작은 우편배달부의 명랑한 얼굴이며 빙글빙글 웃는 투박한 눈을 찬찬히 살펴보았다. 사내는 껄껄 웃었다.

"또 접니다, 남작님. 누가 제 옷과 모자를 걸치고 왔을까 봐 그러십니까?"

"모르는 일 아닌가?" 카오른은 이렇게 중얼거렸다.

우편배달부는 남작에게 신문 꾸러미를 건네며 말했다.

"그런데 말입니다, 남작님. 오늘은 새로운 게 있습니다."

"새로운 거라니?"

"편지입니다…. 더군다나 등기 우편입니다."

친구도, 관심을 가져주는 사람도 없이 외톨이로 살았으므로 남작은 편지를 받아본 적이 없다. 편지가 왔다는 말을 듣자마자 불길한 징조라도 되는 양 걱정스러운 마음이 일었다. 조용히 은둔해 있는데 누가 성가시게 편지를 보냈단 말인가?

"남작님, 서명해주십시오."

남작은 투덜거리며 서명했다. 편지를 쥐고 우편배달부가 길모퉁이를 돌아 사라지기를 기다렸다. 이리저리 서성거리다 결국 다리 난간에 기대어 편지를 뜯어보았다. 바둑판무늬 종이 상단에 '파리 상테 교도소'라고 손 글씨로 적혀 있었다. 서명을 보니 아르센 뤼팽이었다. 깜짝 놀란 남작은 편지를 읽어 내려갔다.

남작님께,

살롱 두 개로 이루어진 귀하의 화랑에 있는 필리프 드 샹페뉴
(17세기 프랑스 화가 – 옮긴이)의 값비싸고 빼어난 그림 한 점
이 제 마음에 쏙 듭니다. 귀하가 소장하고 계신 루벤스 작품들
과 가장 작은 와토 작품도 딱 제 취향입니다. 오른쪽 살롱에는
루이 13세풍 찬장과 보베산 장식 융단, 야콥(프랑스 가구 세공
인 – 옮긴이)의 서명이 새겨진 제1제정 시대 외발 원탁 하나와
르네상스 시대 궤짝이 있다고 알고 있습니다. 왼쪽 살롱에는
보석과 세밀화가 진열장에 가득 소장되어 있고요.

일단 이번에는 이동하기 편리한 위 물건만으로 만족하겠습니
다. 위 물건들을 적절히 잘 포장하셔서 일주일 안에 바티뇰 역
제 사서함으로 부쳐주십시오(배송비는 선불로)…. 물건이 도착
하지 않을 경우, 9월 27일과 28일 사이 밤에 제가 물건을 손수
옮기겠습니다. 물론 이렇게 되면 이송품은 위에 명시된 물건
에만 국한되지 않으리라는 점, 양해하시리라 믿습니다.

귀하께 사소한 불편을 끼쳐드리는 것을 너그러이 용서해주시
길 바라며, 그럼 삼가 존경의 인사 올립니다.

—아르센 뤼팽

추신 — 와토 작품 중 제일 큰 것은 절대 사절입니다. 공매소에
서 3만 프랑이나 주고 구입하셨지만 아쉽게도 모조품입니다.
진품은 집정 내각(1795~1799년의 프랑스 정부 – 옮긴이) 시
기에 바라스가 요란스레 연회를 벌이다가 불타버렸습니다. 가
라트(프랑스 대혁명에 관한 회고록을 쓴 프랑스 정치가 – 옮긴

이)의 미출간 회고록을 참조하시길.

참, 루이 15세의 허리띠도 진위 여부가 의심스러우니 사양하겠습니다.

카오른 남작은 무척 심란해졌다. 다른 사람이 편지를 보냈더라도 걱정이 이만저만이 아니었을 텐데, 하물며 편지를 보낸이가 아르센 뤼팽이었으니!

신문을 꼬박꼬박 챙겨 읽어 절도와 범죄 소식에 훤했기에 이끔찍한 도둑이 벌인 행적 역시 빠짐없이 잘 알았다. 뤼팽이 미국에서 숙적 가니마르 형사에게 붙잡혀 고이 수감되어 있으며 예심이 얼마나 어렵사리 진행되고 있는지도 알고 있었다. 하지만 이 인물이 무슨 일을 꾸밀지 예측할 수 없다는 것 또한 잘 알았다. 게다가 성에 소장된 그림과 가구 배치를 훤히 꿰뚫고 있었으니 남작이 두려워할 만했다. 아무도 본 적이 없는데 이런 정보를 누구한테서 얻었다는 말인가?

남작은 고개를 들어 말라키 성의 거친 윤곽과 성을 떠받치고 있는 가파른 절벽, 주변을 에워싼 깊은 강물을 가만히 바라보다가 어깨를 으쓱했다. 아니, 절대로 위험 따위는 있을 수 없다. 이 세상 그 누구도 남작의 소장품이 있는 난공불락의 성소를 침범할 수 없다.

하지만 아르센 뤼팽이라면? 뤼팽 앞에서 문짝이든 도개교든 성벽이든 무슨 소용이 있을까? 그 위인이 일단 목표를 달성하겠다고 결심했다면, 제아무리 머리를 굴려 장벽을 만들고 대비책을 강구한들 무슨 소용이 있겠는가?

바로 그날 저녁, 카오른 남작은 루앙 시 검사 앞으로 도움과 보호를 요청하는 편지를 썼다. 뤼팽의 협박 편지도 동봉했다.

지체 없이 답장이 도착했는데, 아르센 뤼팽은 현재 상테 교도소에 수감되어 철저히 감시받고 있으며 그곳에서는 편지를 보낼 수 없으므로 사기꾼의 소행이 틀림없다는 내용이었다. 결국 이성이나 상식으로 따져봐도, 사실 관계에 비추어봐도 뤼팽의 소행이 아님이 분명했다. 하지만 신중을 기하기 위해 전문가에게 필체 감정을 의뢰했더니 뤼팽의 글씨체와 **어느 정도 유사한 점은 있으나** 아니라는 결론이 내려졌다.

남작 눈에는 '어느 정도 유사한 점은 있으나'라는 말만 어른거렸다. 남작이 보기에 이 말은 의심의 여지가 있다는 고백이나 마찬가지며 그 이유만으로도 당연히 검찰이 나서야 했다. 남작은 점점 더 애가 타서 편지를 거듭 들여다보았다. '**제가 물건을 손수 옮겨가겠습니다.**' 게다가 9월 27일 수요일과 28일 목요일 사이 밤이라고 날짜까지 정확히…!

남작은 의심 많고 음험한 성격이라 하인들도 온전히 믿지 못해서 이 이야기를 하지 않았다. 하지만 몇 년 만에 처음으로, 남작은 누군가에게 털어놓고 조언을 듣고 싶다는 생각이 간절했다. 사법 당국도 도와주지 않겠다고 하니 남작 스스로 방책을 마련해 자신을 보호할 수밖에 없었다. 파리로 달려가 전직 경찰관 몇 명에게 도와달라고 요청할 생각이 들었다.

그렇게 이틀이 흘렀다. 셋째 날, 신문을 읽다가 남작은 몸이 떨릴 만큼 기뻤다. 〈르 레베이 드 코드벡〉에 다음과 같은 단신이 실렸기 때문이다.

영광스럽게도 경찰청에서 노장으로 유명한 가니마르 형사가 벌써 3주 가까이 우리 고장에 머물고 있다. 가니마르 형사는 최근 아르센 뤼팽을 체포하여 유럽 전체에 그 명성을 떨쳤으며 현재 모래무치와 잉어 낚시로 그간의 피로를 풀며 휴식을 취하고 있다.

가니마르라고! 카오른 남작이 찾던 조력자로 안성맞춤인 인물이 아닌가! 뤼팽의 계획을 무산시키는 데 약삭빠르고 끈기 있는 가니마르 형사보다 더 적당한 인물이 누가 있겠는가?

남작은 한시도 지체하지 않았다. 소도시 코드벡은 성에서 6킬로미터 떨어져 있었지만, 남작은 이제 살았다는 희망에 잔뜩 들뜬 나머지 발걸음도 가볍게 한달음에 달려갔다.

가니마르 형사가 머무른 곳의 주소를 이리저리 알아보았으나 실패하고, 부둣가 한가운데 있는 레베이 신문사를 찾아갔다. 신문사에는 그 단신을 쓴 기자가 있었는데, 사정을 듣더니 창가로 다가가 큰 소리로 말했다.

"가니마르라고요? 부둣가에 가시면 낚싯대를 들고 있는 그분을 만날 수 있을 겁니다. 그곳에서 만나 서로 안면을 텄는데, 낚싯대에 새겨진 이름을 우연히 봤거든요. 아, 저기에 계신 체격이 작은 노인 보이지요? 산책로 나무 아래 말입니다."

"프록코트를 입고 밀짚모자를 쓴 사람 말입니까?"

"맞습니다! 꽤 말도 없고 무뚝뚝한 양반이더군요."

5분 후 남작은 그 유명한 가니마르 형사에게 다가가 자신을 소개하고 자연스레 대화를 나누고자 했다. 하지만 별로 소용이 없자 남작은 단도직입적으로 자기 용건을 꺼냈다.

형사는 꼼짝하지 않고 물고기를 주시하며 이야기를 듣더니, 고개를 돌려 남작을 머리끝부터 발끝까지 진정 딱하다는 표정으로 훑어보았다. 그리고 이렇게 말했다.

"여보세요, 만약 의심할 여지가 한 치라도 있다면 만사 다 제쳐놓고 내가 직접 뤼팽을 감옥에 다시 처넣겠습니다. 하지만 아쉽게도 그 젊은이는 지금 교도소에 있습니다."

"만약 탈출하면…?"

"상테 교도소에서 탈출이란 불가능합니다."

"하지만 그자라면…."

"그 사람이든 그 누구든 불가능합니다."

"그래도…."

"좋습니다, 설사 뤼팽이 탈옥한다고 칩시다. 그러면 내가 다시 잡아넣겠습니다. 그러니 그동안은 두 다리 쭉 뻗고 잠이나 주무십시오. 더 이상 여기서 잉어나 쫓지 말고."

대화는 끝났다. 성으로 돌아오며, 남작은 그토록 자신만만한 가니마르의 태도에 마음이 좀 놓이는 듯했다. 자물쇠를 확인하고 하인들을 감시하며 48시간을 보내다 보니 남작은 자기 걱정이 모두 쓸데없다고 확신했다. 말도 안 돼. 가니마르도 말했듯이, 도둑맞을 사람한테 미리 예고하는 도둑이 어디 있단 말인가.

어쨌든 예고한 날짜가 다가오고 있었다. 27일 하루 전인 화요일 아침, 특별한 일은 전혀 없었다. 그런데 오후 3시에 어떤 꼬마가 초인종을 눌렀다. 아이는 전보를 가지고 왔다.

바티뇰 역에 아무런 소포도 없었습니다. 내일 저녁, 만반의 준비를 하십시오.

—아르센

남작은 다시 극도로 불안해져서 뤼팽의 요구를 들어줄 생각마저 들었다.

남작은 코드벡으로 달려갔다. 가니마르는 같은 자리에서 접이식 의자에 앉아 낚시를 하고 있었다. 남작은 말없이 전보를 내밀었다.

"그래서요?" 형사가 말했다.

"그래서라니? 바로 내일이란 말입니다!"

"뭐가 말입니까?"

"도둑질이지 뭐겠어요! 내 소장품을 털어간다고!"

가니마르는 낚싯줄을 놓고 남작 쪽으로 몸을 돌렸다. 가슴위로 팔짱을 끼고 짜증이 밴 목소리로 이렇게 내뱉었다.

"아, 그 일 말입니까? 당신은 말도 안 되는 이런 상황을 내가 처리해줄 거라 생각하셨습니까?"

"9월 27일에서 28일 사이, 내 성에서 하룻밤을 보내는 데 얼마를 주면 되겠습니까?"

"한 푼도 필요 없으니 그냥 좀 내버려두십시오."

"그러지 말고 값을 불러봐요. 나는 엄청난 부자니까."

무례한 요청에 가니마르는 기분이 언짢아졌으나 이내 차분히 말을 이었다.

"휴가를 보내러 온 터라 그런 일에 관여할 입장이 못…."

"아무도 모를 겁니다. 무슨 일이 있어도 입을 꾹 다물지요. 약속하겠습니다."

"오! 어쨌거나 아무 일도 없을 텐데요."

"음, 3000프랑이면 되겠습니까?"

형사는 코담배를 한 차례 들이마시더니 잠시 생각하다 불쑥 내뱉었다.

"좋습니다. 단, 분명히 말씀드리지만 돈 버리는 일입니다."

"상관없습니다."

"정 그러시다면…. 하긴 뤼팽 그 괴물 같은 작자가 무슨 일을 꾸밀지 모르는 일 아닙니까! 그자의 수하가 한두 사람이 아닐 테니…. 당신의 하인들은 믿을 만합니까?"

"그거야…."

"그럼 그 사람들은 안 되겠습니다. 내 친구 밑에 있는 두 사내를 전보로 부르겠습니다. 그편이 좀 더 안전할 겁니다…. 이제 빨리 가보세요. 우리가 함께 있는 것을 누가 보면 좋을 게 없으니. 그럼 내일 9시쯤 보겠습니다."

다음 날, 그러니까 아르센 뤼팽이 예고한 그날 카오른 남작은 무기 일체를 꺼내 단단히 무장하고 말라키 성 주변을 한 바퀴 돌았다. 이상한 낌새는 없었다.

저녁 8시 30분쯤 남작은 하인들을 퇴근시켰다. 이들은 성 끄트머리, 도로 안쪽으로 살짝 들어온 측면 쪽에 기거했다. 홀로 남은 남작은 조용히 성의 네 개 문을 열었다. 잠시 후 다가오는 발소리가 들렸다.

가니마르는 수하 두 명을 소개했다. 굵은 목에 억센 손을 한 덩치 크고 건장한 사내들이었다. 그런 뒤 성의 구조에 대해 몇 가지를 설명해달라고 요청했다. 성의 구조를 파악하고 나서 형사는 소장품이 보관된 방으로 통하는 모든 출구를 빈틈없이 닫아걸었다. 벽을 점검하고 장식 융단을 들춰보더니, 마침내 중앙 회랑에 자기 수하들을 배치했다.

"정신 똑바로 차리게, 알았나? 자러 온 게 아니니까. 조금이라도 수상한 조짐이 있으면 안뜰 쪽 창문을 열고 나를 부르게. 강 쪽도 조심하라고. 10미터의 수직 절벽이지만 그 위인이 그 정도로 겁먹을 리는 없을 테니."

가니마르는 두 사내를 회랑에 둔 채 문을 잠그고 열쇠를 챙기더니 남작에게 말했다.

"이제 우리 자리로 가봅시다."

가니마르가 밤을 지새울 장소로 고른 곳은 두터운 벽체 속에 만든 작은 방이었는데 성의 주요 출입구 두 개 사이에 있었으며 예전에는 야간 경비원이 머물렀던 곳이다. 다리 쪽과 안뜰 쪽으로 감시 구멍이 하나씩 나 있었다. 안뜰 한쪽 구석에는 우물 입구 같은 게 하나 있었다.

"남작님, 이 우물이 지하로 통하는 유일한 입구고, 기억하기로는 막혔다고 하셨습니까?"

"그렇습니다."

"그럼 아르센 뤼팽만 아는 다른 입구가 존재하지 않는 한 안심해도 되겠군요."

형사는 의자 세 개를 나란히 놓고 그 위에 편히 누워 파이프

담배를 피워 물고 한숨을 푹 쉬었다.

"정말이지, 남작님. 내가 이런 자질구레한 일을 맡다니, 여생을 보낼 집 한 칸 더 마련해보겠다는 욕심이 없고서야 원. 뤼팽 그 친구한테 이 이야기를 들려주면 아마 배꼽을 잡고 웃을 겁니다."

남작은 웃지 않았다. 귀를 쫑긋 세우고 주변이 너무 고요하다며 점점 더 불안해했다. 이따금 우물 쪽으로 몸을 기울여 뻥 뚫린 구멍을 걱정스레 바라보았다.

괘종시계가 11시를 알리는 종을 울렸고, 자정에 다시 한 번, 이어 새벽 1시를 알리는 종을 울렸다.

느닷없이 남작은 가니마르의 팔을 붙들었다. 형사는 화들짝 놀라 깼다.

"소리가 들립니까?"

"그렇습니다."

"무슨 소리입니까?"

"내가 코 고는 소리지요."

"아니, 그 소리 말고 잘 들어보면…."

"아! 들립니다. 자동차 경적 소리로군."

"그렇다면?"

"그렇다면! 뤼팽이 당신 성을 때려 부수러 오기라도 하듯 자동차를 몰고 요란스럽게 왔다는 겁니까? 남작님, 내가 남작님이라면 한숨 자겠습니다…. 그럼 나는 다시 눈 좀 붙여야겠군요. 안녕히 주무십시오."

위험 신호는 그게 전부였다. 가니마르는 이때부터 방해받지 않고 푹 잘 수 있었으며, 남작도 규칙적으로 울리는 형사의 코 고는 소리 말고는 아무 소리도 듣지 못했다.

새벽에 두 사람은 비좁은 방을 나섰다. 서늘한 물가에서 맞는 아침, 성 주위는 온통 차분하고 평화로웠다. 카오른은 기뻐 날아갈 듯했고 가니마르는 여전히 차분했다. 이들은 계단을 올라갔다. 아무런 소리도 나지 않았고 수상한 점도 없었다.

"내가 뭐라고 했습니까? 이 일을 맡지 말았어야 했는데…. 솔직히 말해 창피할 지경입니다…."

가니마르는 열쇠로 문을 열고 회랑으로 들어섰다.

가니마르의 수하들은 웅크리고 팔을 늘어뜨린 채 의자 위에서 자고 있었다.

"이런 빌어먹을!" 가니마르가 내뱉었다.

동시에 남작은 외마디 비명을 질렀다.

"내 그림들…! 내 찬장…!"

남작은 말을 더듬었고 숨이 넘어갈 듯했다. 텅 빈 자리, 군데군데 박힌 못에 줄만 덩그러니 걸려 있는 빈 벽으로 손을 뻗었다. 와토 그림, 루벤스 그림들도 사라졌다! 장식 융단도 떼어갔고 진열장의 보석도 몽땅 없어졌다!

"또 루이 16세 시대 촛대까지…! 섭정 시대 샹들리에와 12세기 성모 마리아상도…!"

남작은 놀라고 절망에 빠져 이리저리 뛰어다녔다. 물건을 샀던 가격을 말했다가 손해액을 말했다가 하며 숫자를 늘어놓았는데, 우물거리고 문장도 제대로 마치지 않아 온통 뒤죽박죽이었다. 화가 치밀고 고통스러운 나머지 남작은 발을 동동 구르며 부들부들 떨었다. 쫄딱 망해서 자기 머리에 총을 쏘아 죽을 길밖에 안 남은 사람 같았다.

굳이 남작에게 위로가 될 만한 것을 찾아본다면 가니마르의 얼빠진 모양새를 볼 수 있다는 정도였을까. 남작과는 반대로 형사는 옴짝달싹하지 않았다. 돌처럼 꿈쩍 않고 멍한 눈으로 주위를 살폈다. 창문? 잠겨 있다. 문 자물쇠? 말짱하다. 천장에는 틈 하나 없다. 바닥에도 구멍 하나 없다. 모든 게 정상이다. 빈틈없고 논리정연하게 계획을 짜서 차분하게 실행했음이 분명했다.

"아르센 뤼팽… 아르센 뤼팽."

형사는 망연자실해서 중얼거렸다.

그러더니 뒤늦게 분노가 치밀어 오른 듯 느닷없이 수하들에게 덤벼들어 격렬히 떠밀고 욕을 해댔다. 그런데 이 사내들이 도무지 깨어나지를 않았다!

"제기랄, 어찌 된 거지…?"

가니마르는 이렇게 중얼거리고는 몸을 수그려 자세히 수하들을 살펴보았다. 자고 있었지만 자연스럽게 든 잠이 아니었다.

형사가 말했다.

"수면제를 먹인 모양입니다."

"도대체 누가?"

"누구겠습니까, 그놈이지…! 아니면 그놈 일당이거나. 어쨌든 그 작자 수법이 틀림없습니다. 방식이 뻔해요."

"난 완전히 망했어! 어떻게 해볼 도리가 없단 말인가?"

"없습니다."

"가증스런, 이 고약한 놈."

"고소하십시오."

"그게 무슨 소용입니까?"

"제기랄, 뭐라도 해봐야 할 게 아닙니까…. 사법 당국도 자료가 있을 거고…."

"당국이라고! 아니, 직접 보지 않았습니까…. 여봐요, 지금 당신만 해도 단서를 찾고 뭐라도 발견할 수 있을 텐데 아무것도 안 하고 있지 않습니까."

"아르센 뤼팽이 저지른 일인데 단서를 발견한다고요! 남작님, 뤼팽은 뒤에 아무 흔적도 남기지 않습니다. 그자가 하는 일에 우연이란 없어요! 심지어 미국에서 내게 체포된 것도 뤼팽이 꾸민 일이 아닌가 하는 의심이 들 정도란 말입니다!"

"그럼 내 그림과 물건을 전부 포기해야 한다는 말입니까! 세상에, 그 작자가 내 알짜배기 수집품을 가져갔어. 그걸 되찾을 수만 있다면 어떤 대가라도 치를 거야. 만약 뤼팽한테 맞설 수 없다면, 그 작자한테 얼마를 원하는지 값을 물어보고 싶을 지경이군!"

가니마르는 남작을 뚫어지게 바라보았다.

"거참, 말이 되는군요. 그 말, 농담은 아닙니까?"

"아니, 여부가 있나요. 그런데 왜 물으십니까?"

"내게 생각이 하나 있긴 한데."

"무슨 생각?"

"만약 수사에 진전이 없으면 다시 이야기합시다… 단, 성공하길 바란다면 나에 대한 이야기는 절대 하지 마십시오."

그러더니 우물거리듯 덧붙였다.

"사실 자랑할 만한 이야깃거리는 아니니 말입니다."

가니마르의 수하 둘은 최면에서 깨어나는 사람처럼 멍한 모습을 하고 이제야 서서히 정신을 차리기 시작했다. 놀라서 눈을 휘둥그레 뜨고는 자초지종을 알려고 애썼다. 하지만 가니마르의 질문을 받고도 무엇 하나 기억해내지 못했다.

"그래도 누군가를 봤을 게 아니야?"

"못 봤습니다."

"기억이 안 나?"

"안 납니다."

"그럼 무얼 마셨나?"

잠시 생각해보더니 그중 한 명이 대답했다.

"예, 물을 조금 마셨습니다."

"저 물병에 든 거였나?"

"예."

그제서야 다른 한 명도 말했다.

"아, 저도 마셨습니다."

가니마르는 물 냄새를 맡아보고 맛을 보았다. 딱히 특별한 맛도, 냄새도 없었다.

가니마르가 말했다.

"자, 우리는 시간만 낭비하고 있습니다. 아르센 뤼팽 사건을 5분 만에 해결할 것도 아니고. 빌어먹을, 내 이놈을 다시 잡아

넣고 말겠어. 그래, 이번 판은 네놈이 이겼단 말이지. 나를 상대로 이렇게 골탕을 먹였겠다!"

바로 그날, 카오른 남작은 상테 교도소에 수감 중인 아르센 뤼팽을 절도 혐의로 고소했다!

군경이나 검사, 예심판사, 기자들뿐 아니라 호기심이 동한 사람들까지 말라키 성을 헤집고 다녔다. 남작은 금단 구역이어야 마땅할 곳에 들어찬 사람들을 보며 고소한 걸 후회했다.

사람들은 벌써 이 사건에 흠뻑 빠져들어 있었다. 벌어진 정황도 참으로 독특했지만 아르센 뤼팽이라는 이름만으로도 사람들은 온갖 상상의 나래를 펼쳤다. 신문에는 뤼팽과 관련된 별의별 황당한 이야기가 실렸고 사람들은 이를 믿기 시작했다.

특히 아르센 뤼팽이 처음 보냈던 편지가 〈에코 드 프랑스〉 신문에 실리자(누가 편지 내용을 제공했는지는 아무도 몰랐다), 뤼팽이 대담하게 카오른 남작에게 미리 위험을 경고한 것을 두고 사람들은 엄청나게 흥분했다. 연이어 말도 안 되는 이야기들이 나왔다. 그 유명한 지하 통로 이야기도 다시 거론됐다. 그러더니 검찰마저 이 영향을 받아서 지하 통로 쪽으로 수사를 밀고 나갔다.

천장부터 밑바닥까지 성을 철저히 조사했다. 돌 하나하나까지 들추었다고나 할까. 나무판자, 굴뚝, 거울 틀과 천장 들보에 이르기까지 속속들이 뒤졌다. 그 옛날 말라키 성주들이 무기나 식량을 저장해두던 광대한 지하 저장고를 희미한 횃불을 앞세워 뒤지고 또 뒤졌다. 암반을 몇 군데 파 들어가 보기도 했다.

소용없었다. 지하 통로는 자취도 없었고 비밀 통로는 아예 존재하지 않았다.

가구나 그림이 귀신처럼 사라질 수는 없는 노릇이 아니냐며 모두 입을 모아 수군거렸다. 물건을 내가는 것도, 이를 가져가는 사람이 드나드는 것도 문이나 창문을 통해서가 아니겠는가. 대체 이 도둑은 누구인가? 어떻게 성에 들어왔는가? 그리고 어떻게 빠져나갔는가?

루앙 검찰청은 자신들이 한계에 부딪혔다고 판단하고 파리 경찰청에 도움을 요청했다. 그리하여 치안국장인 뒤두이 씨가 강력 수사반 최정예 수사관들을 파견했다. 국장 자신도 말라키 성에 48시간 체류했으나 그 역시 뾰족한 방책을 강구하지는 못했다.

바로 이 시점에 치안국장은 평소 여러 차례 공적을 치하한 바 있던 가니마르 형사를 소환했다.

가니마르는 국장의 설명을 말없이 듣더니 고개를 끄덕이고 이렇게 말했다.

"성을 아무리 뒤져도 소용없다는 생각이 드는군요. 다른 데서 해결책을 찾아야 합니다."

"어디에서 말인가?"

"아르센 뤼팽한테서지요."

"아르센 뤼팽이라고! 그렇다면 이게 뤼팽 소행이라고 인정하는 셈 아닌가."

"저는 이게 뤼팽 짓이라고 봅니다. 아니, 확신합니다."

"이보게, 가니마르, 말도 안 되는 소릴세. 아르센 뤼팽은 수감되어 있지 않은가."

"뤼팽이 교도소에 있는 건 맞지요. 감시받고 있다는 것도 잘 압니다. 하지만 그자의 발목에 족쇄를 채우고 손을 밧줄로 동여매고 입에 재갈을 물려놓았대도 제 생각에는 변함이 없습니다."

"대체 그렇게 주장하는 근거가 뭔가?"

"오직 아르센 뤼팽만이 이 정도의 술책을 꾸며내고 성공시킬 수 있기 때문입니다. 이번에 보시다시피 말입니다."

"가니마르, 입조심하게!"

"사실이 아닙니까. 지금 지하 통로나 축을 따라 도는 돌덩이 같은 쓸데없는 것만 찾아 헤매고 있단 말입니다. 우리가 찾는 인물은 그런 낡은 수법 따위는 안 씁니다. 그자는 최신 수법, 심지어 미래에나 쓸 법한 수법을 사용하고 있단 말입니다."

"그래서 결론이 뭔가?"

"뤼팽과 한 시간 동안 면담할 수 있도록 허가해주십시오."

"감방에서 말인가?"

"그렇습니다. 미국에서 배를 타고 귀환하는 동안 우리 관계는 상당히 좋은 편이었습니다. 뤼팽이 자기를 체포한 사람에게 일종의 호감을 느낀다는 생각마저 들더군요. 자기 계획을 그르치지 않는 선에서라면 정보를 줄 테고, 그러면 제가 루앙까지 갈 필요는 없어질 겁니다."

가니마르는 정오가 조금 지나 아르센 뤼팽의 감방에 들어섰다. 뤼팽은 침대에 누워 있다가 고개를 들더니 반갑게 외쳤다.

"아, 이거 정말 놀랐습니다. 존경하는 가니마르 형사님께서 여기까지 납시다니!"

"그리됐네."

"자청한 은퇴 생활을 하며 이것저것 바라는 게 많았지만… 형사님을 다시 보기를 제일 원했습니다."

"참으로 친절하시군그래."

"아닙니다. 단언컨대 형사님은 내가 가장 존경하는 분이니까요."

"우쭐한 기분이 드는군."

"항상 말해왔지요. 가니마르가 형사 중에서 최고라고. 너무 솔직하다고 욕하지는 마십시오. 형사님은 거의 헐록 숌즈 수준이란 말이지요. 요만한 나무 의자밖에 권할 게 없어 죄송합니다. 맥주 한 잔이라도 있으면 좋을 텐데 음료수도 없으니! 내가 잠시 여기 머무는 상황이니 이해해주세요."

가니마르는 빙그레 웃으며 의자에 앉았고 수감자는 명랑하게 말을 이어갔다.

"세상에, 솔직한 신사를 대면하고 있으니 얼마나 기쁜지! 첩자나 끄나풀 같은 놈들이 내가 탈옥을 준비하지 않나 하고 호주머니나 요 손바닥만 한 감방을 뒤진다고 하루에도 열 번씩은 들락거렸습니다. 그 상판을 보느라 진력이 나던 참이었지요. 정부가 나를 어찌나 끔찍이 아끼는지…!"

"그럴 만도 하지 않은가."

"아니지요, 가만히 내버려 두면 그저 한쪽에서 조용히 잘 살아가고 있을 텐데!"

"다른 사람 수입을 가져다가 말이지."

"내 말이 맞지 않습니까? 그럼 참 간단할 텐데! 참, 입이 방정이라 바쁘신 분께 쓸데없는 말을 늘어놓고 있군요. 말씀해보시지요, 형사님! 무슨 일로 오신 겁니까?"

"카오른 건이네."

가니마르는 단도직입적으로 말했다.

"어, 잠깐! 어디 보자… 내가 얽혀 있는 사건이 워낙 많아서 말입니다! 먼저 카오른 건 자료를 요놈의 머릿속에서 찾아내야 한단 말이지… 아! 옳거니, 알겠습니다. 카오른 건, 말라키 성, 센앵페리외르 주… 루벤스 두 점이랑 와토 한 점, 다른 잡동사니 몇 개."

"잡동사니라고!"

"하, 그렇고 말고요. 별 볼일 없지요. 더 나은 것도 많이 있으니까. 어쨌든 형사님께서 이 사건에 관심을 두고 계신다니 그걸로 됐습니다… 말씀해보시지요, 가니마르 형사님."

"수사가 어디까지 진전되었는지 내가 말해줄 필요가 있겠는가?"

"됐습니다. 아침에 신문으로 봤습니다. 보아하니 진도가 빨리 안 나가는 것 같던데요."

"그래서 자네한테 도움을 좀 청하러 왔네."

"기꺼이 도와드리지요."

"우선 이걸세. 자네가 이 사건을 꾸몄나?"

"처음부터 끝까지."

"협박 편지도? 전보도?"

"전부 내가 한 짓이지요. 여기 어딘가에 영수증도 있을 겁니다."

아르센은 침대랑 의자와 더불어 유일한 가구인 작은 흰색 나무 탁자 서랍을 열어 종잇조각 두 개를 꺼내 가니마르에게 넘겼다.

"허! 그래도 그렇지. 자네를 감시하고 걸핏하면 수색하는 걸로 알건만. 이렇게 신문을 읽는가 하면 우체국 영수증까지 챙겨놓고 있으니 원….."

"거참, 사람들은 참 멍청하단 말입니다! 겉옷 안감을 뜯어보고 장화 밑창을 뒤지는가 하면 벽도 더듬어보는데, 아르센 뤼팽이 이렇게 간단한 장소를 택하리라 생각하는 사람은 한 명도 없단 말이에요. 바로 그 점을 이용했지요."

가니마르는 재미있다는 듯 탄성을 질렀다.

"참으로 묘한 젊은이로군! 놀라워. 그래, 어떻게 했나 한번 이야기해보게."

"어, 무얼 요구하시는 겁니까! 모든 비밀을 알려주고… 속임수를 몽땅 밝히라는 말이군요…. 그건 안 되지요."

"나를 봐서 어떻게 좀 안 되겠나?"

"안 됩니다, 가니마르 형사님. 하지만 정 원하신다면….."

아르센 뤼팽은 감방을 두세 번 왔다 갔다 하더니 멈춰 섰다.

"남작한테 보낸 제 편지, 어떠셨습니까?"

"즐기면서 사람들을 놀라게 해주고 싶은가 보다 했지."

"허, 사람들을 놀라게 해준다고요! 형사님은 그보다 좀 더 똑똑할 줄 알았는데. 이 아르센 뤼팽이 그따위 유치한 행동을 하겠습니까! 그런 편지를 안 보내고도 성을 털 수 있었다면 편지를 썼을까요? 잘 들어보세요, 형사님이나 다른 분들 말입니다. 그 편지가 바로 모든 계책에 있어서 없어서는 안 될 시작점이었지요. 자, 한번 순서대로 따져봅시다. 그러니까 말라키 성을 털 준비를 함께 해보자는 겁니다."

"계속해보게."

"자, 철통같이 잠겨 보호되는 성이 있다고 칩시다. 카오른 남작 성처럼 말이지요. 성안에 들어갈 수 없다는 이유로 내가 그 안에 있는 보물을 포기할까요?"

"당연히 아니지."

"그럼 그 옛날 건달들처럼 성을 공격이라도 할까요?"

"유치하지!"

"그럼 교활하게 살짝 들어가 볼까요?"

"그건 불가능하고."

"그렇다면 남은 방법은 딱 하나지요. 바로 성 주인이 나를 성으로 들이는 겁니다."

"독특하군."

"게다가 얼마나 쉬운 방법입니까! 생각해보십시오. 어느 날 성주가 편지를 한 통 받습니다. 내용인즉슨, 유명한 도둑 아르센 뤼팽이 자기 성을 턴다고 직접 예고한 것입니다. 성주가 어떻게 하겠습니까?"

"검사한테 편지를 보내겠지."

"**뤼팽이 버젓이 수감되어 있는 상황이니**, 검찰은 남작의 편지를 보고 웃어넘기겠지요. 그러면 이 인물은 당황해서 닥치는 대로 도움을 요청하게 된단 말입니다. 안 그래요?"

"두말하면 잔소리지."

"이때 남작은 유명한 형사가 인근 마을에 휴양을 와 있다는 기사를 읽지요….."

"성주는 그 형사를 찾아가겠지."

"그렇지요. 한편, 이 필연적인 상황에 대비해 아르센 뤼팽이 솜씨 좋은 친구 하나를 코드벡 마을에 보내서 **남작이 구독하는 〈르 레베이 드 코드벡〉** 기자와 관계를 맺게끔 해놓는단 말입니다. 뤼팽의 친구는 자신이 유명한 아무개 형사인 척하면서 기자가 자연스럽게 이 사실을 알아차리게 한단 말이지요. 그럼 무슨 일이 벌어지겠습니까?"

"기자는 그 형사가 코드벡에 와 있다는 기사를 〈르 레베이 드 코드벡〉에 쓰겠지."

"그렇지요. 그러면 두 가지 일이 생길 수 있습니다. 하나는 물고기, 즉 카오른이 미끼를 물지 않는 겁니다. 그러면 아무 일도 벌어지지 않겠지요. 하지만 두 번째 가정이 좀 더 현실적인데, 남작이 안절부절못해서 오두방정을 떠는 겁니다. 바로 그렇게 우리 카오른 남작께서 뤼팽의 위협에서 보호받고자 내 친구 중 한 사람에게 보호를 요청한 겁니다."

"갈수록 흥미롭군."

"물론 가짜 형사는 일단 남작의 요청을 거절합니다. 그런데 이때 아르센 뤼팽이 보낸 전보가 도착하는 겁니다. 잔뜩 겁을 집어먹은 남작이 내 친구한테 다시 도움을 요청하면서 보상금을 주겠다고 합니다. 그리하여 그 친구는 요청을 받아들이고,

우리 편 두 사내를 데리고 가지요. 밤에 보호받는다는 명목으로 카오른이 내 친구에게 감시받는 동안, 우리 편 두 사내는 밧줄을 이용해 창밖으로 물건을 빼내서 미리 빌린 낚싯배에 싣습니다. 뤼팽다운 단출한 방법이랄까."

가니마르는 탄성을 질렀다.

"정말이지 놀라울 따름이네. 계획이 과감하고 세부 사항도 기발하니 나무랄 데가 없군그래. 그런데 남작이 그토록 매달리게 만들 만큼 유명한 형사가 대체 누군지 모르겠군."

"한 명 있지요. 사실 딱 한 명밖에 없습니다."

"누군가?"

"아르센 뤼팽의 숙적이자 널리 알려진 형사, 가니마르 말입니다."

"나라고!"

"바로 형사님입니다. 여기가 바로 제일 재미있는 부분입니다. 만약 형사님이 그곳에 가서 남작과 대면하면, 자기 자신을 체포해야 하는 상황에 처할 테지요. 미국에서 날 체포했듯이. 하! 정말 기막힌 복수 아닙니까. 가니마르가 가니마르를 체포하게 만들다니!"

아르센 뤼팽은 감방이 떠나갈 듯 껄껄대며 웃었다. 형사는 기분이 몹시 상해 입술을 깨물었다. 이런 농담이나 웃음 모두 형사에게 달가울 리 없었다.

이때 교도관이 도착한 덕분에 가니마르는 마음을 좀 가라앉힐 수 있었다. 아르센 뤼팽은 특별 요청을 넣어 이웃 식당에서 식사를 가져오게 하고 있었다. 교도관은 탁자에 식사 쟁반을 내려놓고 나갔다. 아르센은 탁자에 앉아 빵을 쪼개 두세 입 먹더니 이렇게 말했다.

"하지만 진정하세요, 존경하는 형사님. 그런 상황까지는 가지 않을 겁니다. 놀랄 만한 사실을 하나 알려드리지요. 카오른 사건은 종결되기 일보 직전입니다."

"뭐라고?"

"곧 종결된단 말입니다."

"그게 무슨 말인가. 내가 지금 바로 경찰청에 들렀다 오는 길인데."

"그래서요? 뒤두이 국장이 내가 꾸민 일을 나만큼이나 잘 안답니까? 곧 알게 되겠지만 가니마르 형사가, 아이고, 미안합니다, 가짜 가니마르 형사가 당시에 남작과 썩 좋은 관계를 맺어놓았거든요. 그래서 남작이 아무한테도 말하지 않은 채로 가짜 가니마르를 통해 나와 일종의 협상을 맺게 했습니다. 지금쯤이면 벌써 남작이 소정의 금액을 지불하고 그 잘난 물건 나부랭이를 되찾았을 겁니다. 대신 고소를 취하하기로 약속했지요. 그러니 이제 절도 사건은 일어나지 않은 셈이 되고 검찰도 포기할 수밖에 없지…."

가니마르는 놀라서 수감자를 바라보았다.

"그걸 대체 어떻게 다 알고 있는 건가?"

"기다리던 전보를 방금 받았거든요."

"방금 전보를 받았다고?"

"예, 방금 받았습니다, 형사님. 예의에 어긋날까 싶어 계시는 데서 읽지 않으려고 했습니다. 하지만 허락하신다면…."

"지금 나를 놀리는 건가, 뤼팽?"

"친애하는 형사님, 이 달걀 꼭대기를 조심스레 깨보세요. 제가 형사님을 놀리는 게 아니라는 걸 직접 확인할 수 있을 겁니다."

시키는 대로 가니마르는 칼날을 이용해 달걀 꼭대기 부분의 껍데기를 깼다. 형사 입에서 탄성이 새어나왔다. 껍데기 안은 비어 있었고 푸르스름한 쪽지 하나가 담겨 있었다. 아르센의 요청에 따라 형사는 종이를 펼쳤다. 전보, 아니 전보에서 우체국 표식을 찢어낸 나머지 부분이었다. 가니마르가 전보를 읽었다.

협상 타결. 10만 프랑 인수. 모두 순조로움.

"10만 프랑?" 형사가 물었다.

"예, 10만 프랑이지요! 얼마 되지는 않지만 요즘은 워낙 힘든 시절이니까요…. 게다가 나가는 비용이 좀 많아야지요! 형사님이 내 예산을 안다면… 그러니까 대도시에 산다는 게 그렇습니다!"

형사는 일어났다. 불쾌하던 기분은 사라졌다. 잠시 골똘히 생각에 잠겨 사건 전체를 쭉 검토해보고 약점을 찾아보고자 했다. 하지만 결국 전문가로서 감탄을 금하지 못한 채 이렇게 말했다.

"너 같은 놈이 열댓 명 있지 않은 게 얼마나 다행인지 모르겠군. 만약 그랬다면 경찰은 문을 닫아야 했을 테니."

아르센 뤼팽은 겸손한 척하며 이렇게 대꾸했다.

"뭐, 무료함도 달래고 취미 생활도 해야 하니까…. 게다가 내가 감옥에 들어와 있지 않았으면 이 건은 성공하지 못했을 겁니다."

가니마르가 외쳤다.

"아니! 소송이나 변호, 심리 같은 걸로는 무료함을 달래기에 충분치 않다는 건가?"

"충분치 않지요. 게다가 재판에는 출석하지 않기로 결심했으니까."

"뭐, 뭐라고!"

아르센 뤼팽은 차분하게 다시 말했다.

"재판에 출석하지 않을 겁니다."

"진심인가!"

"그게 말입니다, 형사님. 내가 이 눅눅한 감방 바닥에 앉아서 썩어갈 거라고 상상했습니까? 정말 화가 나는군요. 아르센 뤼팽은 자기가 원하는 기간에는 교도소에 들어가 있지만, 그 이상은 단 1분도 머물지 않습니다."

"그럼 애초에 수감되지 않는 게 더 현명했을 텐데."

형사는 조롱조였다.

"아, 이제는 비꼬십니까? 형사님께서 나를 체포하던 영광스러운 기억이 나는 모양입니다. 보십시오, 존경하는 형사님. 내가 앞으로 득이 될 거라 판단해서 자진해서 잡히지 않았다면 아무도, 형사님이든 다른 사람이든 그 누구라도 나를 잡지는 못했을 겁니다."

"말은 잘하시네."

"형사님, 한 여인이 절 바라보고 있었습니다. 내가 사랑하는 여인이었지요. 사랑하는 여인이 바라본다는 그 의미를 이해하려나? 맹세컨대 나머지는 하나도 중요하지 않았습니다. 그래서 내가 여기에 들어오게 된 거고."

"들어온 지 한참 됐지. 잊었을까 봐 말해주는 걸세."

"처음엔 그냥 잊으려고 했지요. 웃지 마십시오. 참 신선한 경험이었으니까. 그 생각만 하면 지금도 감흥에 빠집니다…. 내가 좀 감상적인 편입니다! 요즘 세상이 여간 정신없지요! 그러니 가끔은 소위 격리 요법이라는 걸 쓸 줄도 알아야 한단 말입니다. 이 요법을 실천하는 데 여기처럼 안성맞춤인 곳도 없습니다. 상테 교도소에서는 '건강' 요법(상테Santé는 '건강'이라는 뜻 – 옮긴이)을 가차 없이 따르고 있으니."

"아르센 뤼팽, 자네 지금 날 놀리나."

가니마르가 이렇게 말하자 뤼팽도 딱 잘라 말했다.

"형사님, 오늘이 금요일이지요. 다음 주 수요일 오후 4시에 페르골레즈가에 있는 형사님 댁에 시가를 피우러 들르겠습니다."

"그럼 내 자네를 기다리겠네, 뤼팽."

두 사내는 서로의 진가를 잘 아는 절친한 친구라도 되는 양 악수를 나누었고, 노형사는 감방 문으로 향했다.

"형사님!"

가니마르가 돌아보았다.

"무슨 일인가?"

"시계를 놓고 가셨습니다."

"내 시계?"

"예, 그게 왜 제 주머니에 있는지 모르겠군요."

뤼팽은 시계를 돌려주며 사과했다.

"미안합니다, 손버릇이 나빠서…. 여기 들어오면서 시계를 빼앗겼다고 해서 형사님 시계를 빼앗아야 하는 법은 없겠지요. 게다가 내게 안성맞춤인 고급 정밀 시계가 이미 있으니 말이지요."

뤼팽은 탁자 서랍에서 금으로 된 넓적한 회중시계를 꺼냈다. 두툼하고 간편해 보이는 데다 묵직한 사슬 장식도 달려 있었다.

"아니, 그건 또 누구 주머니에서 빼낸 건가?"

가니마르가 물었다.

뤼팽은 시계에 새겨진 머리글자를 무심히 읽었다.

"J. B.라… 대체 누구였을까…? 아, 옳거니! 이제 생각나네. 쥘 부비에라고 내 예심판사인데, 꽤 괜찮은 친구더군요…."

3
아르센 뤼팽, 탈옥하다

아르센 뤼팽이 식사를 마치고 호주머니에서 금테를 두른 훌륭한 시가를 꺼내 만족스럽게 살펴보고 있는데 감방 문이 열렸다. 뤼팽은 시가를 잽싸게 서랍에 던져 넣고 탁자에서 떨어졌다. 교도관이 들어왔다. 산책 시간이었다.

"기다리고 있었네, 친구."

언제나처럼 쾌활한 뤼팽의 목소리가 쩌렁쩌렁 울렸다.

두 사람은 감방을 나섰다. 이들이 복도 모퉁이를 돌아 사라지자마자 이번에는 다른 두 남자가 뤼팽의 감방으로 들어가 샅샅이 뒤지기 시작했다. 디외지 형사와 폴랑팡 형사였다.

이번에야말로 덜미를 잡아 끝장을 보겠다는 심산이었다. 아르센 뤼팽이 연락책을 두고 외부의 자기 일당과 은밀히 소통하는 게 틀림없다. 전날 법원 담당 기자에게 전한 아래와 같은 메시지가 〈르 그랑 주르날〉에 실린 것이다.

선생,

최근 실린 어떤 기사에서 나에 대해 부당한 언급을 하셨더군요. 재판이 열리기 며칠 전에 직접 찾아가 따지겠습니다.

그럼 그동안 평안하십시오.

―아르센 뤼팽

아르센 뤼팽의 글씨체가 틀림없다. 즉 그자가 편지를 보낸 것이다. 이는 곧 편지를 받고 있다는 말도 된다. 또한 자기가 대담하게 예고했던 대로 탈옥을 준비하고 있다는 방증이기도 했다.

용납하기 어려운 상황이다. 예심판사의 동의 아래 치안국장 뒤두이는 어떤 조치를 취해야 할지 교도소장에게 당부하러 직접 상테 교도소로 찾아왔다. 그리고 도착하자마자 두 형사를 뤼팽의 감방에 보낸 것이다.

바닥에 깐 타일도 일일이 뜯어보고 침대를 분해해보는 등 이런 경우에 보통 하듯 샅샅이 뒤져보았으나 아무것도 발견하지 못했다. 수색을 마무리하려는데 교도관이 허둥지둥 달려와 형사들에게 이렇게 소리쳤다.

"서랍… 탁자 서랍을 좀 보십시오. 제가 들어왔을 때 그자가 서랍을 닫는 것 같았거든요."

즉시 서랍을 열어보았고 디외지는 환호했다.

"됐어, 이제야 덜미를 잡았군."

폴랑팡은 디외지 형사를 제지했다.

"잠깐, 기다려보게. 국장님께서 목록을 작성하실 걸세."

"이거 꽤 고급 시가인데…."

"아바나 시가 타령은 그만두고 국장님이나 모셔 오게."

잠시 후 뒤두이 국장은 서랍을 살펴봤다. 먼저 〈아르귀스 드라 프레스〉(1879년 창립된 미디어 서비스 기관. 예술가, 유명 인사 등을 주 고객으로 하여 이들에 대한 기사를 모아 전달했음 - 옮긴이)에서 모아놓은 뤼팽에 관한 기사 한 묶음과 담배쌈지 하나, 파이프 하나, 섬세한 재질의 타이프 용지, 책 두 권이 나왔다.

책 제목을 보니 칼라일의 《영웅 숭배론》 영국 출판본과 《에픽테토스 어록》의 독일어 번역본이었다. 이 어록은 1634년 레이드에서 출판되었으며 그 당시의 장정으로 만들어진 아름다운 엘제비르 판본(16세기 네덜란드 인쇄업자 이름에서 유래. 엘제비르 활자체로 유명함 - 옮긴이)이었다. 국장이 책장을 넘겨 보니 갈피갈피 꾹 눌러 그은 자국과 밑줄, 주석이 빼곡했다. 이게 무슨 암호일까, 암호가 아니라면 그저 뤼팽이 이 책을 좋아해서 잔뜩 표시해놓은 것뿐일까?

"책은 차차 살펴보도록 하지." 국장이 말했다.

그리고 담배쌈지와 파이프를 살펴보았다. 그러더니 금테가 둘린 그 시가를 집어들며 탄성을 터뜨렸다.

"거참, 이 친구, 팔자도 좋네. '헨리 클레이'(고급 시가 상표 - 옮긴이)라!"

흡연가 특유의 기계적인 동작으로 국장은 시가를 귀에 대고 문질러 소리를 내보았다. 입에서 탄성이 흘러나왔다. 하도 눌러대는 바람에 시가가 뭉그러졌다. 국장은 시가를 이리저리 면밀히 살펴보다가 이내 담배쌈지 사이에 하얀 무언가가 있는 것을 발견했다. 족집게로 조심스레 살살 꺼내보니, 두께가 겨우 이쑤시개 정도 되는 얇은 종이 두루마리에 적힌 짤막한 편지였다. 펴보니 섬세한 여성의 필체로 다음과 같이 적혀 있었다.

닭장은 바꿔놓았습니다. 열 개 중에 여덟 개는 준비됐습니다. 바깥쪽을 발로 누르면 판이 완전히 들립니다. 매일 12에서 16 사이에 H-P가 기다릴 겁니다. 하지만 어디에서? 즉시 답변 바랍니다. 걱정하지 마세요. 그대의 여인이 당신을 돌보고 있으니까요.

뒤두이 국장은 잠시 생각에 잠기더니 말했다.

"이 정도면 의심의 여지가 없군…. 닭장이라…. 칸이 여덟 개고… 12부터 16이라면 정오부터 4시까지를 말하는 것일 테고…."

"H-P가 기다린다는 건 무슨 말일까요?"

"내 생각에 H-P는 자동차를 뜻하는 게 아닐까 싶네. H-P, 즉 호스 파워말이야. 스포츠 용어로 모터 동력을 흔히 그렇게 부르지 않나? 24H-P라고 하면 24마력짜리 자동차라는 뜻 아닌가?"

국장은 일어나며 물었다.

"수감자가 점심은 다 먹었나?"

"예."

"시가 상태를 보니 아직 메시지를 안 읽은 것 같군. 지금 막 받은 모양이야."

"어떻게 받았을까요?"

"빵이나 감자 따위의 음식 속에 감췄겠지. 나라고 정확히 알겠나?"

"그건 불가능합니다. 안 그래도 덜미를 잡으려고 외부에서 일부러 음식을 들여오게 했는데 아무것도 발견하지 못했으니까요."

"오늘 밤에 뤼팽이 쓴 답장을 찾아보도록 하지. 일단 지금은 그자가 감방에 못 들어오도록 붙들게. 나는 이걸 예심판사께 보여드리겠네. 만약 판사님이 동의하시면, 즉시 이 편지를 사진으로 찍어놓고 똑같은 시가를 구해다가 원본 편지를 넣어서 다른 물건과 함께 서랍에 되돌려 놓자고. 한 시간이면 충분할 걸세. 뤼팽이 절대 의심해서는 안 되네."

그날 저녁, 뒤두이 국장은 잔뜩 궁금해하며 디외지 형사와 함께 상테 교도소 기록실에 들렀다. 구석 난로 위에 접시 세 개가 놓여 있었다.

"뤼팽이 식사를 했습니까?"

"예."

교도소장이 대답했다.

"디외지, 마카로니 몇 조각을 잘게 썰어보게. 빵도 쪼개보고…. 뭐가 좀 나오나?"

"아무것도 없습니다, 국장님."

뒤두이 국장은 접시와 포크, 숟가락, 그리고 마침내 칼을 검사했다. 교도소에서 쓰는 날이 둥근 평범한 칼이다. 국장이 왼쪽, 오른쪽으로 칼 손잡이를 돌려보았는데 오른쪽으로 돌리니 손잡이가 풀려 빠졌다. 칼 속이 비어 있어서 종잇조각을 담는 갑으로 쓰이고 있었다.

국장이 말했다.

"쳇! 아르센이라 해도 별수 없군. 여하튼 시간 낭비는 말자고. 디외지 형사, 음식을 가져온 식당에 가서 취조하게."

국장은 쪽지를 읽었다.

당신만 믿습니다. H-P가 매일 멀리서 따르게 하세요. 내가 미리 가 있지요. 조만간 만나기를 기대하며 친애하고 존경하는 그대에게.

뒤두이 국장은 두 손을 비비며 기쁨에 겨워 외쳤다.

"이제야 제대로 수사가 진전되는 것 같군. 뤼팽이 탈옥에 성공할 때까지 우리 쪽에서 살짝 눈감아야 하네…. 적어도 공범들을 잡을 때까진 말이야."

"만약 아르센 뤼팽이 정말로 포위망을 벗어나면 어떻게 합니까?"

교도소장이 반문하자 치안국장은 이렇게 대답했다.

"필요한 만큼 충분한 인력을 동원할 겁니다. 만약 그자가 어찌어찌하여 도망친다 해도… 어쨌거나 이젠 끝난 겁니다! 어떤 무리가 있는데 그 두목이 입을 안 열면 부하들이라도 입을 놀리게 마련이니까요."

요즘 아르센 뤼팽이 거의 말을 하지 않는 건 사실이다. 몇 달 전부터 예심판사인 쥘 부비에가 안간힘을 다해 취조했으나 소용이 없었다. 취조 때마다 판사는 변호사인 당발을 상대로 쓸데없는 입씨름만 하고 있었는데, 최고 변호사 중 한 사람이라는 당발도 뤼팽에 대해서는 남들이 아는 정도밖에 몰랐다.

때때로 예의를 지키느라 아르센 뤼팽이 이런 말을 던지기는 했다.

"예, 당연하지요, 판사님. 제 의견과 일치하는군요. 리옹 은행 도난 사건, 바빌론가 도난 사건, 은행권 위조지폐 발행, 보험 증권 사기 사건, 아르메닐과 구레, 앵블르뱅과 그로세이에, 말라키 성에서 일어난 도난 사건 모두 제가 한 짓입니다."

"그렇다면 설명해보게나…."

"그게 무슨 소용이 있습니까. 이미 몽땅 털어놓지 않았습니까. 전부 말입니다. 그것만으로도 판사님이 예상한 것의 열 배는 될 겁니다."

이렇게 티격태격하는 것에 지쳐서 예심판사는 이 지긋지긋한 신문 절차를 잠시 보류했다. 그런데 비밀 쪽지 두 개를 발견했다는 사실을 알고서 판사는 신문을 다시 시작했다. 이 때문에 아르센 뤼팽은 다른 수감자들과 더불어 호송차를 타고 정기적으로 상테 교도소와 파리 경찰청 유치장 사이를 오갔다. 보통 정오에 떠났다가 오후 3시나 4시에 돌아오곤 했다.

그런데 어느 날 오후, 교도소로 돌아오는 상황이 다른 날과 좀 달랐다. 상테 교도소의 다른 수감자들 취조가 아직 다 끝나지 않아서 아르센 뤼팽만 먼저 교도소로 되돌려 보내기로 한 것이다. 그래서 뤼팽 혼자 호송차에 탔다.

속된 말로 '닭장차'라 불리는 죄수 호송차 내부는 가운데에 길게 중앙 통로가 나 있고 그 양쪽에 각각 다섯 개씩, 총 열 개의 칸막이로 나뉜 일종의 독방이 있다. 죄수들은 독방에 한 명씩 앉게끔 되어 있는데, 칸이 매우 비좁았을 뿐 아니라 죄수들 사이가 칸막이로 가로막혀 있다. 그리고 교도관 한 명이 복도 끝에 앉아 이 전체를 감시한다.

아르센이 복도 오른쪽 세 번째 독방에 들어가 앉자 묵직한 호송차는 이내 시동을 걸어 출발했다. 뤼팽은 시계탑 부두 길을 지나 재판소 앞을 지나가고 있음을 알았다. 생 미셸 다리 한가운데에 이르렀을 때, 뤼팽은 평소처럼 자기 독방 문의 금속판을 오른발로 꾹 눌렀다. 곧바로 무슨 걸쇠 같은 것이 풀리면서 금속판이 살짝 벌어졌다. 뤼팽은 자기가 정확히 바퀴 두 개 사이에 있음을 확인했다.

뤼팽은 주위를 살피며 기다렸다. 호송차가 생 미셸 대로를 느릿느릿 올라가 생제르맹 교차로에 멈춰 섰다. 어느 짐수레를 몰던 말이 쓰러져 있었던 것이다. 교통이 마비되고 도로는 금세 삯마차와 합승 마차가 뒤엉켜 아수라장이었다.

아르센 뤼팽은 살짝 머리를 내밀어보았다. 다른 죄수 호송차가 뤼팽이 탄 차와 나란히 정차해 있었다. 머리를 더 디밀고 한발로 커다란 바퀴살을 딛고 바닥으로 뛰어내렸다.

한 마차꾼이 이를 보고 킬킬 웃다가 사람을 부르려 했다. 하지만 다시 움직이기 시작한 자동차와 마차의 요란스러운 소리에 묻히고 말았다. 물론 아르센 뤼팽은 이미 멀리 사라졌다.

뤼팽은 한동안 달려가다가 왼쪽 보도로 올라서서 뒤돌아 주변을 휘둘러보았다. 어느 방향으로 가야 할지 아직 잘 몰라서 주변을 살피는 사람처럼 보였다. 그러더니 무슨 결심이라도 한 듯 주머니에 손을 찔러 넣고 한가로이 산책하는 사람처럼 대로를 걸어 올라갔다.

온화하며 쾌적하고 가벼운 가을날이었다. 카페마다 사람이 북적북적했다. 뤼팽도 어느 카페테라스에 자리를 잡고 앉았다.

뤼팽은 맥주 한 잔과 담배 한 갑을 주문했다. 맥주를 홀짝홀짝 마시며 한가로이 담배 한 대를 태우더니 연이어 다른 담배를 피워 물었다. 이윽고 뤼팽은 자리에서 일어나 종업원에게 지배인을 불러오라고 시켰다.

지배인이 오자 아르센 뤼팽은 주변 사람들이 다 들을 수 있을 만큼 큰 소리로 말했다.

"미안합니다, 지배인님. 지갑을 잃어버렸습니다. 내가 좀 유명한 사람이라 이름만 들어도 아실 터이니 며칠만 외상으로 해주길 바랍니다. 내 이름은 아르센 뤼팽입니다."

지배인은 무슨 농담인가 싶어 뤼팽을 빤히 쳐다봤다. 하지만 뤼팽은 거듭 말했다.

"상테 교도소에 수감됐다가 현재 도주 중인 뤼팽 말입니다. 이 이름만으로도 지배인님의 신뢰를 충분히 사리라 믿습니다."

그러더니 뤼팽은 상대방이 뭐라 말할 틈도 주지 않고, 웃는 사람들을 가로질러 멀어져갔다.

수플로가를 비스듬히 건너 생 자크가로 들어섰다. 진열장 앞에 멈춰 서기도 하고 담배를 피우면서 여유롭게 길을 걷기도 했다. 포르 루아얄 대로에 이르러 뤼팽은 방향을 가늠하느라 길을 물어보더니 상테 교도소 쪽으로 곧장 걸어갔다. 이내 교도소의 우중충하고 높은 벽이 나타났다. 그 벽을 따라가다가 보초를 선 경비병 가까이에 이르자 뤼팽은 모자를 벗어 들고 인사했다.

"여기가 상테 교도소 맞습니까?"

"그렇습니다."

"내 감방으로 다시 들어가고 싶습니다. 중간에 그만 호송차가 날 놓고 떠나버렸는데, 이런 상황을 탈옥에 써먹고 싶지 않아서…."

보초를 서는 경비병은 호통을 쳤다.

"여보세요, 그냥 가던 길이나 가십시오. 당장!"

"아이고, 이거 정말 죄송합니다! 하지만 내가 갈 길이 바로 이 문이란 말입니다. 더군다나 아르센 뤼팽이 이 문으로 들어가는 걸 막았다고 하면 나중에 혼쭐이 날 겁니다!"

"아르센 뤼팽이라고! 대체 무슨 이야기를 하는 겁니까?"

"명함이 없는 게 유감이군요." 아르센 뤼팽은 자기 주머니를 뒤져보는 척하며 이렇게 말했다.

보초는 얼빠진 얼굴로 머리끝부터 발끝까지 뤼팽을 훑어보았다. 그러더니 아무 말도 하지 않고 무언가에 홀린 듯 초인종을 눌렀다. 철문이 빠끔히 열렸다.

몇 분 후 교도소장이 기록소로 달려오는데, 손짓 발짓을 해가며 불같이 화가 난 시늉을 했다. 아르센은 빙그레 웃었다.

"여보세요, 소장님, 나를 상대로 그런 약은 수를 쓰다니요. 감히 말입니다! 혼자 이송되게끔 교묘히 짜놓고 도중에 교통까지 마비시켜놓으면 내가 옳다구나 하고 한달음에 친구들에게 달려갈 줄 알았나! 거참! 마차나 자전거를 탄 승객, 행인 따위로 분장한 경찰 스무 명가량이 호송차를 따라오는 건 또 뭡니까? 그자들이 옳다구나 하고 내게 달려들었겠지! 꼼짝없이 걸려들었을 거라고요. 어떠세요, 소장님. 그렇게 생각하지 않습니까?"

뤼팽은 어깨를 으쓱하더니 덧붙였다.

"소장님, 부탁하건대 제발 좀 내버려 두십시오. 정 빠져나가고 싶으면 그 누구의 도움도 필요 없을 테니까요."

이틀 후 이번 탈옥 시도의 세세한 부분까지 모두 〈에코 드 프랑스〉에 실렸다. 이 신문은 아르센 뤼팽의 무용담을 전하는 공식 소식통이나 마찬가지로 아르센 뤼팽이 주요 투자자라는 말도 돌았다. 수감자와 수수께끼 여인 사이에 오간 쪽지 내용에서부터 서신이 오간 방법, 경찰이 뤼팽의 탈옥을 도운 정황, 뤼팽이 생 미셸 대로를 거닌 일이며 수플로 카페에서 벌어진 소동까지 모두 적혀 있었다. 디외지 형사가 식당 종업원들을 취조했으나 아무것도 알아내지 못했다는 사실도 실렸다. 더구나 놀랍게도 뤼팽을 이송하던 호송차가 완벽하게 위조된 가짜라는 사실도 이 기사를 통해 알려졌다. 교도소에서 사용하는 여섯 대의 죄수 호송차 중 한 대를 뤼팽의 동료들이 바꿔치기했다고 한다. 과연 뤼팽이 동원하는 방편이 무궁무진함을 보여주는 일화다.

이제 아르센 뤼팽이 조만간 탈옥하리라는 사실을 의심하는 사람은 아무도 없었다. 뤼팽 자신도 탈옥 사건 다음 날, 부비에 판사에게 탈옥하겠다는 뜻을 분명히 밝혔다. 예심판사가 탈옥 실패를 두고 조롱조로 말하자 뤼팽은 판사를 똑바로 쳐다보며 냉랭한 어조로 이렇게 말하지 않았던가.

"판사님, 새겨들으십시오. 이번 시도가 바로 앞으로 있을 탈출 계획의 일부였다는 사실을 말입니다."

"이해가 안 되는군." 예심판사는 비웃었다.

"뭐, 판사님께서 거기까지 이해하실 필요는 없지요."

〈에코 드 프랑스〉에 꾸준히 실린 신문 과정을 보면, 판사가 예심 사건으로 다시 돌아가려 하자 뤼팽은 지겹다는 투로 이렇게 내뱉었다.

"원 세상에, 이게 다 무슨 소용입니까! 이런 질문은 하나도 중요하지 않단 말입니다."

"중요하지 않다고?"

"중요하지 않지요. 나는 재판에 참석하지 않을 예정이니까요."

"재판에 참석하지 않는…."

"아무렴요, 이건 정해진 생각이고 돌이킬 수 없는 결정입니다. 무슨 일이 있어도 결심을 바꾸지 않을 겁니다."

뤼팽이 이토록 자신만만해하며 도무지 조심성 없이 수수께끼 같은 이야기를 매일 흘리고 다녀서 검찰은 짜증스럽고 어리둥절할 따름이었다. 아르센 뤼팽만이 알고 있는 비밀이기에, 이러한 내용도 모두 자신이 퍼뜨리는 게 분명했다. 하지만 대체 무슨 목적으로 이런 정보를 흘리고 있을까? 그리고 어떤 방법을 쓰고 있는 걸까?

교도소 측은 생각다 못해 뤼팽의 감방을 옮기기로 했다. 어느 날 저녁, 뤼팽은 한 층 낮은 감방으로 옮겨갔다. 한편 예심판사는 신문을 마무리하고 사건을 검찰로 송치했다.

그리고 아무 일도 없었다. 그렇게 두 달이 지났다. 아르센은 거의 언제나 침대에 드러누워 벽을 바라보며 시간을 보냈다. 감방을 바꾼 게 큰 타격을 준 것 같았다. 자기 변호사를 면회하는 것도 거부했다. 교도관들과 겨우 몇 마디만 주고받는 정도였다.

그러다 재판이 있기 2주 전쯤 다시 활기를 찾은 듯했다. 공기가 나쁘다고 불평했다. 그래서 매일 꼭두새벽에 감시인 두 명을 붙여서 안마당으로 나가게 해주었다.

이런 상황에서도 사람들의 호기심은 식을 줄 몰랐다. 뤼팽이 탈옥했다는 소식이 들리기만 매일 기다렸다. 탈옥 소식을 바라기라도 하는 것 같았다. 그만큼 사람들은 재치와 명랑함, 다채로움, 다재다능함을 갖춘 데다 수수께끼 같은 삶을 사는 이 인물에 잔뜩 반해 있었다. 아르센 뤼팽은 탈옥해야만 한다. 거부할 수 없는 숙명이다. 오히려 사람들은 탈옥이 이처럼 늦어지는 것을 의아해했다. 매일 아침, 치안국장은 비서에게 이렇게 묻곤 했다.

"그래, 그 자식 아직 안 떠났나?"

"아직입니다, 국장님."

"그럼 내일쯤엔 사라지겠지."

재판 전날, 한 남자가 〈르 그랑 주르날〉 신문사 사무실로 법원 담당 기자를 찾아와서 카드 하나를 코앞에 내던지고 홀연히 떠나갔다. 카드에는 이렇게 적혀 있었다.

아르센 뤼팽은 반드시 약속을 지킨다.

이런 상황에서 심리가 열렸다.

어마어마한 군중이 몰려들었다. 하나같이 그 유명한 아르센 뤼팽을 직접 보고 그자가 어떻게 재판장을 요리할지 현장에서 구경하고 싶어 안달이었다. 변호사, 검사, 시평란 담당자, 사교계 인사, 예술가, 사교계 부인을 비롯해 파리 시민 전체가 청중석으로 몰려들었다.

비가 오고 있었으며 밖은 어두워서, 교도관을 따라 들어오는 아르센 뤼팽이 잘 보이지 않았다. 하지만 굼뜬 행동거지나 자리에 풀썩 주저앉는 모양새, 무관심하고 수동적인 태도 탓에 이미 좋은 인상은 주지 못했다. 뤼팽의 변호사(당발 변호사의 비서관 중 한 명이었는데, 뤼팽이 자신을 하찮게 취급하는 데 자존심이 상해 비서를 보냈다)가 몇 번인가 뤼팽에게 말을 걸었다. 뤼팽은 고개만 끄덕일 뿐 한마디도 하지 않았다.

서기가 고소장을 읽어 내려갔고, 재판장이 입을 열었다.

"피고, 일어서시오. 성, 이름, 나이, 직업을 말씀해주시겠습니까?"

대답이 없자 재판장은 반복했다.

"성이 무엇입니까? 성을 말씀해주십시오."

묵직하고 피곤한 목소리가 흘러나왔다.

"보드뤼, 데지레요."

사람들이 웅성거렸다. 재판장은 다시 물었다.

"보드뤼 데지레라고? 아, 또 새로운 인물을 만들어내신 모양이로군요! 지금까지 내세웠던 이름을 다 합하면 여덟 번째쯤 되나요. 물론 다른 이름들처럼 꾸며낸 이름일 테지만. 괜찮다면 이번 법정에서는 알려진 대로 피고를 아르센 뤼팽이라고 부르도록 하겠습니다."

재판장은 기록을 들춰본 후 말을 이었다.

"조사해보았으나 피고의 신원을 알아낼 수 없었기 때문입니다. 현대 사회에서 이토록 과거 흔적을 찾을 수 없는 사람이 있다니 참으로 독특한 경우지요. 피고가 누구인지, 어디 출신인지, 유년기를 어디에서 보냈는지, 아무것도 모릅니다. 피고는 3년 전에 갑자기 나타나 자신을 아르센 뤼팽이라 칭하면서, 지성이 넘치나 타락했으며 비도덕적이나 또한 관대한 모습을 보이기도 하며 모순 넘치는 기인으로 행세했습니다. 피고의 이전 삶에 대해 검찰이 가진 자료는 추측일 따름입니다. 지금으로부터 8년 전, 마법사 딕슨 밑에서 일한 로스타라는 인물이 실은 아르센 뤼팽이었다고 추정되며, 6년 전 생루이 병원에서 알티에 의사의 연구실을 드나들며 세균학에 관한 천재적 이론을 내고 피부병 분야에서 과감한 실험을 하여 스승을 놀라게 한 러시아 국적의 학생도 아르센 뤼팽이라고 봅니다. 유술(유도의 모태가 된 일본의 옛 무술 - 옮긴이)이 사람들에게 알려지기 훨씬 전에 파리에서 유술을 가르치던 일본 무술 강사 역시 아르센 뤼팽이었고, 만국 박람회에 자전거 경주자로 출전해 그랑프리와 상금 1만 프랑을 타고 종적을 감춘 선수도 아르센 뤼팽이라 의심치 않습니다. 또한 아르센 뤼팽은 자선 바자회 화재 사고(1897년 5월, 121명의 목숨을 앗아간 대화재 - 옮긴이) 당시, 바자회 건물의 작은 천창을 통해 수많은 인명을 구해놓고… 물건을 몽땅 털어간 인물로 짐작하고 있습니다."

재판장은 잠시 쉬었다가 이렇게 결론을 내렸다.

"지금까지는 이 사회에 대항해 피고가 벌인 싸움을 치밀하게 준비하는 시기이자 피고 자신의 힘과 능력, 기술을 체계적으로 키워 최고로 만들려는 숙련 시기였다고 여겨집니다. 피고는 위 사실이 맞다고 인정합니까?"

재판장의 논고가 진행되는 동안 피고는 등을 구부정하게 하고 팔은 힘없이 늘어뜨린 채 두 다리를 꼬아서 흔들고 있었다. 좀 더 밝은 불빛에서 보니 뤼팽은 극도로 말라서 볼이 쑥 들어가 있고 광대뼈가 이상하리만치 튀어나와 있으며 흙빛 얼굴에 빨간 반점이 군데군데 나 있었다. 게다가 드문드문 고르지 않게 몇 가닥 수염이 나 있었다. 뤼팽은 수감 생활로 엄청나게 늙고 생기를 잃어버렸다. 예전의 우아한 자태나 신문에 자주 실린 사진에서 보이던 호감 가는 젊은이 얼굴이라곤 찾아볼 수 없었다.

게다가 자기한테 하는 질문을 못 듣는 것 같았다. 질문이 두 번 반복되었다. 피고는 시선을 들고 생각해보다가 안간힘을 쓰더니 간신히 이렇게 중얼거렸다.

"보드뤼, 데지레."

재판장은 웃음을 터뜨렸다.

"어떻게 변호하시겠다는 속셈인지 도대체 알 수가 없군요, 아르센 뤼팽 씨. 바보 흉내를 내서 책임을 모면해보려는 속셈이라면 그렇게 해보세요. 하지만 나는 그런 장난에 넘어가지 않고 바로 본론으로 들어가겠습니다."

재판장은 뤼팽에게 절도, 사기, 위조 혐의의 세부 사항을 나열하기 시작했다. 이따금 피고에게 질문했다. 하지만 피고는 알 수 없는 말을 웅얼거렸을 뿐 대답하지 않았다.

증언에 증언이 이어졌다. 별 볼일 없는 증언도 있고 중요한 증언도 있었는데, 이 모두가 서로 모순되었다. 심리는 난감하게도 오리무중에 빠졌다. 이때 가니마르 형사가 인도되어 들어왔고 사람들이 다시 관심을 보이기 시작했다.

그런데 초장부터 이 노형사의 태도에 맥이 빠졌다. 어떤 느낌이었느냐 하면, 겁먹은 모습은 아니었지만(가니마르는 이보다 더한 산전수전을 모두 겪은 노장이다) 왠지 걱정스럽고 불편해 보인다고 할까. 형사는 몇 번씩이나 피고를 바라보며 눈에 띄게 불편해했다. 어쨌거나 형사는 난간을 손으로 짚은 채 자신이 연루되었던 사건과 유럽을 종횡하며 벌인 추격, 자신이 미국에 도착했던 일 따위를 이야기했다. 사람들은 형사가 겪은 흥미진진한 모험담을 하나라도 놓칠 새라 귀 기울여 들었다. 하지만 이야기가 거의 끝날 무렵, 아르센 뤼팽을 직접 대면했던 이야기를 하며 형사는 산만하고 애매한 태도를 보이다 두 차례나 이야기를 중단했다.

무언가 다른 생각에 사로잡혀 있는 게 분명했다. 재판장이 형사에게 말했다.

"몸이 불편하시면 증언을 중단하시는 게 낫겠습니다."

"아니, 그게 아니고 단지…."

가니마르는 말을 멈추더니 피고를 한참 뚫어지게 바라보았다. 그리고 말했다.

"피고를 좀 더 가까이에서 보게 해주십시오. 확실히 해두어야 할 게 있습니다."

형사는 피고에게 다가가 온 주의를 집중해 한참을 관찰한 후 단상으로 돌아왔다. 그러더니 다소 엄숙한 어조로 이렇게 말했다.

"친애하는 재판장님, 여기 제 앞에 있는 이자는 분명 아르센 뤼팽이 아닙니다."

오직 침묵만이 흘렀다. 재판장은 어안이 벙벙해서 우선 이렇게 소리쳤다.

"아, 뭐라고 하시는 겁니까! 제정신으로 하는 말입니까!"

형사는 차분한 태도로 딱 잘라 말했다.

"얼핏 보면 비슷하다고 생각할 수 있고 실제로도 유사한 점이 있다고 인정합니다만, 다시 한 번 자세히 들여다보십시오. 코, 입, 머리카락, 피부색까지… 결국 제 말은 이자가 아르센 뤼팽이 아니라는 겁니다. 게다가 저 눈을 좀 보십시오! 그자가 저런 술주정뱅이 같은 눈을 하고 있다는 게 말이나 됩니까?"

"그럼 한번 설명해보세요. 증인이 보기엔 무슨 일이 벌어진 겁니까?"

"제가 어떻게 알겠습니까! 뤼팽이 자기 자리에 어떤 한심한 작자를 데려다 놓고 대신 유죄 선고를 받게 한 거겠지요. 아니면 공범을 데려다 놓았거나."

상황이 예기치 못하게 돌아가자 재판정 여기저기에서 고함과 웃음, 탄성이 터졌다. 재판장은 예심판사와 상테 교도소장, 교도관들을 소환했고 심리를 유보했다.

심리가 다시 시작되었으나 부비에 예심판사와 교도소장은 피고가 있는 자리에서 이 남자는 아르센 뤼팽과 닮은 점이 거의 없다고 진술했다.

재판장이 외쳤다.

"아니, 그러면 대체 이자는 누구예요? 어디서 솟아났느냐는 말입니다! 어떻게 이자가 수감되어 있는 겁니까?"

상태 교도소 교도관 두 사람이 인도되어 들어왔다. 놀랍게도 교도관들은 자기들이 번갈아 감시하던 수감자라며 금세 알아보는 게 아닌가!

재판장은 한숨을 푹 내쉬었다.

교도관 한 사람이 이렇게 말했다.

"예, 맞아요. 그자가 틀림없습니다."

"뭐라고요, 틀림없다고요?"

"그렇습니다! 저도 잠깐 봤을 뿐이거든요. 저자가 이송되어 왔을 때는 밤중이었고, 이후 두 달 동안 벽만 보고 누워 있었으니까요."

"그럼 그 두 달 전에는 어땠습니까?"

"아, 그전에는 24호 감방에 수감되어 있지 않았습니다."

교도소장이 보충 설명을 했다.

"수감자가 탈옥 시도를 한 후 감방을 옮겼습니다."

"그렇다면 소장님께서는 최근 두 달 동안 뤼팽을 보신 적이 있습니까?"

"볼 기회가 없었습니다…. 아무 말썽도 안 피웠으니까요."

"그럼 저기 앉아 있는 피고가 소장님께서 인도받았던 당시 수감자와 동일한 인물인가요?"

"아닙니다."

"그럼 대체 저자는 누구입니까?"

"모르겠습니다."

"그 말인즉슨 지금 여기 있는 피고가 사실은 두 달 전에 뒤바뀌었다는 말인데 대체 이 사실을 어떻게 설명하시겠습니까?"

"있을 수 없는 일입니다."

"그럼 대체 어떻게 된 거란 말입니까?"

궁여지책으로 재판장은 피고 쪽을 바라보며 온화한 목소리로 물었다.

"자, 피고! 언제부터, 어떻게 경찰에 붙들려 있는 건지 말씀해보세요."

부드러운 재판장의 목소리를 듣고 사내는 경계심을 좀 누그러뜨렸거나 아니면 분별력을 되찾은 것 같았다. 어쨌거나 대답하려고 애썼다. 재판장이 능숙하고 부드럽게 달랜 덕분에 간신히 몇 마디를 더듬더듬 늘어놓았는데, 이를 종합해보면 다음과 같다. 두 달 전에 부랑자 수용소에 끌려가 하룻밤과 아침나절을 보냈다. 가진 돈이라고는 75상팀(오늘날 약 2유로로 80상팀, 한국 돈으로 4000원 정도 - 옮긴이)뿐이라 풀려난 후 수용소 안마당을 가로질러 가는데 교도관 두 사람이 자기 팔을 붙들어 죄수 호송차로 끌고 갔다. 이때부터 24호 감방에서 지냈는데 나쁠 게 없었다…. 먹을 것도 주고… 잠도 재워주었으니까…. 그러니 군이 항의할 필요가 없었다는 것이다….

이야기가 그럴싸했다. 청중이 웃고 웅성거리는 가운데 재판장은 추가 조사 이후로 심리를 연기했다.

조사 결과 곧바로 수감 기록을 통해 다음과 같은 사실이 확인되었다. 8주 전, 성은 보드뤼요, 이름은 데지레라는 남자가 부랑자 수용소에서 하룻밤을 보낸 후 이튿날 풀려나 오후 2시쯤 수용소를 떠났다. 그런데 바로 그날 역시 오후 2시쯤, 아르센 뤼팽도 마지막 심리를 받은 후 호송차를 타고 떠났다.

교도관이 실수했을까? 두 사람의 외모가 서로 비슷해서 잠시 방심하다가 보드뤼를 수감자로 착각한 걸까? 그렇다면 교도관들이 완전히 방심했다는 말인데, 교도관 근무 조건을 볼 때 일반적으로 이런 일은 일어날 수 없다.

그렇다면 사전에 바꿔치기를 미리 계획했을까? 사건이 일어난 장소 배치의 특성상 이런 가정은 거의 불가능하다. 더구나 이 가정이 맞다면, 보드뤼가 공범자라서 아르센 뤼팽 대신 수감되겠다는 분명한 목적을 갖고 있었다는 이야기다. 우연한 마주침이나 엄청난 실수가 기적처럼 줄줄이 일어나야만 이 계획이 성공할 수 있었을 텐데, 보드뤼가 대체 무슨 수로 이런 일을 해냈단 말인가?

데지레 보드뤼는 범죄자 인체 측정과로 보내졌다. 보드뤼의 특징과 일치하는 범인 기록은 없었으나 과거 행적은 쉽게 찾아냈다. 쿠르브부아와 아니에르, 르발루아 인근 지역에서 보드뤼를 알던 사람들이 있었다. 보드뤼는 구걸로 연명하며 테른 변두리 지역 넝마주이들이 사는 초라한 오두막에서 밤을 보내곤 했는데, 1년 전에 종적을 감췄다고 한다.

아르센 뤼팽이 이자를 고용한 것일까? 하지만 이를 뒷받침할 증거는 없었다. 설사 인정한다 해도 뤼팽이 어떻게 탈출했는지 알아낼 도리가 없다. 그저 신묘할 따름이다. 수십 가지 가정을 세워 설명해보려 했으나 어느 것 하나도 만족스럽지 않았다. 뤼팽이 탈옥했다는 사실만 명백했을 뿐이다. 그 탈옥 방법은 불가사의하고 인상적이었으며 과정 하나하나가 서로 기막히게 맞아떨어졌다. 그러니 뤼팽이 이를 오랫동안 준비해왔고 결국 이로써 자신의 오만방자한 예언을 실현해내고야 말았음을 일반인들뿐 아니라 검찰까지도 인정하지 않을 수 없었다. '재판에 참석하지 않겠다'라고 수감자가 선언하지 않았던가.

한 달 동안이나 면밀히 조사했지만 수수께끼는 여전했다. 그렇다고 딱한 보드뢰를 영영 붙잡아 두고 있을 수는 없다. 이자를 상대로 재판을 진행한다는 생각은 터무니없다. 대체 무슨 혐의로 보드뢰를 기소한다는 말인가? 결국 예심판사는 보드뢰를 석방하기로 결정했다. 단, 치안국장이 이 남자를 철저히 감시하기로 했다.

사실 감시는 가니마르 형사의 생각이다. 형사는 보드뢰가 공범은 아니지만 그렇다고 이 상황이 우연히 일어났다고 보지도 않았다. 뤼팽이 보드뢰를 능수능란하게 이용했을 뿐이라는 것이다. 보드뢰가 풀려나면 이자를 통해 아르센 뤼팽까지 거슬러 올라가 덜미를 잡거나, 아니면 적어도 뤼팽 무리의 누군가는 붙잡을 수 있으리라고 계산했다.

작전을 위해 폴랑팡 형사와 디외지 형사를 가니마르에게 붙여주었다. 안개가 자욱한 1월 어느 날의 아침, 데지레 보드뢰는 활짝 열린 교도소 문을 나섰다.

처음엔 당황한 모습으로 어디로 가서 무얼 해야 할지 잘 모르는 사람처럼 걷기 시작했다. 그렇게 상태가와 생 자크가를 따라 걸었다. 헌옷 가게 앞에 이르자 겉옷과 조끼를 벗더니 조끼를 팔아 몇 푼 받아 챙기고는 다시 겉옷을 입고 걸었다.

센 강을 건넜다. 샤틀레 부근에서 합승 마차가 보드뤼 앞을 지나갔다. 합승 마차를 타려고 했으나 자리가 없었다. 번호표를 받아놓으라는 마부의 말을 듣고 보드뤼는 합승 마차 대합실로 들어섰다.

가니마르는 대합실에서 눈을 떼지 않은 채 수하를 가까이 불러 재빨리 말했다.

"차를 한 대… 아니, 두 대 잡게. 그편이 더 확실하지. 나는 자네들 중 한 명과 같이 타고 함께 저자 뒤를 쫓도록 하겠네."

형사들은 시키는 대로 했다. 그런데 보드뤼의 모습이 보이지 않았다. 가니마르가 서둘러 갔으나 대합실은 비어 있었다.

"이렇게 멍청하긴. 다른 출구 생각을 못 하다니."

가니마르가 중얼거렸다.

실제로 대합실 안쪽 복도가 생 마르탱가 쪽에 있는 대합실과 통해 있었다. 가니마르는 쏜살같이 뛰어 다행히 늦지 않게 도착해서 보드뤼가 탄 바티뇰과 파리 식물원 구간 합승 마차가 리볼리가로 꺾어지는 것을 보았다. 형사는 달려가서 마차에 올라탔다. 하지만 두 수하는 이미 보이지 않았다. 이제 혼자 추격해야 했다.

잔뜩 화가 나서 격식이고 뭐고 내팽개치고 당장 멱살을 잡아채고 싶었다. 바보처럼 구는 이 작자가 실은 계획적으로 술수를 써서 자기를 수하들과 떼어놓은 건 아닐까?

형사는 보드뤼를 바라보았다. 의자에 앉아 머리를 좌우로 까딱까딱 흔들며 졸고 있었다. 입을 살짝 벌린, 세상에 둘도 없을 멍청한 표정이었다. 아니지, 저런 작자가 이 노련한 가니마르를 농락했다는 건 말도 안 되는 일이야. 운이 좋았어. 아무렴, 그뿐이라고.

라파예트 백화점 교차로에 이르자 보드뤼는 합승 마차에서 내려 뮈에트 역까지 가는 전차로 갈아탔다. 전차는 오스만 대로와 빅토르 위고 거리를 쭉 따라갔다. 보드뤼는 뮈에트 역에서 내렸다. 그러더니 곧장 불로뉴 숲 속으로 휘청휘청 걸어 들어갔다.

이쪽저쪽 샛길을 바꾸어 걷다가 길을 되짚기도 하며 보드뤼는 점점 멀어져갔다. 무얼 하자는 걸까? 어떤 의도가 있는 걸까?

이렇게 한 시간쯤 빙빙 돌더니 사내는 무척 지쳐 보였다. 의자를 발견하자 거기에 앉았다. 오퇴유가에서 그리 멀지 않은 곳으로 나무들 사이에 있어 잘 보이지 않고 지나가는 이도 없는 작은 연못가였다. 30분이 흘렀다. 기다리다 못한 가니마르는 말을 걸어보기로 했다.

형사는 보드뤼에게 다가가 그 옆자리에 앉았다. 담배를 피워 물고 자기 지팡이로 모랫바닥에 동그라미를 그리다가 입을 열었다.

"날이 쌀쌀하군요."

묵묵부답. 그러더니 그 잠잠한 가운데 별안간 박장대소, 그러니까 즐겁고 재밌어서 도저히 참을 수 없다는 듯 어린아이가 낼 법한 웃음소리가 터져 나왔다. 가니마르는 머리카락이 두피 위에서 쭈뼛쭈뼛 솟구치는 전율을 느꼈다. 이 웃음, 이 끔찍한 웃음소리가 얼마나 익숙한지…!

가니마르는 휙 돌아 상대방의 점퍼 깃을 움켜쥐고 재판정에서보다 더 찬찬히, 뚫어질 듯 매섭게 사나이의 얼굴을 관찰했다. 그런데 이 사람은 지난번에 보았던 그자가 아니었다. 아니, 같은 사람이었지만 동시에 다른 사람의 참된 모습을 드러내고 있었다.

이 점을 인정하고 다시 보니 보드뤼의 눈에 강렬한 삶의 불꽃이 피어올랐고 수척한 얼굴, 비쩍 말라버린 피부 아래의 실제 피부가 되살아났으며 경련으로 뒤틀렸던 입의 실제 모양도 알아볼 수 있었다. 분명 다른 사람의 눈, 다른 사람의 입이었으며 그 표정은 또 얼마나 날카롭고 생기 있으며 신랄한 조롱기를 담고 있는가. 참으로 명랑하고 젊은 얼굴이었다.

"아르센 뤼팽, 아르센 뤼팽." 가니마르는 중얼거렸다.

그러더니 돌연 분노에 휩싸여 뤼팽의 목을 조르며 넘어뜨리려 했다. 가니마르는 50대였지만 남달리 원기왕성했고 뤼팽은 허약한 몰골이었다. 가니마르가 뤼팽을 다시 잡아넣는다면 이 얼마나 멋지겠는가!

몸싸움은 금방 끝났다. 뤼팽이 방어 자세를 취하는가 싶더니 가니마르는 달려들었던 만큼이나 금세 상대를 놔주었다. 형사는 뻣뻣하고 얼얼해진 오른팔을 늘어뜨렸다.

뤼팽이 의기양양하게 말했다.

"경찰청에서 형사들한테 유술을 좀 가르친다면 형사님도 방금 이 기술을 일본말로 우데히시기(팔 후려 꺾기 – 옮긴이)라고 한다는 것쯤은 아셨을 겁니다."

그리고 좀 더 싸늘하게 덧붙였다.

"1초만 더 있었으면 팔이 부러졌을 겁니다. 그런 꼴을 당해도 싸지. 오랜 친구로 여기고 진심으로 존경하기에 형사님께 기꺼이 정체를 밝혔건만 그렇게 신뢰를 저버리다니! 질이 나쁘군…. 안 그런가! 안 그렇습니까?"

가니마르는 말이 없었다. 결국 이 탈옥의 책임이 자신에게 있다고 느껴졌다. 충격적인 증언을 해서 검찰을 호도한 것은 결국 자신이 아니었던가? 노형사에게 이 탈옥 사건은 씻지 못할 수치였다. 희끗희끗한 콧수염 위로 한 줄기 눈물이 떨어져 내렸다.

"저런, 세상에! 가니마르 형사님, 상심 마십시오. 형사님이 그렇게 증언하지 않았어도 다른 사람 입에서 증언을 끌어냈을 테니까. 그래, 데지레 보드뤼가 유죄 판결을 받도록 내가 내버려 두었겠습니까?"

가니마르가 속삭이듯 말했다.

"그럼 그 자리에 있던 게 자네였나? 지금 여기 있는 자네 말일세."

"그렇습니다, 언제나 오로지 나뿐이었습니다."

"그게 가능한가?"

"오! 어려울 게 하나도 없지요. 훌륭하신 재판장님도 말씀하셨듯이 모든 상황에 대비해 10여 년간 훈련을 잘 해놨으니까요."

"그래도 자네 얼굴은? 자네 눈은?"

"잘 아시다시피 생루이 병원의 알티에 의사 밑에서 18개월

동안 일했는데, 내가 의술을 좋아해서 그랬다고 생각하면 착각이십니다. 아르센 뤼팽으로 살아가려면 일반적인 외모나 신원이라는 덫에서 벗어나 있어야 한다고 생각했어요. 외모요? 원하면 바꿀 수 있는 것 아닙니까. 파라핀 피하 주사 한 대면 원하는 피부 부분이 부풀어 오르게 할 수 있지요. 모히칸 족처럼 보이고 싶다고요? 초성몰식자산을 써보십시오. 또 애기똥풀로 즙을 내어 바르면 피부 발진과 종기가 미친 듯이 돋아날 겁니다. 이런 식으로 화학 물질을 사용하다 보면 수염이나 머리카락이 자라는 데 변화가 오고 음색도 변하지요. 게다가 24호 감방에서 두 달 동안 식이요법을 했고, 경련이 이는 듯한 입놀림이나 머리를 기울이고 등을 구부정하게 하는 습관을 들이려고 수없이 연습했다고 생각해보십시오. 마지막으로 아트로핀 몇 방울로 얼이 빠지고 시선을 피하는 눈매까지 만들어냈으니 누구나 속아 넘어갈 수밖에요."

"그래도 교도관이 어떻게 그걸 몰랐는지…."

"서서히 변했으니까요. 하루하루 변해가니 눈치챌 수 없었지요."

"그렇다면 데지레 보드뤼란 인물은?"

"보드뤼는 존재합니다. 작년에 만난 불쌍하고 순진한 작자인데, 내 외모를 닮은 점이 좀 있더군요. 혹시 체포될 경우를 대비해 그자를 거둬 안전한 곳에 두고, 일단 내 외모에서 그자와 차이 나는 점을 최대한 없앴지요. 그리고 내 동료들이 보드뤼를 유치장에 하룻밤 가두었다가 내가 신문을 마치고 나오는 시간에 맞춰 풀려나도록 했고요. 나중에 이 우연의 일치가 금방 드러나게 신경 써야 했습니다. 보세요, 사법 당국이 보드뤼의 흔적을 발견해야 법정에 선 이 사람이 누군지 알게 아닙니까. 보드뤼라는 훌륭한 미끼를 내세우자 당국은 옳다구나 하고 여지없이 그 미끼에 달려들 수밖에 없었지요. 사법 당국은 바꿔치기가 거의 불가능하다는 사실을 인정하면서도, 자기들이 아무것도 모른다고 인정하기보다는 죄인이 바꿔치기됐다고 여기는 편을 택한단 말입니다."

"그렇군, 확실히 그렇군." 가니마르가 중얼거렸다.

아르센 뤼팽이 의기양양하게 이어갔다.

"게다가 그 무엇보다 끝내주는 패가 하나 있었는데 애초부터 이 패에 공을 좀 들였지요. 이 패는 바로, 모두 제가 탈옥하기를 기다리고 있다는 점입니다. 사법 당국과 나 뤼팽이 내 자유를 놓고 벌인 이 흥미진진한 대결에서 형사님이나 다른 분들이 엄청난 실수를 저질렀단 말씀입니다. 내가 여태껏 거둔 성공에 취해서 애송이처럼 허세나 떤다고 또다시 생각하지 않았습니까. 나, 아르센 뤼팽이 그런 약점을 보인대서야! 카오른 사건도 겪었으면서 또 똑같이 '아르센 뤼팽이 탈옥하겠다고 사방팔방 광고하고 다닐 때에는 그렇게 해야만 하는 이유가 있다'라는 생각을 못 했지. 그래요, 빌어먹을, 탈옥하려면… 즉 탈옥하지 않고서도 탈옥하려면 뤼팽이 탈옥할 거라고 남들이 철석같이, 신념이라도 되듯 불 보듯 뻔한 진실이라고 믿어주었어야 했단 말이지. 그래서 그런 상황을 스스로 만들어냈지요. 아르센 뤼팽은 탈옥할 것, 자기 재판에 참석하지 않을 것이라고 믿게 말입니다. 이런 상황에서 형사님이 법정에서 일어나 '저자는 아르센 뤼팽이 아니다'라고 하자 사람들은 그 말을 곧바로 믿을 수밖에 없었습니다. 만약 한 사람이라도 의심해서 '그런데 만약 아르센 뤼팽이라면?'이라는 단순한 질문을 던졌다고 해봅시다. 그 순간 내 계획은 물거품이 됐겠지. 형사님이나 다른 사람들이 내가 아르센 뤼팽일 수도 있다는 생각으로 관찰했다면, 아무리 이런저런 조치를 취했어도 나를 알아봤을 겁니다. 하지만 걱정은 별로 하지 않았습니다. 논리적으로나 심리적으로나 그 간단한 생각을 누군가 해낼 리는 없었으니까요."

뤼팽은 돌연 가니마르의 손을 붙들고 물었다.

"여봐요, 가니마르 형사님, 솔직히 말씀해보세요. 상테 교도소에서 만났을 때 내가 말한 대로 일주일 후 새벽 4시에 댁에서 나를 기다렸다고 말입니다."

"그럼 죄수 호송차 건은?" 가니마르는 대답을 회피하며 도리어 질문을 던졌다.

"쳇, 속임수였지! 친구들이 나를 탈옥시키겠다며 고물차를 수리해서 바꿔치기한 거였는데, 엄청나게 운이 좋지 않는 한 그런 방법으로는 탈출하지 못할 게 뻔했습니다. 하지만 생각해보니 그 탈옥을 성공하면 광고가 돼서 좋겠더군요. 그것뿐이었습니다. 과감하게 한번 탈옥을 시도해보면 다음번 탈옥은 이미 따놓은 거나 마찬가지인 효과가 있지 않겠습니까."

"그러면 시가도…."

"내가 그랬어요. 칼도 그렇고."

"쪽지는?"

"내가 쓴 거고요."

"그럼 편지를 보낸 그 미지의 여인은 누구인가?"

"여인과 나는 동일 인물이지요. 글씨체를 바꾸는 일은 식은 죽 먹기거든요."

가니마르는 잠시 생각에 잠기더니 반박했다.

"인체 측정과에서 보드뤼 범인 카드를 조사하면서 어떻게 아르센 뤼팽 카드 내용과 일치한다는 사실을 못 알아챈 거지?"

"아르센 뤼팽 범인 카드는 존재하지 않으니까."

"뭐라고!"

"있다 해도 위조된 거지요. 이 부분을 연구하느라 시간을 좀 보냈습니다. 베르티용(19세기 범죄자들의 인체 측정법을 창안한 인물 – 옮긴이) 시스템에는 일단 시각적 특징을 기입해 넣는데 이게 완벽하지 않다는 것은 직접 보신 대로고요. 그다음에 머리 둘레나 손가락, 귀 길이 따위의 치수를 기입해 넣지요. 이 부분은 어찌해볼 도리가 없더군요."

"그래서?"

"그래서 뇌물을 먹여야 했어요. 이미 미국에서 돌아오기도 전에, 인체 측정과 직원 한 명이 내 치수를 처음 측정할 때 허위로 기입해주기로 매수했지요. 그렇게만 해주면 시스템을 모조리 비껴갈 수 있단 말입니다. 범인 카드가 원래 있어야 할 자리가 아니라 완전히 다른 자리에 놓이지요. 그러니 보드뤼 카드와 아르센 뤼팽 카드 내용이 맞아떨어질 리가 없었던 거고요."

다시 한 번 침묵이 흘렀다. 가니마르가 물었다.

"그럼 이제 무얼 하려는가?"

뤼팽은 희희낙락 외쳤다.

"좀 쉬며 고칼로리 식이요법으로 내 모습을 되찾아야지요. 보드뤼나 다른 누구로 살아가고 셔츠 갈아입듯 성격을 바꿔보거나 외모, 목소리, 시선, 글씨체를 골라 쓰는 것도 재미있는 일입니다만, 어느 순간 내가 누군지 잊어버리는데 그땐 몹시 서글퍼진답니다. 지금 내 느낌이 어떤지 아십니까? 마치 자기 그림자를 잃어버린 사람이라고나 할까. 나를 찾으러 떠나서… 결국 되찾아야겠지요."

뤼팽은 이리저리 서성거렸다. 낮 햇살에 점차 어둠이 스며들었다. 뤼팽은 가니마르 앞에 우뚝 섰다.

"이제 더 이상 할 이야기는 없는 것 같은데. 아닙니까?"

형사는 대답했다.

"하나 있네. 이번 자네 탈옥에 관한 진실을 밝힐 셈인지 알고 싶네…. 내가 저지른 실수에 관해서도 그렇고…."

"아! 풀려난 사람이 아르센 뤼팽이라는 건 그 누구도 절대 모를 겁니다. 주변에 수수께끼 같은 장막을 최대한 쳐둘수록 이로우니, 이번 탈옥도 거의 기적같이 이루어졌다고 믿게 놔두는 편이 좋겠지요. 그러니 형사님, 걱정하지 마시고 안녕히 가십시오. 오늘 저녁에 시내에서 식사 약속이 있는데 이제 옷 갈아입을 시간밖에 없군요."

"쉬고 싶다고 하지 않았나!"

"아! 사교계에는 반드시 지켜야 할 의무가 있어서 말입니다. 내일부터 쉬지요, 뭐."

"식사 장소는 어딘가?"

"영국 대사관입니다."

4
불가사의한 여행객

여행 전날, 내 자동차를 미리 루앙 시에 보내놓는 바람에 기차를 타고 루앙까지 가서 센 강변에 사는 친구 집에 가야 했다.

그런데 파리에서 기차가 떠나기 몇 분 전, 일곱 명이나 되는 남자들이 내가 탄 칸으로 몰려들었고 그중 다섯 명이 담배를 피우는 게 아닌가. 특급열차로 가는 거라 길지 않은 여행길이었지만, 이 사람들과 함께 있을 생각을 하니 불쾌해졌다. 구형 객차라 복도도 없었다. 그래서 나는 외투와 신문, 열차 시간표를 들고 옆 칸으로 자리를 옮겼다.

옆 칸에는 부인이 한 명 타고 있었는데 나를 보더니 당황하는 기색이 역력했다. 부인은 계단에 서 있는 한 남자 쪽으로 몸을 기울었다. 아마 역으로 배웅 나온 남편이리라. 남자는 나를 잠시 살펴보았는데 내 인상을 좋게 본 모양이었다. 겁을 집어먹은 어린아이를 달래듯이 남자는 미소 띤 얼굴로 조근조근 아내를 달래는 것 같았다. 이번에는 부인이 미소를 띠고 나를 친근한 눈빛으로 바라보았다. 내가 점잖은 신사라서 0.5제곱미터 정도에 불과한 작은 공간에 두 시간 동안 함께 있어도 전혀 걱정할 게 없다고 판단한 모양이었다.

남편이 말했다.

"여보, 날 원망하지 않겠지. 급한 약속이 있어서 더 있을 수가 없군요."

남편은 부인을 다정하게 포옹하고 돌아갔다. 부인은 창문을 통해 가벼운 키스를 보내고 손수건을 흔들었다.

기적이 울리고 기차가 덜컹거렸다.

바로 이때 역무원의 항의에도 불구하고 문이 덜컥 열리더니 한 남자가 우리 칸으로 들어왔다. 같이 있던 여인은 서서 그물 선반에 짐을 정리하고 있다가 외마디 비명을 지르며 자리에 털썩 주저앉았다.

나는 절대 겁쟁이가 아니지만 이런 식으로 출발 직전에 누군가 난데없이 나타나면 항상 마음이 불편해졌다. 이런 출현에는 수상쩍고 자연스럽지 않은 구석이 있다고나 할까. 뭔가 있는 게 분명하다. 그렇지 않고는….

하지만 남자의 모습과 태도를 보고 행동에서 받았던 나쁜 인상이 조금은 누그러졌다. 태도는 예의 바르고 우아하기까지 했으며 넥타이는 품위 있고 장갑은 깨끗했으며 얼굴에 생기가 넘쳤다…. 아니, 그런데 이 얼굴을 어디서 봤더라? 틀림없이 본 적이 있다. 아니, 어떤 인물의 사진을 여러 번 보았으나 실제 모습은 한 번도 보지 못한 경우에 남는 기억이라고 할까. 하지만 굳이 기억하려고 애쓰는 게 쓸데없다고 느껴질 만큼 기억은 무의식적이고 희미했다.

그래서 다시 부인을 돌아보니 세상에, 얼굴이 백지장 같았고 근심으로 일그러져 있었다. 부인은 옆에 앉은 그 남자를 힐끔 힐끔 보는데(두 사람은 같은 쪽에 앉아 있었다) 그야말로 공포에 사로잡힌 표정이었다. 자기 무릎에서 20센티미터 정도 떨어진 의자 위에 놓인 작은 손가방 쪽으로 덜덜 떨리는 손을 슬금슬금 뻗고 있는 게 보였다. 결국 부인은 가방을 집어 자기 쪽으로 획 끌어당겼다.

우리는 시선이 마주쳤는데 부인이 하도 불안해하고 근심에 차 보여서 물어보지 않을 수 없었다.

"부인, 어디 몸이라도 불편하십니까…? 창문을 좀 열어드릴까요?"

부인은 대답 대신 바들바들 떨며 옆의 남자를 가리켰다. 나는 여자의 남편이 그랬듯이 빙그레 웃으며 어깨를 으쓱해 보였다. 그리고 내가 여기 있으니 하나도 걱정할 필요가 없으며 옆의 남자도 그리 난폭해 보이지 않는다고 무언의 신호를 보냈다.

그 순간, 남자가 몸을 돌려 우리를 머리끝부터 발끝까지 번갈아 훑어보더니 다시 자기 자리에 몸을 파묻고는 더 이상 움직이지 않았다.

침묵도 잠시, 이내 부인은 무슨 임무라도 필사적으로 수행해 내듯 안간힘을 쓰더니 들릴락 말락 한 목소리로 내게 말했다.

"우리 기차에 누가 타고 있는지 아세요?"

"누가 탔습니까?"

"그 사람… 그자 말이에요…. 확실하다고요."

"그자라니요, 누구를 말씀하십니까?"

"아르센 뤼팽 말이에요!"

부인은 여행객에게서 시선을 떼지 않고 있어서 내게 이 위험한 인물의 이름을 말하는 게 아니라 그 남자에게 말하는 것 같았다.

남자는 모자를 코 위까지 푹 내려 썼다. 부인의 말을 듣고 불편한 기색을 감추려는 것일까, 아니면 잘 준비를 하려는 것일까?

나는 부인의 말에 반박했다.

"아르센 뤼팽은 어제 있었던 결석 재판에서 20년간 강제 노동에 처했습니다. 이런 마당에 오늘 감히 공공장소에 모습을 드러내겠습니까. 더군다나 그 유명한 상테 교도소 탈옥 이후, 올겨울에는 터키에 있다고 신문에 나오지 않았습니까?"

"그자가 이 기차 안에 타고 있다고요."

부인은 이렇게 거듭 말했는데 남자가 듣길 바라는 듯 점점 더 노골적인 태도였다.

"제 남편이 교도소 부소장인데, 바로 역장님 본인이 지금 아르센 뤼팽을 찾는 중이라고 우리에게 말씀하셨다고요."

"그렇다고 의심하실 필요는…."

"누가 그자를 역 대합실에서 봤다고 했어요. 루앙으로 가는 일등석 표를 끊었다고요."

"그때 붙잡을 수 있었을 텐데요."

"그런데 홀연히 사라져버렸답니다. 차장 말로는 대합실 출입구로 나가는 걸 못 봤대요. 교외 쪽 플랫폼을 통해서 나온 후 우리 기차보다 10분 늦게 출발하는 급행열차에 탔을 거라고 했어요."

"그렇다면 급행열차에서 잡으면 되겠네요."

"그렇지요. 그런데 출발 직전에 급행열차에서 뛰어내려 여기, 우리 기차에… 올라탔단 말이에요. 어쩜 이렇게 그럴듯한지…. 이 얼마나 명백한 사실인가요?"

"그런 경우라면 여기서 잡히겠지요. 승무원과 경찰들이 급행열차에서 이쪽 열차로 갈아탄 걸 모를 리가 없거든요. 우리가 루앙에 도착할 때 깔끔하게 잡아들이겠군요."

"그자를 잡는다고요? 절대 못 잡지요! 분명 또 빠져나갈 방도를 찾아낼 거라고요."

"그렇다면 뤼팽한테 즐거운 여행길을 기원해주는 수밖에 없군요."

"하지만 여기서 루앙까지 가는 길에 그자가 벌일 짓을 생각하면…."

"무슨 짓이요?"

"그걸 제가 어떻게 알아요? 그자가 못할 짓이 뭐가 있겠어요."

부인은 대단히 흥분한 상태였는데 상황이 그럴 만도 했다.

나도 모르게 부인에게 말했다.

"하긴 우연히 맞아떨어지는 구석이 있긴 하군요…. 하지만 진정하세요. 설사 아르센 뤼팽이 이 기차의 어느 칸에 숨어 있다 해도 굳이 문제를 일으키기보다는 조용히 있을 겁니다. 위기나 위험한 상황은 안 만드는 게 상책이라고 생각할 테니까요."

이 말을 듣고도 부인은 진정되지 않았다. 그래도 입은 다물었다. 아마 경거망동한 행동을 후회하는 모양이었다.

나는 신문을 펴 아르센 뤼팽의 재판에 관한 서평을 읽었다. 다 알고 있는 사실만 적혀 있어 그다지 재미가 없었다. 게다가 피곤했고 제대로 잠을 못 잔 터라 눈꺼풀이 감기는가 싶더니 고개가 슬슬 수그러들었다.

"아니, 선생님, 주무시면 안 돼요."

부인이 내 신문을 홱 낚아채며 화난 얼굴로 쳐다봤다.

"아무렴요, 안 되고말고요. 그럴 생각은 추호도 없습니다."

"그런 최악의 실수도 없을 거예요."

"그럼요, 최악의 실수지요."

그리하여 풍경에도 집중해보고 하늘에 켜켜이 쌓인 구름도 바라보며 잠을 쫓으려 애썼다. 그것도 잠시, 이내 주변이 흐릿해지면서 부인이 잔뜩 긴장해 있는 모습이나 잠든 남자의 모습이 아득히 멀어져가고, 이내 나는 곤한 잠에 푹 빠져들었다.

앞뒤가 안 맞는 개꿈을 꿨다. 아르센 뤼팽이라 불리는 인물 역할을 하는 남자가 주인공이다. 뤼팽은 보물을 짊어지고 평원을 지나가고 있었는데 성벽을 뚫고 성안의 가구들을 싹 쓸어갔다.

그런데 어느 순간부터 인물의 윤곽이 점점 선명하게 보였다. 이제 더 이상 아르센 뤼팽이 아니었다. 이 사람은 내게 다가오며 점점 커지더니 객차 안에서 날쌔게 내 가슴 위로 달려들었다.

끔찍한 통증… 새된 비명 소리. 잠이 확 깼다. 우리 칸 그 남자가 내 위에서 무릎으로 가슴을 누른 채 목을 조르고 있었다.

피가 눈으로 쏠린 탓에 주변이 온통 희미하게만 보였다. 신경발작이라도 일어난 듯 구석에서 바들바들 떨고 있는 부인도 보였다. 나는 저항하려고도 하지 않았다. 그럴 힘도 없었다. 관자놀이가 윙윙거리며 숨이 막혔…. 간신히 숨을 몰아쉬었지만… 조금 더 있다가는… 질식할 판이었다.

남자가 이걸 느낀 모양이었다. 손을 좀 더 느슨하게 풀더니, 내게서 떨어지지 않은 채 오른손으로 노끈을 끌어다 잽싸게 내 손목을 잡아 묶었다. 잡아당기면 죄어지도록 미리 매듭을 준비해놓았던 것이다. 나는 순식간에 묶여 재갈까지 물린 채 꼼짝도 못하게 되었다.

과연 그자는 절도 전문가다운 숙련된 기술로 여유롭게 이 일을 해치웠다. 한마디 말도 없었고 흥분한 태도라곤 전혀 찾아볼 수 없었다. 침착하고 과감했다. 그런데 여기 의자 위에 미라처럼 꽁꽁 묶여 있는 **나 아르센 뤼팽** 꼴이라니!

참으로 우스웠다. 사태가 심각했음에도 내가 처한 입장이 꽤나 얄궂고 재밌었다. 이 아르센 뤼팽이 초짜처럼 당하다니! 게다가 몽땅 털리기까지 하다니. 도둑이 내 주머니와 지갑을 털어가는 건 당연하지 않은가! 아르센 뤼팽, 이번에는 자기가 속아 넘어가다니… 얼마나 대단한 일인가!

부인은 어떻게 될까? 사내는 여자에게 신경도 안 썼다. 바닥에 떨어진 부인의 작은 손가방을 주워 그 안에 들어 있던 보석, 지갑, 금 장신구와 돈을 빼갔을 뿐이다. 부인은 실눈을 뜨고 두려움에 사시나무 떨듯 떨며 자기 반지를 빼 남자 앞에 내밀었다. 도둑의 수고를 덜어주겠다는 듯이 말이다. 남자는 반지를 집어들고 여자를 바라보았다. 여자는 곧바로 기절해버렸다.

도둑은 여전히 말없이 차분했다. 이제 우리한테는 아예 신경을 끊고 자기 자리로 돌아가 담배를 피워 물더니 챙긴 물건을 유심히 살펴보기 시작했다. 흡족해하는 것 같았다.

나는 전혀 흡족하지 않았다. 저 작자가 부당하게 가져간 1만 2000프랑 때문이 아니다. 이는 일시적인 손실일 뿐, 돈도 그렇고 지갑 안에 든 계획서며 견적서, 주소, 연락 담당자 목록과 매우 중요한 편지 같은 문서들도 빠른 시간 안에 되찾을 예정이다. 그보다 지금 당장 더 급하고 심각한 걱정은 대체 앞으로 상황이 어떻게 전개될까 하는 것이었다.

짐작하다시피 나는 생 라자르 역을 지나갈 때 사람들의 웅성거림을 눈치챘다. 나는 지금 기욤 베를라라는 이름으로 사귄 친구들 집에 초대받아 가는 길이다. 이 친구들이 언젠가 아르센 뤼팽을 닮았다며 실없이 놀린 적도 있던 터라 함부로 분장할 수도 없었다. 그러니 누군가 나를 보고 뤼팽이 나타났다고 신고한 모양이다. 더군다나 어떤 남자가 급행열차에서 특급열차로 황급히 옮겨 타는 것을 봤다고 하지 않았던가? 그 남자가 아르센 뤼팽이 아니라면 누구란 말인가? 그러니 루앙 경찰서장이 전보로 이 사실을 미리 통고받았을 것이고, 기차가 역에 도착하면 분명 경찰을 대동하고 혐의가 가는 승객을 찾는다며 기차를 샅샅이 뒤질 것이다.

이 모든 것을 뻔히 예상하고 있었지만 그다지 걱정은 되지 않았다. 루앙 경찰이라고 파리 경찰보다 더 똑똑할 리도 없으니 살짝 빠져나가기는 식은 죽 먹기였다. 나가면서 태연스럽게 국회의원 카드만 보여주면 되지 않겠는가? 생 라자르 역무원도 그걸 보고 의심할 생각도 못 했다. 하지만 지금은 상황이 얼마나 변해버렸는지! 나는 자유로운 몸이 아니다. 평소 쓰던 방법을 써볼 도리가 없다. 어쩌다 보니 객차 안에서 어린 양처럼 순하게 손발이 꽁꽁 묶여 포장된 아르센 뤼팽이 경찰서장한테 보내지는 것이다. 자기 이름으로 배달된 소포나 고기 광주리, 채소나 과일 바구니를 받듯 서장은 기차역에서 물건을 받기만 하면 되는 상황이다.

이런 난처한 상황에 이르지 않아야 할 텐데 이렇게 묶여 있으니 대체 무엇을 해볼 수 있단 말인가!

특급열차는 베르농과 생 피에르를 쏜살같이 지나, 다음 역이자 종착지인 루앙을 향해 달렸다.

내가 직접 관련된 건 아니지만 직업적 호기심에서 비롯한 또 다른 의문이 들었다. 대체 이 작자의 의도가 뭘까?

만약 여기에 나만 있었다면, 저자는 루앙에 도착했을 때 조용히 기차에서 내릴 여유가 있을 거다. 하지만 여자가 있단 말이다! 저 부인이 지금은 이렇게 얌전하게 풀이 죽어 있지만 문이 열리자마자 소리를 지르고 요란스레 구조 요청을 하지 않겠는가!

이해가 안 됐다! 왜 여자도 나처럼 옴짝달싹 못하게 해놓지 않는 걸까? 그렇게 하면 우리 두 사람에게 한 짓을 들키기 전에 유유히 사라져버릴 수 있을 텐데.

남자는 계속 담배를 피워댔다. 조금씩 떨어지는 빗방울이 창문에 기다란 빗금을 긋는 것을 바라보는 모양이었다. 한번은 뒤돌아서 내 열차 시간표를 집어들고 들여다보았다.

부인은 남자를 안심시키려고 기절한 척했다. 담배 연기 때문에 기침을 해대는 것을 보니 정말로 기절한 건 아니었다.

나는 몹시 불편하고 온몸이 쑤셨다. 그 와중에 따져보고⋯ 계획을 세우고 있었다⋯.

퐁 드 라르슈, 우아셀⋯ 특급열차는 신나게 자기 속도에 취해 달리고 있었다.

생테티엔⋯ 순간 남자가 일어나 우리 쪽으로 두 발짝 다가왔다. 부인은 황급히 비명을 지르려다 말고 진짜로 기절해버렸다.

대체 무얼 하려는 거지? 우리 쪽 창문을 열었다. 이제는 빗줄기가 꽤 거세졌다. 우산도 외투도 없어 사내는 난감해 보였다. 선반 위에 있는 부인의 양산 겸용 우산을 보더니 그것을 집어들었다. 내 외투도 가져다 걸쳤다.

기차가 센 강을 건너는 중이었다. 도둑은 바짓가랑이를 걷어 올리더니 몸을 구부려 바깥쪽 문고리를 들어 올렸다.

선로로 뛰어내리려는 걸까? 기차 속도로 보아 자살 행위였다. 기차는 생트 카트린 언덕 아래 터널로 들어갔다. 남자는 문을 조금 열고 발로 첫 번째 계단을 디뎠다. 이때 기차 속도가 갑자기 느려졌다. 웨스팅하우스 회사의 공압식 브레이크가 기를 쓰고 바퀴에 제동을 걸고 있었다. 속도는 금세 일반 기차 수준으로 줄더니 이내 더 줄어들었다. 터널에 보강 공사가 필요한 부분이 있었고, 이 때문에 아마 며칠 전부터 이곳을 지나는 기차가 속도를 줄여야 했음에 틀림없다. 사내는 이 사실을 알고 있었다.

이제 사내는 계단에 발을 딛고 두 번째 계단까지 내려가 유유히 떠나버리면 그만이었다. 물론 떠나기 전에 미리 문고리를 제자리로 돌려놓고 문을 닫는 것도 잊지 않았다.

남자가 사라지자마자 밝은 빛이 들어와서 기차 연기가 더욱 하얗게 보였다. 골짜기 사이였다. 이제 터널 하나만 더 지나면 루앙이다.

남자가 떠나자 부인도 이내 정신이 돌아와 보석을 잃었다며 탄식부터 했다. 나는 부인을 애원하는 눈길로 쳐다보았다. 이를 보고 부인은 황급히 내 숨통을 막고 있던 재갈을 풀어주었다. 손목의 노끈도 풀어주려고 했는데 내가 제지했다.

"아니, 아닙니다. 경찰이 있는 그대로 봐야 합니다. 경찰이 이 불한당에 대해 진상을 알아야 하니까요."

"비상벨을 울릴까요?"

"너무 늦었습니다. 그자가 저를 공격하고 있을 때 그 생각을 하셨어야지요."

"그랬으면 날 죽였을 거예요! 아, 선생님, 그자가 이 기차에 타고 있다고 제가 말씀드렸잖아요! 뤼팽 사진을 본 적이 있어서 단번에 알아봤다고요. 이제 제 보석을 갖고 달아나버렸으니."

"되찾을 테니 걱정하지 마십시오."

"아르센 뤼팽을 다시 찾는다고요! 절대 불가능해요."

"부인께서 어떻게 하시는지에 달렸습니다. 잘 들으세요. 역에 도착하자마자 문쪽으로 가서서 사람들을 부르고 시끄럽게 하십시오. 그래야 경찰과 승무원이 올 겁니다. 보신 그대로 말씀하세요. 제가 폭행당했고 아르센 뤼팽이 달아났다는 걸 간단히 말씀하시고 그자의 인상착의를 말씀하세요. 중절모자에 여자 우산을 들었고 허리선이 있는 회색 외투를 입었다고 말입니다.

"그건 선생님 외투잖아요." 부인이 말했다.

"제 거라니요? 아니에요, 그 사람 거예요. 저는 외투가 없었습니다."

"하지만 그 사람이 탔을 때 외투는 안 입고 있었던 것 같은데요."

"아니, 입고 있었어요…. 아니면 누가 선반에 놓고 간 외투였겠지요. 어쨌든 그자가 기차에서 내렸을 때 입고 있었으니 그게 중요한 겁니다…. 허리선이 있는 회색 외투, 잘 기억하세요…. 아! 잊을 뻔했네요…. 우선 부인 이름을 말씀하십시오. 부군 직책을 알면 사람들이 훨씬 더 진지하게 들을 겁니다."

역에 도착했다. 부인은 벌써부터 문에 바싹 몸을 기울였다. 나는 부인이 반드시 기억하도록 좀 더 큰 소리로 또박또박 명령하듯 말을 이었다.

"그리고 제 이름, 기욤 베를라도 말씀하십시오. 필요하다면 부인께서 절 아신다고 하세요…. 시간이 절약될 겁니다…. 초동수사에 바로 들어가야 하거든요…. 중요한 건 아르센 뤼팽… 그리고 부인의 보석을 되찾는 거 아니겠습니까… 실수가 있어서는 안 됩니다, 아시겠지요? 저는 부군의 친구, 기욤 베를라입니다."

"알겠어요…. 기욤 베를라."

부인은 사람들을 부르느라 벌써 손짓 발짓을 하고 있었다. 기차가 멈추기도 전에 한 남자가 수하들을 대동하고 올라탔다. 결정적인 순간이 왔다.

숨을 헐떡이면서 부인이 소리쳤다.

"아르센 뤼팽… 그자가 우리를 공격하고… 제 보석을 훔쳐 갔어요…. 제 이름은 르노이고… 제 남편은 교도소 부소장이에요…. 어머! 마침 저기 제 동생이 있네요. 조르주 아르델이고 루앙 은행장이지요…. 물론 아시겠지만요…."

부인은 막 우리 쪽으로 다가온 젊은이를 반갑게 포옹했다. 경찰서장은 깍듯이 인사했다. 부인은 다시 울먹거리며 이야기를 이어갔다.

"그래요, 아르센 뤼팽이… 여기 이 신사분께서 주무시는데 그 몸 위에 올라타서는…. 이분은 베를라 씨고 제 남편의 친구예요."

경찰서장이 물었다.

"그럼 아르센 뤼팽은 어디 있습니까?"

"센 강을 지나서 터널을 통과할 때 기차에서 뛰어내렸어요."

"뤼팽이 맞다고 확신하십니까?"

"확신하느냐고요! 똑똑히 봤다니까요. 게다가 생 라자르 역에서도 목격됐다면서요. 중절모자를 쓰고…."

"즉 여기 이 모자 같은… 뻣뻣한 펠트 천 모자가 아니란 말이지요." 서장이 내 모자를 가리키며 확인했다.

"확실히 중절모자였어요. 거기에 허리선이 있는 회색 외투를 입었고요." 르노 부인은 반복해서 말했다.

"그렇군요. 전보에서도 허리선이 있고 검정 벨벳 깃이 달린 회색 외투를 입었다고 하더군요." 서장이 중얼거렸다.

"맞아요, 검정 벨벳 깃이 달렸어요." 르노 부인은 의기양양하게 소리쳤다.

이제 한숨 돌렸다. 아, 대단한 이 여인, 정말 든든한 친구가 아닌가!

그러는 사이 경찰이 결박을 풀어주었다. 나는 입술을 꾹 깨물어 피를 냈다. 허리를 잔뜩 웅크리고 앉아 손수건을 입에 대고 있는 모습이 영락없이 오랫동안 불편한 자세로 묶여 있었고 재갈을 물고 있느라 입가에 핏자국까지 난 사람이었다. 나는 힘없는 목소리로 경찰서장에게 말했다.

"서장님, 아르센 뤼팽이었어요. 틀림없습니다…. 빨리 움직이면 잡을 수 있을 겁니다…. 제가 좀 도움이 될 수 있을 것 같습니다만…."

경찰 조사에 이용될 객차만 분리해 남기고 기차는 르아브르를 향해 떠났다. 사람들이 호기심에 차서 플랫폼에 모여 있었는데 그 사이를 뚫고 우리는 역장 사무실로 인도되었다.

이때 나는 잠시 망설였다. 무슨 핑계라도 대서 여기를 빠져나가 내 차를 몰고 가버리면 그만이다. 지체하면 위험하다. 사소한 사건이 일어나 파리에서 전보 하나만 도착해도 난 끝장이다.

그래. 하지만 그러면 그 도둑놈은 어쩌고? 낯선 지방에서 혼자 힘으로 그자를 찾기란 거의 불가능하다.

'쳇! 한번 해보자. 남아보는 거야. 어려운 게임이지만 제법 흥미진진하단 말이지! 게다가 중요한 문제가 걸려 있기도 하니.'

나는 머리를 굴렸다.

경찰이 진술을 반복해달라고 했을 때 나는 이렇게 소리쳤다.

"서장님, 지금 아르센 뤼팽이 앞서가고 있습니다. 제 자동차가 지금 역 마당에 주차되어 있으니 서장님께서 허락해주신다면 함께 한번 시도해볼…."

서장 얼굴에 미묘한 미소가 떠올랐다.

"나쁜 생각은 아니군요…. 아주 좋은 생각입니다. 그래서 실은 이미 그렇게 하고 있는 중이지요."

"아!"

"그렇습니다, 선생, 제 부하 두 명이 자전거로… 벌써 한참 전에 떠났어요."

"어디로 말입니까?"

"바로 터널 출구지요. 거기서 단서와 증언을 수집하고 아르센 뤼팽의 흔적을 쫓을 겁니다."

나도 모르게 어깨를 으쓱해 보였다.

"아무런 단서나 증언도 확보하지 못할 겁니다."

"뭐라고요!"

"아르센 뤼팽은 자기가 터널에서 나오는 것을 아무도 못 보게 했을 겁니다. 이미 제일 먼저 만난 도로를 탔겠고 거기서부터…."

"거기서부터 루앙으로 오면 우리가 잡는 거지요."

"루앙으로 오지 않을 겁니다."

"그렇다면 뤼팽이 아직 터널에서 멀리 안 갔을 테니 우리가 확실히…."

"그 근처에 있지도 않을 거예요."

"아, 흠! 그럼 어디에 숨어 있을 거라는 말씀입니까?"

나는 시계를 꺼내 보았다.

"지금쯤이면 다르네탈 역 부근을 배회하고 있을 거예요. 10시 50분에, 다시 말해 22분 후에 루앙 역에서 아미앵으로 가는 기차를 탈 겁니다."

"아니, 어떻게 그러리라는 것을 아십니까?"

"오, 간단해요. 기차 안에서 아르센 뤼팽이 제 열차 시간표를 들여다봤거든요. 왜 그랬겠습니까? 그 남자가 사라진 곳에서 멀지 않은 곳에 다른 철로나 그 철로로 통하는 기차역이 있는지, 있다면 기차가 그 역에 정차하는지 궁금하기에 저도 시간표를 한번 봤지요. 그렇게 알았습니다."

"와, 선생, 정말 추리 한번 잘하십니다. 능력이 대단하세요!" 서장이 말했다.

나는 아차 싶었다. 자신감이 넘쳐서 그만 지나치게 솜씨를 내보이는 실수를 저질렀다. 경찰서장이 놀라서 나를 빤히 바라보는 품을 보니 의심하는 것 같았다. 오! 다행히 검찰에서 여기저기 배부한 뤼팽 사진이 실제 모습과 조금도 안 닮은 덕분에, 지금 자기 앞에 서 있는 인물을 아르센 뤼팽이라고 생각할 리는 없었다. 하지만 서장은 당황한 듯 보였고 무언가 걱정스러운 기색이었다.

잠시 침묵이 흘렀다. 왠지 석연찮고 불안해서 우리는 말을 멈췄다. 나는 당혹스러워서 오한이 다 났다. 행운이 나를 저버릴까? 마음을 추스르며 나는 웃기 시작했다.

"거참, 지갑을 한번 잃어버려 보십시오. 그걸 되찾겠다는 생각에 세상만사가 훤히 다 이해되지요. 이런 사정이니 부하 두 분만 제게 붙여주십시오. 어쩌면 우리가 함께….'

"오, 서장님! 베를라 씨 말씀 좀 들어주세요." 르노 부인이 외쳤다.

결국 내 멋진 친구 덕분에 문제가 해결되었다. 힘 있는 인물의 부인 입에서 베를라라는 이름이 나오니 이 인물이 실제로 내가 되고, 나는 아무도 의심할 수 없는 확실한 신분을 가졌다. 서장은 자리에서 일어섰다.

"베를라 씨, 진심으로 성공하시기를 바랍니다. 선생님 못지않게 저도 아르센 뤼팽을 체포하고 싶으니 말입니다."

서장은 나를 자동차까지 바래다주었다. 서장이 붙여준 오노레 마솔과 가스통 들리베 형사가 뒷좌석에 탔고, 나는 운전석에 자리를 잡았다. 정비사가 핸들을 돌려 시동을 걸어주었다 (옛날 자동차는 차 앞에서 수동으로 시동 핸들을 돌려서 시동을 걸었음-옮긴이). 금세 우리는 기차역을 빠져나왔다. 드디어 한숨 돌렸다.

아! 노르망디 고도를 둘러싼 대로를 35마력짜리 내 모로 렙톤을 몰고 질주하다 보니 얼마간 우쭐해지지 않을 수 없었다. 모터가 기분 좋게 부릉거렸다. 좌우로 나무가 획획 지나갔다.

위험에서 벗어나 자유로워졌으니, 이제 공권력을 대변하시는 정직한 두 분들의 힘을 빌려 개인적인 용건만 처리하면 되었다. 아르센 뤼팽이 아르센 뤼팽을 찾아 나선 셈이다!

사회 질서의 겸손한 파수꾼 가스통 들리베와 오노레 마솔 형사, 그대들의 도움이 얼마나 소중했는지! 형사님들이 없었으면 내가 무얼 할 수 있었을까! 그대들이 없었다면 갈림길에서 몇 번이나 길을 잘못 들었을지! 그랬으면 아르센 뤼팽은 길을 잃고 가짜 뤼팽은 내뺐을 것이다!

그렇다고 일이 다 끝난 것은 아니다. 아직 갈 길이 멀다. 우선 도둑을 잡아서 그자가 훔쳐간 서류를 직접 회수해야 한다. 무슨 일이 있어도 두 형사가 이 서류의 냄새도 맡아서는 안 되고, 더욱이 그들 손에 들어가면 끝장이다. 이 두 사람을 이용하되 그들이 모르게 행동하는 것, 바로 이것이 내가 바라는 일인데 아주 쉽지만은 않았다.

우리가 다르네탈 역에 도착했을 때 기차는 이미 3분 전에 지나갔다. 나는 허리선이 있고 검정 벨벳 깃이 달린 회색 외투를 입은 한 인물이 아미앵으로 가는 기차표를 들고 이등석 칸에 올라탔다는 이야기를 듣고 한시름 놓았다. 확실히 경찰 데뷔로는 성공적이지 않은가.

들리베 형사가 말했다.

"급행열차니까 19분 후에 몽테롤리에 뷔시 역에서만 정차할 겁니다. 만약 우리가 그 역에 뤼팽보다 먼저 도착해 있지 않으면, 그자는 아미앵까지 곧장 갈 수도 있고 클레르에서 방향을 바꿔 디에프나 파리로 갈 수도 있습니다."

"몽테롤리에까지 거리가 얼마나 되나요?"

"23킬로미터입니다."

"23킬로미터를 19분에 달린다⋯. 분명 우리가 먼저 도착할 겁니다."

얼마나 흥미진진한 순간이었는지! 애마 모로 렙톤이 이처럼 고장도 안 나고 열심히 달려 내 급한 마음을 충족해준 적이 있던가. 핸들을 통하지 않고도 의도를 곧장 알아차리는 것 같았다. 내가 원하는 바를 알아듣고 내 고집을 이해해주었다. 그 가짜 아르센 뤼팽 놈을 미워한다는 걸 단박에 알아차리기라도 한 듯이. 교활한 놈! 불량배! 내가 그자를 잡아낼 수 있을까? 그자가 또다시 나를 제멋대로 농락할까? 그건 뤼팽만이 할 수 있는 일인데 말이다.

"오른쪽으로⋯! 왼쪽으로⋯! 직진이요⋯!" 들리베 형사가 길목에서마다 방향을 알려주었다.

모로 렙톤은 땅 위를 미끄러지듯 달렸다. 도로 표지판은 두려움에 떨며 훌훌 달아나는 작은 벌레들 같았다.

이렇게 달리고 있는데 문득 길이 꺾어지는 지점에서 뭉실뭉실 피어오르는 연기가 보였다. 북부 급행열차였다.

1킬로미터 구간은 기차와 나란히 경주를 벌였다. 결말이 뻔한 불공평한 경주였다. 도착하니 우리가 기차보다 스무 마신 (말의 코끝에서 궁둥이까지의 길이. 경마에서 말과 말 사이의 거리를 나타내는 단위로 쓰임 – 옮긴이) 앞서 있었다.

우리는 부랴부랴 이등칸 앞 플랫폼으로 달려갔다. 문이 열렸고 몇 사람이 내렸지만 가짜 뤼팽은 보이지 않았다. 객차를 뒤져봐도 없었다.

순간 나는 내뱉었다.

"빌어먹을! 기차와 나란히 달릴 때 자동차를 몰고 있는 날 알아보고 뛰어내린 거로군."

차장의 증언으로 이 가설은 더욱 확실해졌다. 역에 진입하기 200미터쯤 전에 한 사내가 둑으로 뛰어내리는 것을 봤다고 했다.

"보세요, 저기… 저 건널목을 건너는 사람 말입니다."

내가 돌진했고 두 형사도 내 뒤를 따랐다. 아니, 내 뒤를 따르는 건 사실 한 명뿐이었다. 마솔 형사는 속도나 지구력이 모두 출중하여 우리를 앞서갔기 때문이다. 마솔과 도망자 사이의 거리가 금세 상당히 좁혀졌다. 도둑이 자기를 쫓는 마솔을 보고 울타리를 넘어 재빠르게 비탈길을 기어 올라갔다. 우리한테는 그자가 멀리서 보일 뿐이었는데 작은 숲으로 들어가고 있었다.

우리가 작은 숲에 도착해보니 마솔이 우리를 기다리고 있었다. 우리와 떨어지면 안 된다는 판단에 추적을 멈춘 것이다.

"잘하셨습니다, 형님. 그렇게 뛰었으니 이제 진이 쭉 빠졌을 거예요. 잡은 거나 마찬가지입니다."

나는 마솔 형사를 보며 그렇게 말하는 동시에 어떻게 혼자서 도망자를 잡을까 궁리하며 주변을 찬찬히 살펴보았다. 물건을 직접 되찾지 못해 경찰 손에 들어가면 불쾌하기 짝이 없는 조사를 오랫동안 하고 나서야 돌려줄 게 틀림없었다. 다시 형사들에게 돌아와 말했다.

"이거, 간단하겠군요. 마솔 형사님, 왼쪽을 지켜주십시오. 들리베 형사님께는 오른쪽을 부탁합니다. 양쪽에서 이 숲 뒤쪽을 감시해주십시오. 그놈이 양쪽 중 한 곳으로 빠져나가면 형사님들께 들킬 것이고, 아니면 이쪽 움푹한 길로 나올 텐데 여기는 제가 지키고 있겠습니다. 만약 그자가 나오지 않으면 제가 들어가지요. 그러면 분명 형사님들 쪽으로 방향을 바꿔 달아날 겁니다. 그러니 기다리시기만 하면 되지요. 아, 잊었군요. 위기 상황이 발생하면 총을 쏴서 신호를 보냅시다."

마솔과 들리베는 각자 자기가 맡은 쪽으로 갔다. 형사들이 사라지자마자 나는 아무 소리도 나지 않고 보이지 않도록 최대한 조심하며 숲으로 들어갔다. 사냥터로 꾸며놓은 빽빽한 덤불숲이었다. 군데군데 비좁은 오솔길이 나 있었는데 마치 녹색 지하굴인 양 머리를 수그려야만 걸어 다닐 수 있었다.

오솔길 하나를 따라가니 빈터가 나왔고 축축한 풀 위로 발자국이 나 있었다. 나는 잡목림을 통과해 살금살금 그 발자국을 따라갔다. 작은 언덕 둔치에 이르자 언덕 꼭대기에 반쯤 무너진 회반죽으로 지은 오두막이 있었다.

'여기 있는 게 틀림없어…. 주변을 살피기도 좋군.'

나는 기어서 건물 근처까지 언덕을 올라갔다. 작은 소리가 들리는 것으로 보아 놈이 안에 있는 게 확실했다. 출입구를 들여다보니 역시나 그자의 등이 보였다.

두 발짝을 겅중 뛰어 덮쳤다. 사내는 손에 들고 있던 권총을 내게 들이대려 했다. 하지만 그럴 틈을 주지 않고 땅바닥에 처박아 두 팔을 비틀고는 꼼짝 못하게 했다. 나는 무릎으로 그자의 가슴을 내리누르고 올라탔다.

나는 놈의 귀에 대고 이렇게 속삭였다.

"이보게, 애송이 양반! 나는 아르센 뤼팽이라고 하네. 당장 순순히 내 지갑과 숙녀분 가방을 내놓으시지그래…. 그렇게 하면 자네를 경찰에서 빼내주고 수하로 거두어주지. 짧게 대답하게. 좋은가, 싫은가?"

"좋… 좋아요." 그자가 우물거렸다.

"잘됐군. 오늘 아침에 일을 참 잘 꾸몄더군. 우리 함께 잘해볼 수 있을 걸세."

나는 일어났다. 그러자 그자는 주머니에서 커다란 칼을 꺼내더니 나를 찌르려는 게 아닌가.

"얼간이 같으니라고!" 나는 소리쳤다.

한 손으로는 공격을 막고 다른 한 손으로는 그자의 목동맥을 거세게 내리쳤다. 일명 '목동맥 일격'이다. 사내는 정신을 잃고 쓰러졌다.

지갑에서 서류와 은행권 지폐를 고스란히 되찾았다. 호기심이 발동해 도둑의 지갑을 열어보았다. 그자 앞으로 온 편지 봉투에 이름이 쓰여 있었다. 피에르 옹프레.

소름이 끼쳤다. 피에르 옹프레, 오퇴유의 라퐁텐가 살인 사건의 범인! 델부아 부인과 두 딸의 목을 베어 죽인 그 피에르 옹프레. 몸을 숙여 가까이 살펴보았다. 그래, 객차에서 봤을 때 어디선가 봤던 기억이 났는데 바로 그 얼굴이다.

하지만 이럴 시간이 없다. 100프랑짜리 지폐 두 장과 쪽지 한 장을 봉투에 넣었다. 쪽지에는 이렇게 적었다.

아르센 뤼팽이 훌륭한 동료 오노레 마솔과 가스통 들리베에게
감사의 표시로 전함.

오두막 한가운데에 봉투를 잘 보이게 두고 그 옆에는 르노
부인의 가방을 놓았다. 그토록 훌륭한 친구로서 나를 도와주었
으니 가방을 돌려주지 않을 수 있으랴?

물론 괜찮아 보이는 물건은 모두 챙기고, 바다거북 껍질로
만든 빗과 텅 빈 동전 지갑만 남겨두었다. 너무하다고! 그래도
사업은 사업이니 말이다. 게다가 남편이란 사람은 그 얼마나
명예롭지 못한 직업에 종사하고 있단 말인가…!

이제 이 녀석을 어떻게 처리할지가 남았다. 조금씩 몸을 꿈
틀거렸다. 어떻게 한다? 내가 구해줄 입장도 아니고 그렇다고
교도소에 처넣을 입장도 아니다. 일단 무기를 모두 빼앗은 다
음 허공에 총을 한 발 쏘았다.

'두 형사가 올 텐데' 하는 생각이 들었다. '자기들이 알아서
하라지! 자기 팔자대로 흘러가는 거야.'

그리고 나는 내가 지키겠다던 길목으로 달아났다.

아까 추격하면서 봐두었던 샛길로 달려 차를 세워둔 곳까지
도착한 때는 그로부터 20분 후였다.

오후 4시에 루앙에 있는 친구들에게 전보를 쳐서 예기치 못
한 사고 때문에 방문을 연기할 수밖에 없다고 알렸다. 우리끼
리 이야기지만, 그 친구들은 지금쯤 모든 정황을 알고 있을 테
니 이 방문은 무기한 연기할 수밖에 없다. 친구들이 얼마나 놀
랐을까!

오후 6시에 내 차는 릴 아당, 앙갱을 거쳐 비노 문으로 파리 시내에 들어섰다.

석간신문에서 마침내 피에르 옹프레가 체포되었다는 소식을 읽었다.

그다음 날(재치 있는 광고란이 얼마나 유용한지 잊지 말자), 〈에코 드 프랑스〉에 다음과 같은 충격적인 단신이 실렸다.

어제 뷔시 부근에서 우여곡절 끝에 아르센 뤼팽이 피에르 옹프레를 체포했다. 라퐁텐가 살인범은 파리에서 출발한 르아브르행 기차에서 교도소 부소장의 부인 르노 여사의 금품을 털었다. 아르센 뤼팽은 보석이 들었던 손가방을 르노 부인에게 돌려주었으며 이 극적인 체포 과정에서 도움을 준 경찰 두 사람에게 후하게 사례했다.

5
왕비의 목걸이

1년에 두세 번, 오스트리아 대사관에서 여는 무도회나 빌링스톤 부인의 저녁 연회같이 중요한 행사가 있을 때 드뢰 수비즈 백작부인은 백옥 같은 어깨에 '왕비의 목걸이'를 걸곤 했다.

이 목걸이는 왕관 보석 세공인이었던 뵈머와 바상즈가 뒤바리 부인(루이 15세의 마지막 애첩 – 옮긴이)을 위해 만들었으며, 추기경 로앙 수비즈가 프랑스의 마리 앙투아네트 왕비에게 바쳤다고 알려졌다. 하지만 사실은 사기꾼 라모트 백작부인 잔 드 발루아가 1785년 2월 어느 밤, 자기 남편과 함께 레토 드 빌레트와 짜고 가로챈 전설적인 목걸이다.

사실 목걸이에서 보석을 뺀 나머지 틀만 진품이다. 라모트 백작부부는 뵈머가 정성껏 고른 그 훌륭한 보석을 마구 뽑아 사방팔방으로 팔아넘겼고, 그때 레토 드 빌레트가 목걸이 틀만은 고이 간직해두었다가 나중에 이탈리아에서 가스통 드 드뢰 수비즈에게 팔았다. 이 사람은 추기경의 조카이자 상속자로, 로앙 게메네 가문 파산 사건의 여파로 곤경에 처했을 때 삼촌의 도움으로 파산 위기에서 벗어난 적이 있다. 그래서 삼촌을 기리기 위해 영국인 보석상 제페리스가 사들여 소장하고 있던 진품 목걸이 다이아몬드들을 사들이고, 나머지는 값어치가 덜하지만 똑같이 생긴 보석들로 채워 넣어 뵈머와 바상즈가 만들어냈던 형태 고스란히 '반원형 목걸이'를 복원했다.

이후 거의 100년 동안 이 역사적인 보석을 가졌다는 이유로 드뢰 수비즈 일가가 얼마나 의기양양했는지 모른다. 여러 가지 사정으로 가문의 재산은 크게 줄었지만 하인 수를 줄였으면 줄였지 왕가의 소중한 유물은 내놓으려 하지 않았다. 특히 백작은 이 보석을 조상 대대로 내려온 저택만큼이나 소중히 여겼다. 신중을 기하느라고 리옹 은행에 목걸이를 보관할 금고를 대여하기까지 했다. 백작부인이 목걸이를 거는 날이면 오후에 자신이 직접 은행에 가서 목걸이를 찾아왔으며 다음 날에도 직접 은행 금고에 가져다 놓았다.

그날 밤 카스티유 궁전 연회(이 연회의 역사는 금세기 초까지 거슬러 올라간다)에서 목걸이로 치장한 백작부인은 모두의 찬사를 받았다. 연회를 주관한 크리스티앙 국왕도 그 아름다움에 극도의 찬사를 보냈다. 우아한 목덜미 위로 보석의 찬란한 빛이 넘실거렸다. 다이아몬드의 수많은 단면들이 마치 빛 아래 드러난 찬란한 불꽃처럼 반짝였다. 이 엄청난 장신구를 이처럼 자연스럽고 우아하게 소화해낼 사람은 백작부인 말고는 아무도 없을 듯했다.

이렇게 연회가 끝난 후 생제르맹의 낡은 저택, 침실로 돌아온 백작은 스스로 찬탄하며 마음 깊이 이중으로 승리감을 맛보았다. 자기 아내가 자랑스럽기도 했지만, 4세대에 걸쳐 가문을 상징해온 보석이 더없이 자랑스러웠다. 물론 아내가 목걸이로 조금 유치한 허영심을 부리는 건 사실이지만, 이는 귀족 특유의 표식이기도 했다.

부인은 아쉬워하며 목걸이를 풀어 남편에게 건넸다. 남편은 마치 처음 대하는 물건인 양 감탄하며 살펴보았다. 그러고는 추기경 문장이 새겨진 붉은색 가죽 보석함에 목걸이를 넣더니 침대 발치에 있는 입구를 통해 작은 골방으로 들어갔다. 이 입구가 유일한 출입구였으며 골방은 침실과 완전히 분리되어 있었다. 매번 그랬듯이 백작은 상당히 높이 달린 선반 위, 모자 상자들과 속옷 더미 사이에 보석함을 감춰놓았다. 그리고 문을 걸어 닫고 나와 옷을 갈아입었다.

다음 날 아침, 백작은 9시에 일어났다. 아침 식사 전에 리옹 은행에 다녀올 예정이었다. 옷을 입고 커피 한 잔을 마신 후 마구간으로 내려가서 몇 가지 지시를 내렸다. 말 한 마리가 문제가 있어 보여 백작은 손수 말을 데리고 마당으로 가서 이리저리 걷게도 하고 뛰게도 했다. 그리고 나서 아내 곁으로 돌아왔다.

방에서 꼼짝도 않고 있던 부인은 하녀의 도움을 받아 머리 손질을 하고 있었다. 부인이 남편에게 말했다.

"지금 나가세요?"

"그래요…. 그 일 때문에…."

"아! 그러네요…. 그래야 더 안전하지요."

백작은 골방으로 들어갔다. 잠시 후 백작이 태연하게 이렇게 물었다.

"여보, 당신이 목걸이를 가져갔어요?"

"예? 아니요. 아무것도 안 가져왔는데요."

"당신이 옮겨놓지 않았다고?"

"절대로 아니에요…. 골방 문은 열지도 않았는걸요."

일그러진 표정을 한 백작이 문간에 나타나더니 들릴락 말락한 목소리로 더듬거렸다.

"손을 안 댔다고…? 당신이 아니라고…? 그럼…."

부인이 달려갔고 부부는 함께 모자 상자를 내던지고 속옷 더미를 팽개치며 미친 듯이 방을 뒤졌다. 백작은 다시 말했다.

"소용없어…. 이렇게 해도 소용없단 말이지…. 여기 이 선반위였어, 내가 거기에 놨다고."

"착각하셨을 수도 있어요."

"여기였어, 다른 선반도 아니고 바로 이 선반 위에 놓았단 말이에요."

골방이 어두워서 촛불을 켰다. 그리고 골방에 들어차 있던 옷과 물건을 전부 밖으로 들어냈다. 골방이 텅 비고 나서야 부부는 그 유명한 반원형 '왕비의 목걸이'가 사라져버렸다는 사실을 인정하지 않을 수 없었다.

백작부인은 결단력 있는 성격이다. 그래서 한탄하며 시간을 지체하는 대신 경찰서장 발로르브에게 이 사실을 알렸다. 발로르브 서장이 명민하고 통찰력 있는 인물임을 익히 알고 있었기 때문이다. 자세한 사항을 듣자마자 서장이 물었다.

"백작님, 밤중에 아무도 골방에 들어가지 않은 게 확실합니까?"

"확실합니다. 저는 잠귀가 밝은 편입니다. 게다가 골방 문은 빗장으로 잠겨 있었습니다. 오늘 아침에 아내가 하녀를 부르는 종을 울렸을 때 내가 직접 빗장을 열었거든요."

"골방으로 통하는 다른 통로는 없습니까?"

"없습니다."

"창문도 없고요?"

"있지만, 막아놓았습니다."

"직접 보고 싶군요…."

촛불을 밝혔다. 나무 궤짝이 창문을 중간 정도 높이까지 막고 있었지만 십자형 창살까지는 제대로 막지 못했다. 발로르브 서장이 이 점을 지적했다.

"어쨌든 창문은 충분히 막혀 있지 않습니까."

드뢰 백작이 반박했다.

"이 상황에서 궤짝을 옮기려면 큰 소리가 날 수밖에 없잖아요."

"이 창문으로 나가면 어디인가요?"

"조그만 안뜰이 나옵니다."

"그럼 지금 이 층 위에 다른 층이 또 있습니까?"

"두 층이 더 있습니다. 하지만 하인들 방이 있는 층은 안뜰쪽이 촘촘한 철창으로 막혀 있어서 대낮에도 빛이 들지 않습니다."

더구나 궤짝을 치우고 보니 창문이 잠겨 있었다. 만약 누군가 밖에서 창문을 통해 들어왔다면 잠겨 있지는 않았을 것이다.

백작이 다시 한 번 지적했다.

"혹시 누군가 우리 침실을 통해 빠져나갔다면 방문 빗장이 걸려 있지는 않았을 겁니다."

경찰서장은 잠시 생각해보더니 백작부인에게 돌아섰다.

"부인, 부인께서 어제저녁에 그 목걸이를 착용한다는 사실을 아는 사람이 주변에 있었나요?"

"분명 있었겠지요. 굳이 숨기지는 않았으니까요. 하지만 이 골방에 목걸이를 둔다는 사실을 알고 있던 사람은 없어요."

"아무도 없습니까?"

"예, 아무도… 다만…."

"정확히 말씀해주십시오, 부인. 매우 중요합니다."

부인은 남편에게 말했다.

"앙리에트 생각이 나서요."

"앙리에트? 앙리에트도 다른 사람들처럼 목걸이를 어디에 숨겼는지까지는 모르지 않습니까."

"정말 그렇게 생각하세요?"

"그분이 누군가요?" 발로르브가 물었다.

"기숙 학교 친구예요. 어떤 직공과 결혼하는 바람에 가족과 사이가 틀어졌지요. 남편과 사별하고 나서 아들이랑 함께 우리 집에 들어와 살았어요. 이 저택 안에 가구가 딸린 거처를 마련해주었지요."

그리고 부인은 당황스러운 듯 덧붙였다.

"가끔 절 도와주곤 해요. 손재주가 좋거든요."

"그분이 몇 층에 사십니까?"

"우리와 같은 층인데 여기서 별로 안 멀어요…. 복도 끝인데… 그러고 보니… 그 집 부엌 창문이….”

"이 안뜰로 통해 있군요. 그렇습니까?”

"예, 창문 맞은편이에요.”

잠시 침묵이 흘렀다.

발로르브 서장은 즉시 앙리에트에게 데려가 달라고 청했다.

앙리에트는 바느질을 하고 있었고, 예닐곱 살 정도로 보이는 아들 라울은 엄마 옆에서 책을 읽고 있었다. 경찰서장은 굴뚝도 없는 방 하나에 한구석을 부엌으로 꾸며놓은 초라한 거처를 보고 적잖이 놀라며 앙리에트에게 질문했다. 앙리에트는 목걸이가 도난당했다는 말을 듣고 당황한 기색이 역력했다. 전날 저녁, 백작부인의 옷을 입혀주면서 손수 목걸이를 걸어주었기 때문이다.

"오, 맙소사! 그게 무슨 말씀이세요?” 앙리에트가 외쳤다.

"뭐라도 짚이는 게 없으신가요? 의심 가는 부분이라던가? 범인이 부인 방을 지나갔을 가능성이 있습니다.”

사람들이 자신을 의심할 수도 있다는 생각은 꿈에도 하지 않은 채 앙리에트는 웃음을 터뜨렸다.

"제 방에서 한 발자국도 나가지 않았어요! 사실 거의 집 밖에 나가지 않거든요. 게다가 이건 못 보셨나요?”

앙리에트가 부엌 쪽 창문을 열었다.

"보세요. 반대편 창턱까지 3미터는 돼요.”

"절도범이 이 방 창문으로 들어왔을 거라는 생각은 왜 하셨습니까?”

"그야 목걸이가 저 골방에 있잖아요?"

"그걸 어떻게 아시지요?"

"글쎄요! 밤에는 항상 골방에 넣어둔다고 알고 있었는데요…. 제 앞에서 이야기하신 걸요…."

앙리에트의 얼굴은 고된 삶으로 시들어 있었지만 아직 젊었으며 깊은 온화함과 체념의 빛을 띠고 있었다. 그런데 문득 무슨 위협이라도 당한 사람처럼 고통스러운 표정을 짓더니 말없이 아들을 끌어당겨 안았다. 아들은 엄마의 손을 잡고 부드럽게 입을 맞췄다.

백작은 경찰서장과 단둘이 남자 이렇게 말했다.

"설마 서장님이 저분을 의심하는 건 아니겠지요? 제가 대신해 말씀드립니다만, 정말로 정직하신 분입니다."

발로르브가 말했다.

"오, 저도 그렇게 생각하고 있습니다! 그저 의식하지 못한 채 범인한테 도움을 줬을지도 모른다고 생각하지요. 하지만 이 가정은 일단 접어야겠군요. 게다가 이 가정으로는 지금 당면한 문제를 해결할 수 있다고 보지도 않고요."

경찰서장은 조사를 더 진행하지 않고 예심판사에게 이 사건을 넘겼다. 판사는 조사를 다시 시작해 며칠 동안 보충해나갔다. 하인들을 취조하고 빗장 상태를 점검했으며 골방 창문을 여닫아 보고 안뜰을 샅샅이 뒤졌다…. 아무 소용이 없었다. 빗장에 손을 댄 흔적은 없었다. 창문은 바깥에서 열거나 잠글 수 없게끔 되어 있었다.

수사는 특히 앙리에트에게 집중되었는데, 조사하다 보면 항상 초점이 그쪽으로 쏠린 탓이다. 결국 앙리에트의 삶이 낱낱이 드러났다. 이 여인은 3년 전부터 저택 밖으로 나간 적이 네 번밖에 없었고 네 번 모두 장을 보러 갔던 것으로 밝혀졌다. 실제로 앙리에트는 백작부인의 가정부이자 침모 노릇을 하고 있었는데, 하인들의 은밀한 증언으로는 백작부인이 자신의 옛 친구를 대하는 태도가 더없이 냉랭했다고 한다.

예심판사는 일주일간 수사를 진행하고 나서 경찰서장과 같은 결론을 내리며 말했다.

"아직 알아내지 못했지만 설사 범인이 누군지 알아낸다 하더라도, 어떻게 범행을 저질렀는지에 대해서는 도저히 알 수 없을 겁니다. 문과 창문이 모두 잠겨 있었으니 오른쪽도 왼쪽도 모두 막힌 셈이지요. 수수께끼도 배가 되고요! 어떻게 들어왔는가도 의문이지만 이보다 더 어려운 문제는 어떻게 빠져나갔느냐는 겁니다. 나가면서 빗장을 걸고 창문을 잠글 수 있었을까요?"

조사를 시작한 지 넉 달이 지나 판사는 잠정적으로 사건을 마무리 지었다. 이때 판사는 비공식적으로 백작부부가 재정적으로 곤경에 처해 '왕비의 목걸이'를 팔아버렸다고 결론을 내렸다.

이 보물을 도둑맞은 사건으로 드뢰 수비즈 가문은 타격을 입었으며 그 여파는 오래갔다. 값진 보석 소유주로서 지녔던 신용 따위는 사라졌다. 채권자들은 더 까다롭게 굴었고 대금업자들도 등을 돌렸다. 살림을 대폭 줄여야 했으며 재산을 양도하고 저당까지 잡혔다. 먼 친척으로부터 두 차례나 상당한 액수의 유산을 받지 않았더라면 결국 파산하고 말았을 것이다.

이뿐 아니라 백작부부는 마치 귀족 가문의 대가 끊기기라도한 듯 자존심에도 상처를 입었다. 이상한 점은 그 불똥이 유독백작부인의 어릴 적 친구한테 튀었다는 점이다. 백작부인은 앙리에트에게 깊은 앙심을 품고 공공연히 비난했다. 우선은 거처를 하인 층으로 옮기게 하더니 결국 예고도 없이 하루아침에쫓아냈다.

이후 특별한 사건 없이 시간이 흘렀고 백작부부는 자주 여행을 다녔다.

이 시기에 벌어진 한 가지 사건에 주목해볼 필요가 있다. 앙리에트가 쫓겨나고 몇 달 후 백작부인은 앙리에트에게서 편지한 통을 받고 깜짝 놀랐다.

부인,
뭐라 감사 말씀을 드려야 할지 모르겠습니다. 그런 것을 보내주신 분이 바로 부인 아니신가요? 부인밖에 떠오르지 않는군요. 부인 말고는 제가 이 작은 마을에 처박혀 사는 것을 아는사람이 아무도 없으니까요. 만약 제가 잘못 알고 있는 거라면실례를 용서해주세요. 그저 과거에 베풀어주신 은혜에 감사하는 마음만 받아주세요….

이게 대체 무슨 소리인가? 지금이든 예전이든 백작부인이앙리에트에게 베푼 은혜라고는 부당했던 무수한 처사들뿐이다. 대체 이 감사 인사가 뜻하는 바는 뭘까?

어떻게 된 일인지 해명을 요구하자 앙리에트가 답장을 보내왔다. 앙리에트에 따르면 등기 우편도 아니고 가격 표시도 없는 우편물 하나를 우체국에서 받았는데, 그 안에는 1000프랑짜리 지폐 두 장이 들어 있었다. 앙리에트가 답장에 동봉한 문제의 봉투에는 파리 소인이 찍혀 있고 앙리에트 주소만 적혀 있었다. 글씨체는 위조된 것이 분명했다.

2000프랑은 대체 어디에서 온 걸까? 누가 보냈을까? 검찰이 조사에 나섰다. 하지만 어디부터 조사해야 할지 캄캄절벽이었다.

그런데 열두 달이 지난 후 똑같은 일이 벌어졌다. 그리고 다시 세 번째, 네 번째… 이렇게 6년 동안 변함없이 같은 일이 반복됐다. 달라진 점이 있다면, 다섯 번째와 여섯 번째 해에는 금액이 두 배로 늘어났다. 급작스레 병에 걸린 앙리에트는 이 덕분에 제대로 치료받을 수 있었다.

또 달라진 점 한 가지는, 가격 표시 우편물로 보낸 돈이 아니라는 이유를 들어 우체국 행정 부서에서 편지 하나를 압류했는데 그 이후에 보낸 마지막 편지 두 통은 규정에 맞게 보내왔다. 발신 주소를 보니 하나는 생제르맹에서 보냈고 다른 하나는 쉬렌에서 보냈다. 발신자 이름은 처음에는 앙크티, 나중에는 페샤르로 되어 있었다. 발신 주소는 모두 없는 주소였다.

6년 후 앙리에트는 수수께끼를 고스란히 남긴 채 사망했다.

이 사건의 전말이 사람들에게 알려졌다. 세간의 호기심을 부추길 만한 사건이었다. 18세기 말 프랑스를 들썩거리게 했다가 120년이 지나 다시 이토록 사람들의 관심을 불러일으키다니, 이 목걸이의 운명은 참으로 기이하다. 하지만 지금 내가 여기서 말하려는 이야기는 백작이 비밀 엄수를 부탁하며 살짝 털어놓은 몇 사람과 그 사건에 연관되었던 사람들 말고는 아무도 모른다. 어차피 이 사람들이 언젠가는 비밀을 누설할 게 뻔하니, 내가 지금 비밀을 공개한다고 해서 양심에 거리낄 이유는 없다. 내 이야기를 읽으면 사람들은 수수께끼의 진상을 알 것이다. 오리무중인 사건에 또다시 그늘을 드리운, 그저께 아침 신문에 실린 편지에 대한 설명도 들을 것이다.

그러니까 신문에 편지가 실리기 닷새 전 일이다. 드뢰 수비즈 백작 집에서 점심 식사를 하러 모인 손님들 가운데에는 백작의 두 조카딸과 사촌 여동생이 있었고, 남자로는 데사빌 회장과 국회의원 보샤스, 백작과는 시칠리아 섬에서 알고 지낸 플로리아니 경, 그리고 사교계 모임의 오랜 벗인 루지에르 후작이 있었다.

식사가 끝나자 여자들은 커피를 내왔고 남자들은 응접실 안에서 담배를 피워도 좋다는 허락을 받았다. 모두들 담소를 나누었고 한 아가씨는 카드로 운수를 보기도 했다. 그러다 이야기가 유명한 범죄와 관련된 주제로 흘렀다. 이때 틈만 나면 깐죽깐죽 백작의 약을 올리던 루지에르 후작이 옳다구나 하고 백작이 몹시 말하기 거리는 목걸이 사건을 끄집어냈다.

이내 너도나도 의견을 말했고 나름대로 사건을 검토했다. 물론 모든 설명이 모순되고 들어맞지 않았다.

"플로리아니 경은 어떻게 생각하시나요?" 백작부인이 물었다.

"오, 저는 아무 의견도 없습니다, 부인!"

사람들이 그럴 리가 없다며 소리쳤다. 플로리아니는 조금 전까지도 팔레르모 집정관인 자기 아버지와 함께 연루된 갖가지 모험담을 멋지게 늘어놓아서 이 방면에 취미와 일가견이 있음을 자랑하고 있던 참이었기 때문이다.

플로리아니가 말했다.

"솔직히 말씀드리자면 저는 가장 명민하다는 사람들도 포기한 문제를 해결한 적이 있습니다. 그렇다고 저를 헐록 숌즈라도 보듯 하시면… 게다가 이 문제에 대해 잘 알지도 못하고요."

모두 집주인을 향해 돌아섰다. 백작은 하는 수 없이 사건을 요약해주었다. 플로리아니는 듣고 잠시 생각에 잠기더니 몇 가지 질문을 던졌다. 그리고 중얼거렸다.

"이상하군요…. 딱 듣고 보니 그렇게 어려운 문제는 아닌 것 같아서요."

백작은 어깨를 으쓱했다. 하지만 다른 사람들은 젊은이 곁으로 황급히 모여들었고 플로리아니는 다소 단정적인 어조로 이야기를 이어갔다.

"보통 범인이나 절도범을 찾아내려면, 범죄나 절도가 어떻게 벌어졌는지 알아내야 합니다. 지금 이 사건은 이보다 더 간단할 수가 없어요. 가설이 여러 개 있는 게 아니라 한 가지 확신, 딱 한 가지 확실한 사실만 존재하기 때문이지요. 바로 이겁니다. 범인은 침실 문이나 골방 창문을 통해서만 들어올 수 있는

데 안에서 빗장으로 잠긴 문을 열 수는 없는 노릇이지요. 그러니 창문을 통해서 들어왔을 거란 말입니다."

"창문은 닫혀 있었고 우리가 도착했을 때도 닫힌 채였습니다." 백작이 단언했다.

플로리아니는 그 말에 개의치 않고 말을 이어나갔다.

"창문으로 들어오려면 부엌 발코니와 창틀 사이에 판자나 사다리로 다리를 만들 필요가 있고, 보석함이…."

"하지만 창문이 잠겨 있었다고 말하지 않았습니까!" 백작이 참을성을 잃고 소리쳤다.

이번에는 플로리아니가 응대할 수밖에 없었다. 반박이 대수롭지 않아서 시들한 듯 지극히 차분했다.

"저도 창문이 잠겨 있었다고 생각합니다만, 잠긴 창 위쪽에 작은 여닫이창이 있지 않던가요?"

"어떻게 아십니까?"

"비슷한 시기에 지어진 저택 창문은 대부분 그렇게 만들어졌지요. 게다가 그렇게 되어 있어야만 합니다. 아니면 훔칠 수 없었을 테니까요."

"맞습니다. 여닫이창이 있긴 합니다. 하지만 창문과 마찬가지로 닫혀 있었고 사실 별로 신경도 안 썼습니다."

"바로 그게 실수였습니다. 만약 거기에 신경을 썼더라면 그 창문이 열려 있다는 것을 발견했을 테니까요."

"어떻게 말인가요?"

"다른 여닫이창과 마찬가지로 아래쪽 끝에 고리가 달린 철사가 매달려 있어서 그걸로 열게끔 되어 있지요?"

"그렇습니다."

"또 그 고리는 십자형 유리창과 나무 궤짝 사이에 매달려 있지요?"

"그렇긴 하지만, 대체 무슨 말인지…."

"범인은 바로 이렇게 했습니다. 도구를 사용해서, 그래요, 그 도구가 갈고리가 달린 꼬챙이라고 치면 그걸 유리창과 창틀 사이 틈으로 집어넣어서 고리를 낚아채 힘을 주어 여는 거지요."

백작이 비웃었다.

"완벽하군, 완벽해! 정말 똑 부러지게 잘도 정리하는군요. 하지만 한 가지를 잊었군. 유리창에는 빈틈이 없었다는 사실 말입니다."

"틈이 있었습니다."

"그랬다면 우리가 발견했을 테지."

"발견하려면 잘 들여다봐야 하는데 그 부분을 들여다보지 않은 겁니다. 틈은 존재합니다. 창유리 가장자리를 에둘러 접착제로 붙여놓은 부분 어딘가에… 물론 세로 방향으로 말이지요. 물리적으로 따져봐도 틈이 없다는 건 불가능합니다."

백작은 일어섰다. 매우 흥분해 있었다. 응접실을 두세 번 가로질러 조바심을 내며 걷더니 플로리아니에게 다가왔다.

"저 윗방은 그때와 똑같습니다…. 아무도 골방에 들어가지 않았으니 말입니다."

"그렇다면 백작님, 제 설명이 맞는지 확인해보실 수 있겠군요."

"당신이 한 말은 검찰에서 조사한 사실과 조금도 일치하지 않습니다. 경은 본 것도 하나 없고 아는 것도 없으면서 우리가 직접 보고 알게 된 사실을 모두 부인하고 있습니다."

플로리아니는 백작의 불편한 심기는 아랑곳하지 않고 미소를 지으며 말했다.

"세상에, 백작님! 저는 명료하게 보려는 것뿐입니다. 만약 제가 틀렸다면 이를 증명해주시지요."

"그럼 당장… 솔직히 말해 자신만만한 당신 말을 들으니…."

백작은 뭐라고 좀 더 중얼거리더니 별안간 문으로 다가가 응접실을 나섰다.

아무도 입을 열지 않았다. 진실이 밝혀질지도 모른다고 기대하며 숨죽이고 기다렸다. 침묵에 휩싸여 분위기는 엄숙하기 그지없었다.

마침내 백작이 문가에 모습을 나타냈다. 창백하고 극도로 흥분해 있었다. 떨리는 목소리로 친구들에게 말했다.

"미안합니다…. 이 신사분이 너무 뜻밖의 이야기를 하시는 바람에… 전혀 생각하지도 못했는데…."

백작부인이 다그쳤다.

"말씀해보세요, 제발…. 어떻게 된 거예요?"

백작은 더듬더듬 말했다.

"틈이 있었습니다…. 당신이 말한 그 장소에… 유리창 가장자리를 따라서…."

백작은 별안간 플로리아니의 팔을 붙들고 급박하게 말했다.

"이야기를 계속해보십시오…. 지금까지 한 말이 맞다는 걸 인정합니다. 하지만 그게 끝은 아니겠지요…. 말해보세요….

경이 생각하기에 사건은 어떻게 일어난 겁니까?"

플로리아니는 부드럽게 팔을 빼고는 잠시 후 입을 열었다.

"음, 제가 보기에는 바로 이렇습니다. 범인은 백작부인이 목걸이를 걸고 무도회에 간다는 걸 알고 백작부부가 자리를 비운 틈을 타 다리를 걸쳐놨습니다. 창문을 통해 백작님 내외분을 지켜보면서 보석을 어디에 감추는지 보아왔지요. 그리고 저택을 나가시자마자 창유리 틈을 뚫고 고리를 당긴 겁니다."

"그렇다고 해도 여닫이창을 통해 창문 손잡이까지 닫기엔 거리가 너무 멀었을 겁니다."

"만약 열 수 없었다면 자기가 직접 여닫이창으로 들어갔겠지요."

"불가능합니다. 아무리 날씬한 사람도 그 작은 창으로 들어올 수는 없어요."

"그렇다면 어른이 아니라는 거군요."

"뭐라고요!"

"그렇습니다. 창이 좁아서 성인이 지나갈 수 없다면 틀림없이 어린아이라고 봐야겠지요."

"어린아이라고!"

"부인의 친구분인 앙리에트에게 아들이 있다고 하지 않으셨나요?"

"그렇습니다…. 이름이 라울이라 했지."

"그 라울이란 아이가 절도를 했을 가능성이 매우 크군요."

"무슨 증거라도 있습니까?"

"증거라고요…? 허다하지요…. 봅시다, 가령…."

플로리아니는 잠시 말을 멈추고 생각하더니 이야기를 다시 이어갔다.

"그렇지요. 가령 그 다리 말입니다. 어린아이가 아무도 모르게 저택 밖에서 다리를 가지고 들어왔다가 다시 가져다 놓았다고 보긴 어렵습니다. 그러니 자기 근처에 있는 물건을 사용했겠지요. 앙리에트가 부엌으로 쓰던 구석 벽에 냄비를 얹어두던 선반이 있지 않던가요?"

"내 기억이 옳다면 선반이 두 개 있었습니다."

"그 선반이 받침대에 정말 고정되어 있는지 확인해봐야 할 겁니다. 만약 고정되어 있지 않다면, 그 아이가 선반 두 개를 떼어서 이어 붙였다고 생각해볼 수 있지요. 또 그곳에는 화로가 있었으니 아마 화로용 갈고리도 발견하실 수 있을 겁니다. 여닫이창을 여는 데 사용했겠지요."

이번에는 백작이 아무 말 없이 나갔다. 이제 손님들은 처음에 느꼈던 일말의 불안감을 느끼지 않았다. 사람들은 이미 플로리아니의 말이 옳다고 확신했다. 이 젊은이는 매우 확신에 차 있어서 추론이 아닌 확인할 수 있는 실제 사건을 전한다는 생각이 들었다.

그래서 백작이 되돌아와 이렇게 말해도 아무도 놀라지 않았다.

"그 아이가 맞아, 틀림없어요. 모든 정황이 들어맞습니다."

"판자가 있었나요…? 갈고리는요?"

"있었습니다…. 선반은 떼어져 있고… 갈고리는 아직도 그곳에 있더군요."

백작부인이 부르짖었다.

"그 애였다고…! 그러니까 그 애 엄마가 범인이란 말이군요. 전부 앙리에트 짓이라고요. 아들한테 시켰을 테지요…."

플로리아니가 딱 잘라 말했다.

"아닙니다. 그 어머니는 아무 관련도 없습니다."

"그럴 리가요! 같은 방에서 살았으니 아이가 앙리에트 몰래 행동하진 못했을 거라고요."

"같은 방에서 살았지만, 모든 일은 옆방에서 꾸몄지요. 어머니가 잠든 한밤중에."

"그럼 목걸이는 어떻게 된 겁니까? 아이 소지품에서 나왔어야 맞지 않습니까?" 백작이 질문했다.

"거참! 그 아이는 밖으로 나갔단 말입니다. 사건 당일 아침, 라울이 자기 집 책상 앞에 있을 때 여러분이 불시에 나타나셨지요. 그때 아이는 학교에서 막 돌아온 참입니다. 죄 없는 어머니를 상대로 진을 빼는 대신에 학교로 가서 라울의 책상을 압류해 교과서 사이를 뒤져보는 게 나았지요."

"그렇다고 해도 앙리에트가 매년 받은 2000프랑이야말로 어머니가 공범이라는 최고의 증거 아닙니까?"

"공범이라니요. 그 부인이 백작부인께 돈을 보내주어 감사하다고 하지 않았던가요? 그리고 어머니를 계속 감시하시지 않았습니까? 반면, 아이는 자유로웠지요. 옆 도시까지 달려가서 아무 중개인과 흥정해서 필요에 따라 다이아몬드를 한둘씩 헐값에 넘긴 겁니다…. 단, 파리에서 돈을 송금한다는 조건으로요. 이렇게 해주면 이듬해에 또 거래하겠다고 하는 거지요."

백작부부와 손님들은 설명할 수 없는 불안감에 답답함을 느꼈다. 플로리아니의 말투와 태도에는 애초부터 백작 심기를 건드리던 확신에 찬 태도 이외에 뭔가 다른 것이 있었다. 일종의 빈정거리는 태도였는데, 이런 자리에 으레 어울릴 만한 친근하고 호의에 찬 조롱이 아니라 적대적인 감정이 실려 있었다.

백작은 짐짓 웃어 보였다.

"하나부터 열까지 전부 대단하군. 재미있어요. 찬사를 보냅니다! 정말 상상력이 대단하군요!"

플로리아니는 좀 더 진지한 얼굴로 또박또박 말했다.

"아니, 아닙니다. 상상이 아니지요. 분명히 일어났던 상황을 그대로 말씀드리는 겁니다."

"경이 이 사건에 대해 무얼 아십니까?"

"백작님께서 직접 말씀해주신 사실을 알지요. 외딴 시골에 사는 어머니와 아들의 삶을 상상해봤습니다. 어머니는 병에 걸렸습니다. 이런 어머니를 구해보려고, 아니, 그게 안 된다면 마지막 가시는 길이라도 편안하게 해드리려고 어린것이 보석을 팔기 위해 어떤 꾀를 부릴까, 어떤 생각을 할까 한번 가늠해본 거지요. 결국 병이 이깁니다. 어머니는 돌아가시지요. 세월이 흐릅니다. 아이는 자라서 어른이 되었습니다. 그리고 이제(여기부터는 상상력을 마음껏 펼쳐보겠습니다) 그 남자가 어린 시절을 보낸 곳으로 돌아와서 자기 어머니를 의심하고 비난했던 사람들을 만나야겠다는 결심을 했다고 생각해봅시다…. 그 놀라운 사건이 벌어졌던 옛집에서 이 만남이 이루어진다고 생각하면 정말 짜릿하지 않습니까?"

이 말은 긴장이 감도는 침묵 속에 얼마간 여운을 남기며 퍼졌다. 백작부부는 이해하려고 안간힘을 쓰는 기색이 역력했으나 동시에 이해하기가 두렵고 불안했다. 백작이 중얼거렸다.

"경은 대체 정체가…?"

"저요? 아니, 팔레르모에서 만났던 플로리아니지요. 벌써 몇 번이나 집에 저를 초대해주시기도 하셨지요."

"그럼 대체 그 이야기는 무엇입니까?"

"아, 아무것도 아닙니다! 그저 장난 좀 쳐본 겁니다. 지금껏 살아 있는 앙리에트의 아들이 자기가 진짜 범인이었다고 여러분께 직접 고백할 때 느낄 그 짜릿한 기쁨을 한번 상상해보았지요. 아들은 자기 어머니가 불행했고, 그나마… 생계를 유지하게 해주던 하인 자리마저 잃기 직전인 어머니의 불쌍한 모습을 보며 고통스러웠기 때문에 그런 일을 저질렀다고 고백하는 겁니다."

플로리아니는 말하면서 반쯤 일어나 백작부인 쪽으로 몸을 기울였는데 애써 감정을 억누르고 있었다. 의심의 여지가 없다. 플로리아니는 바로 앙리에트의 아들이다. 그 사람의 태도, 말, 모든 것이 이를 입증해주었다. 그 사실을 알리려고 일부러 의도한 것이 아니면 뭐겠는가?

백작은 망설였다. 이 대담한 인물에게 어떤 태도를 취하지? 비상벨을 울릴까? 파렴치하다며 떠들어댈까? 그 옛날 자신의 물건을 빼앗은 자의 정체를 폭로할까? 하지만 너무 오래전 일이 아닌가! 게다가 어린아이가 범인이라는 황당한 이야기를 누가 믿겠는가? 아니다. 의미를 못 알아들은 척하고 그저 이 상황을 받아들이는 편이 낫다. 그래서 백작은 플로리아니에게 다가가 경쾌하게 말했다.

"이야기가 정말 재밌고 흥미롭군. 홀딱 빠졌습니다. 하지만 경의 의견대로라면, 그 훌륭한 아들인 젊은이는 지금 무얼 하고 있겠습니까? 부디 유망한 길을 잘 따라가고 있길 바랍니다."

"오, 물론입니다!"

"그럴 수밖에 없지 않나, 그렇게 근사하게 시작했으니! 여섯 살에 왕비의 목걸이, 즉 마리 앙투아네트가 걸었던 목걸이를 훔치다니 말입니다!"

백작의 연극에 장단을 맞추며 플로리아니가 말했다.

"목걸이를 훔치고도 아무런 불편을 겪지 않았지요. 아무도 유리창이 어떤 상태인지 조사해볼 생각을 못 했고, 창틀이 너무 깨끗하다는 점도 눈치채지 못했습니다. 먼지가 잔뜩 쌓인 창틀 위로 지나간 흔적이 남을까 싶어 닦아놓았는데도 말입니다…. 그러니 그 나이 어린 애가 그토록 머리를 굴리게 만든 뭔가가 있었다고밖에 할 수 없지요. 그게 그리도 쉬운 일이었을까요? 갖고 싶다고 손만 슬쩍 뻗으면 됐을까요…? 정말로 아이는 갖고 싶어서….".

"아이가 정말 손으로 슬쩍했지요."

"두 손으로 말이지요." 플로리아니는 웃으며 받아쳤다.

전율이 일었다. 자칭 플로리아니라는 이 사람의 인생에는 어떤 비밀이 숨겨져 있는 걸까? 여섯 살에 이미 천재적인 도둑이었던 사람의 인생은 얼마나 특별할까? 세련된 호사가로서 감동을 구하려는 건지 아니면 원한을 풀려는 건지는 몰라도, 자신이 도둑질한 집을 제발로 찾아오는 대담하고도 극단적인 방식을 취했다. 게다가 그 얼마나 점잖고 신사다운 방문객의 품위를 갖추었는가!

젊은이는 일어나 작별 인사를 하러 백작부인에게 다가갔다. 부인은 움찔하려는 걸 간신히 참았다. 플로리아니는 빙그레 웃었다.

"오, 부인, 두려우신 모양입니다! 이런, 여러분을 즐겁게 해 드린다고 꾸민 작은 살롱극이 좀 지나쳤나 봅니다."

부인은 마음의 동요를 가라앉히고 상대방처럼 빈정거림이 다소 섞인 명랑한 어조로 대답했다.

"아니에요, 그 반대였어요. 그 착한 아들에 대한 가설이 재밌었고 제 목걸이가 그렇게 멋진 용도로 쓰였다니 기쁠 따름이군요. 하지만 무엇보다도 그… 여자, 그러니까 앙리에트라는 여자의 아들이 자기 적성을 따라간 거라는 생각은 안 드시나요?"

말에 뼈가 있음을 느끼고 플로리아니는 살짝 몸을 떨었다.

"저도 그렇게 생각합니다. 그 적성이 진짜배기여서 소년은 실망하지 않았지요."

"무슨 말씀이신지?"

"그렇습니다. 아시겠지만, 목걸이 보석 대부분이 가짜였다지요. 그 영국 보석상한테서 사들인 보석 몇 개만 진짜였고, 나머지 보석들은 재정 상황이 어려울 때마다 하나하나 팔려나갔단 말이지요."

백작부인은 도도하게 대답했다.

"그래도 여전히 '왕비의 목걸이'였다는 건 부인할 수 없습니다. 앙리에트 아들은 그 점을 이해하지 못한 것 같군요."

"이해했지요, 부인. 가짜든 진짜든 그 목걸이는 과시용이자 선전용이었다는 걸 말이지요."

백작이 움찔했다. 부인이 남편을 제지하며 말했다.

"만약 경이 말한 그자에게 조금이라도 염치가 있다면…."

플로리아니의 고요한 시선에 등골이 싸늘해진 부인은 말을 멈췄다.

젊은이가 말했다.

"조금이라도 염치가 있다면요?"

부인은 이런 식으로 말해서 플로리아니에게 얻을 건 하나도 없음을 깨달았다. 자존심이 상해 분하고 화가 부글부글 끓었지만 마지못해 정중한 태도로 이렇게 말했다.

"전하는 말에 따르면 레토 드 빌레트가 '왕비의 목걸이'를 손에 넣고서 잔 드 발루아와 짜고서 다이아몬드를 모조리 빼냈을 때도 목걸이 틀에는 감히 손대지 않았다고 합니다. 레토 드 빌레트가 보기에 다이아몬드는 장식품이요, 부속물이었을 뿐이고 목걸이 틀이 진정한 작품이자 예술가의 창작물이라는 거지요. 그래서 그 틀을 존중했습니다. 과연 앙리에트의 아들도 이점을 알았으리라고 보시나요?"

"틀은 무사하다고 확신합니다. 아이도 그 가치를 존중했지요."

"아, 그런가요! 만약 경이 그 사람을 만나거든 이렇게 전해주길 부탁드립니다. 한 가문의 소유물이자 영광인 유품을 부당하게 소지하고 있으며 보석을 모조리 빼갔어도 '왕비의 목걸이'

는 여전히 드뢰 수비즈 가문의 소유물이라고요. 목걸이는 우리 가문의 이름이자 영예입니다."

플로리아니는 이렇게 대답했을 뿐이다.

"그렇게 전하지요, 부인."

그러고는 부인에게 목례한 뒤, 백작을 비롯해 모인 사람 모두에게 차례차례 인사하고 떠났다.

사흘 후 드뢰 부인은 자기 방 탁자 위에 추기경 문장이 새겨진 붉은 보석함이 놓인 것을 발견했다. 열어보니 반원형 '왕비의 목걸이'가 들어 있었다.

자고로 일관성과 논리를 따르는 사람의 삶은 한 가지 목적지를 향해 가는 법. 그다음 날 〈에코 드 프랑스〉 신문에(광고를 조금 한다 해서 나쁠 건 없으니) 다음과 같은 재기발랄한 기사가 실렸다.

'왕비의 목걸이', 오래전 드뢰 수비즈 가문에서 도난당했던 그 유명한 보물을 아르센 뤼팽이 되찾았다. 뤼팽은 지체 없이 목걸이를 원래 주인에게 돌려주었다. 그 기사도 정신과 섬세한 배려는 찬사를 받아 마땅하다.

6
하트7

사람들은 곧잘 내게 질문한다.

"어떻게 아르센 뤼팽과 알고 지내는가?"

내가 뤼팽과 알고 지낸다는 사실은 다들 안다. 나는 이 황당 무계한 인물에 관한 세세한 사실을 거듭 알려주고 있으며 반박할 수 없는 설명이나 새로운 증거를 대기도 한다. 또 이러저러한 뤼팽의 행적에 대해 겉으로는 알 수 없는 은밀한 이유나 숨은 기교를 해석해주고 있다. 그러니 뤼팽이라는 인물과 나 사이에는 절친함까지는 아니더라도 일종의 우호적인 관계가 존재하며, 그래서 뤼팽이 내게 비밀도 털어놓는다고 본다.

하지만 정작 나는 뤼팽을 어떻게 알게 되었던가? 운 좋게 그 사람의 전담 연대기 작가가 된 연유는 무엇일까? 다른 사람이 아니고 왜 하필 나인가?

답은 간단하다. 내가 잘나서가 아니라 우연한 선택의 결과다. 뤼팽이 가는 길목에 내가 우연히 서 있었다. 그리고 뤼팽이 연루됐던 사건 중에서 가장 이상하고 불가사의한 사건에 휘말려 출중한 연출가인 뤼팽이 꾸민 연극에서 배우 노릇을 했다.

지금 글로 쓰려고 떠올려보니 그 사건은 당황스러우리만치 난해하고 복잡한 온갖 돌발 사건으로 가득했다.

　제1막은 6월 22일에서 23일 사이 밤을 무대로 펼쳐졌다. 그때의 이야기는 이후 사람들 입에 수없이 오르내렸다. 미리 밝히건대, 그날 내가 보인 태도가 비정상적이었던 이유는 집에 돌아왔을 당시 매우 특별한 정신 상태에 놓여 있었기 때문이다. 그날 저녁, '라 카스카드'라는 식당에서 친구들과 식사를 했다. 저녁 내내 담배를 피우며 집시 악단이 연주하는 우수에 찬 왈츠를 배경으로 우리는 범죄와 절도, 끔찍하고도 어두운 음모에 대한 이야기만 잔뜩 늘어놓았다. 늘 그렇지만 그런 이야기 뒤에는 잠은 다 잔 거나 마찬가지다.

　생 마르탱 형제는 자동차를 타고 돌아갔으며 장 다스프리(이 매력적이고 태평한 친구는 6개월 후 모로코 국경 부근에서 극적으로 죽는다)와 나는 컴컴하고 후텁지근한 밤에 집을 향해 걸었다. 1년 전부터 살고 있는 뇌이의 마이요 대로에 있는 우리 집 앞에 도착하자 다스프리가 말했다.

　"무섭지 않은가?"

　"무슨 소리!"

　"글쎄, 건물이 너무 외진 곳에 있지 않나! 이웃도 없고… 공터며… 정말, 내가 겁쟁이는 아니지만 그래도…."

　"허, 자네 취했나 보군!"

　"아, 그저 한 이야기네. 생 마르탱 형제가 하도 강도 이야기를 해대는 바람에 말이야."

　악수를 나누고 다스프리가 멀어져갔다. 나는 열쇠로 문을 땄다.

"이런, 앙투안이 초를 켜놓는 걸 잊은 모양이네!" 나는 중얼거렸다.

그러다가 문득 기억이 났다. 앙투안은 그날 집에 없었다. 휴가를 받아 떠났던 것이다.

갑자기 컴컴하고 고요한 집안이 불쾌하게 느껴졌다. 침실까지 더듬더듬 올라가서 평소와 달리 잽싸게 방문을 잠그고 빗장을 걸었다. 그리고 불을 켰다.

촛불을 보자 마음이 좀 진정됐다. 사정거리가 꽤 되는 묵직한 권총을 꺼내 침대 옆에 놔두었다. 그렇게까지 하고 나니 안심할 수 있었다. 침대에 누워서 평소와 다름없이, 침대 옆 탁자에 두고 매일 밤 잠들기 전에 읽던 책을 집어들었다.

그런데 웬일인가. 전날 책갈피 삼아 꽂아둔 편지 개봉용 칼 대신 붉은 봉랍 다섯 개로 봉인된 봉투가 하나 있었다. 나는 봉투를 재빨리 집어들었다. 내 이름 옆에 '긴급'이라고 적혀 있었다.

편지라! 내 앞으로 온 편지라니! 누가 대체 여기에 편지를 둔 걸까? 약간 불안해하며 봉투를 뜯고 편지를 읽어 내려갔다.

이 편지를 펴본 순간부터 어떤 일이 일어나도, 어떤 소리가 들려도 움직이지 마십시오. 꼼짝하지 말고 소리도 지르지 마십시오. 안 그러면 선생은 끝장날 겁니다.

나 역시 특별히 겁쟁이는 아니다. 실제로 위험이 닥치면 맞설 줄도 알고 상상력이 만드는 위협이라면 웃어넘길 줄도 안다. 하지만 다시 한 번 말하지만 그날 내 정신 상태는 평소와 달라서 쉽게 자극을 받았고 극도로 신경이 예민했다. 게다가 이 상황 자체가 아무리 용감한 사람의 마음이라도 뒤흔들어 놓을 만큼 당황스럽고 불가사의하지 않은가!

손가락으로 종이를 그러쥔 채 눈으로 협박 문구를 읽고 또 읽었다… '꼼짝하지 말고… 소리도 지르지 마십시오…. 안 그러면 선생은 끝장날 겁니다….' 말도 안 돼! 나는 누군가의 농담이거나 시답잖은 장난이라고 생각했다.

웃음이 나려고 했다. 큰 소리로 깔깔 웃고 싶었다. 그런데 누가 날 저지했을까? 대체 목구멍을 꽉 틀어막은 두려움의 정체는 무얼까?

적어도 촛불은 불어서 꺼야지. 아니, 난 촛불도 끌 수 없었다. '꼼짝하지 마라, 안 그러면 선생은 끝장'이라고 하지 않았던가.

어째서 명명백백한 사실보다 이런 종류의 자기 암시 따위가 더 큰 위력을 가질까? 또 굳이 이러한 암시에 맞서 싸울 이유가 있을까? 그저 눈을 감아버리면 될걸. 나는 눈을 감았다.

바로 이때 고요한 가운데 미세한 소리가 들리더니 이내 삐걱거리는 소리가 났다. 여기에서 건넌방만 지나가면 나오는 큰방 서재에서 나는 소리 같았다.

실제로 위험이 닥칠 것 같아 나는 극도로 흥분해서 당장 일어나 권총을 들고 서재로 달려가고 싶었다. 하지만 일어나지 않았다. 바로 내 앞 왼쪽 창문에 달린 커튼이 흔들렸다.

의심의 여지가 없다. 커튼이 흔들렸다. 다시 한 번 더! 그리고 나는 봤다(오! 똑똑히 봤다). 커튼과 창문 사이, 그 비좁은 공간에 사람의 형상이 있어서 커튼이 수직으로 떨어지지 않았다.

그 사람도 나를 보고 있었다. 올이 성긴 커튼 천 사이로 나를 보고 있는 게 틀림없다. 이내 모든 상황이 확실해졌다. 다른 사람들이 물건을 훔쳐가는 동안 이자가 나를 꼼짝 못 하게 감시하고 있는 거다. 일어선다? 권총을 집어든다? 불가능했다… 이자가 여기 있으니까! 조금만 움직여 찍소리라도 내면 나는 끝장이다.

거친 쿵 소리가 온 집 안에 울렸다. 그러더니 망치로 못을 두드리는 듯한 소리가 약하게 두세 번씩 연이어 들렸다. 머리가 뒤죽박죽 혼란스러운 상황이라 그런 상상이 들었던 것일까. 중간에 다른 소리도 섞여 있었는데 정말 요란했다. 이젠 조심할 필요도 없이 멋대로들 움직이고 있는 게 확실했다.

그자들 생각이 옳았다. 나는 꼼짝도 하지 않았으니까. 비겁해서였을까? 아니다. 완전히 힘이 빠져 팔다리 하나 꼼짝할 수 없는 무기력한 상태였기 때문이다. 또한 현명한 처사이기도 했다. 괜히 싸울 까닭이 어디 있는가? 그 사람이 부르면 열 명이라도 몰려올 판이었으니 고작 장식 융단이나 골동품 몇 개 건져보겠다고 내 목숨을 걸겠는가?

밤새도록 이 고역이 계속됐다. 견디기 힘든 형벌과 끔찍한 불안으로 밤을 지새웠다! 들려오던 소리는 사라졌지만, 나는 다시 소리가 나리라고 생각해 계속 기다렸다. 그리고 저 남자! 무기를 손에 들고 나를 감시하는 저 남자! 공포에 질린 나는 그자에게서 시선을 뗄 수 없었다. 심장이 두근거리고 이마를 비롯해 전신에서 땀이 비 오듯 흘렀다.

문득 이유 모를 안도감이 들었다. 우유 배달부 마차가 대로를 지나는 친숙한 소리가 들려왔다. 동시에 닫혀 있던 덧창을 통해 희미한 햇살이 비쳐들어 집 안의 어둠과 뒤섞이는 듯했다.

마침내 햇빛이 방 안으로 파고들었다. 다른 마차들이 지나갔고 밤중의 유령들은 흔적도 없이 사라졌다.

그제야 나는 팔을 탁자로 살금살금 뻗었다. 맞은편에서는 아무것도 움직이지 않았다. 눈으로 커튼이 접히는 부분을 가늠해 보았다. 바로 거기를 겨냥해야 했다. 취해야 할 행동을 계산해 보고 잽싸게 총을 집어들어 발사했다.

이젠 살았다고 환호성을 지르며 침대에서 뛰어내려 커튼으로 달려들었다. 천에도 유리창에도 구멍이 나 있었다. 그런데 그 사람은 맞힐 수 없었다…. 커튼 뒤에는 아무도 없었다.

아무도 없다니! 밤새도록 커튼 주름에 최면이라도 걸렸단 말인가! 그럼 그동안에 불한당들이…. 분노가 치솟아 무시무시한 기세로 자물쇠를 돌려 방문을 열어젖히고 건넌방을 지나 서재로 돌진했다.

그런데 커튼 뒤에 아무도 없다는 사실을 확인했을 때보다 더 놀랐다. 나는 얼이 빠져 가쁜 숨을 몰아쉬며 못에 박힌 듯 문간에 서서 꼼짝도 할 수 없었다. 아무것도 없어지지 않았던 것이다. 가구며 액자, 오래된 벨벳 천이나 비단을 도둑맞았을 거라고 생각했는데 모두 고스란히 제자리에 있었다.

이 광경이 믿기지 않았다. 대체 내 눈을 믿을 수 없었으니!

그토록 요란스럽게 물건을 옮기는 소리가 들리지 않았던가? 방을 한 바퀴 둘러보며 벽을 살펴보고 나서 내가 그토록 잘 아는 소장 물품들의 목록을 작성해보았다. 빠진 물건은 하나도 없다! 제일 당황스러웠던 점은 강도가 들어왔던 흔적조차 없었다는 사실이다. 의자 하나 흐트러지지 않았고 발자국 하나도 남지 않았다.

나는 머리를 두 손으로 감싸 쥐고 생각했다.

'정신 차려, 정신 차리라고. 내가 미친 건 아니잖아! 분명히 들었다고⋯.'

더 이상 치밀할 수 없을 만큼, 방 한 뼘 한 뼘까지 속속들이 조사했다. 아무것도 없었다. 아니, 다만⋯ 하지만 이걸 발견이라고 할 수 있을까? 페르시아산 소형 양탄자 아래에서 게임용 카드 한 장을 주웠다. 하트 7이다. 여느 프랑스 게임용 카드와 다를 바 없으나 단 한 가지 점이 특이했다. 일곱 개 하트 모양의 뾰족한 끝 부분에 모두 구멍이 뚫려 있었는데, 펀치로 뚫어놓은 듯 동그랗고 모두 똑같은 크기였다.

그게 전부였다. 카드 한 장과 책갈피에서 나온 편지 한 통. 이 외에는 아무것도 없었다. 이것들만으로도 꿈이 아니었다고 주장할 수 있을까?

종일 그 방을 조사했다. 옹색한 건물에 비해 지나치게 큰 방이었으며 당시 디자이너의 취향이 어땠는지 장식도 괴상했다. 마루는 작고 알록달록한 돌조각으로 모자이크되어 있었는데, 모자이크는 좌우 대칭으로 커다란 그림을 이루었다. 이와 같은 식의 모자이크가 판자 위에 붙어 벽을 뒤덮고 있었다. 그림은 폼페이 우화, 비잔틴 양식 문양, 중세 벽화 따위였다. 바쿠스가 술통 위에 걸터앉아 있고, 금관을 쓴 흰 수염의 황제가 오른손에 칼을 들고 있었다.

저 위쪽에는 작업실에서나 볼 법한 널따란 창문이 나 있었는데 이 방에서 유일한 창문이다. 밤에 항상 열려 있으므로 사람들이 사다리를 타고 이 창문으로 들어왔을 수 있다. 하지만 역시 확신할 수는 없다. 그랬다면 마당 흙바닥에 사다리를 댄 흔적이라도 남아 있어야 하는데 아무것도 없었기 때문이다. 저택 주변 공터에 난 풀에도 새로 밟힌 흔적이 있어야 하는데 아무런 흔적도 없었다.

솔직히 경찰에 신고하려는 생각조차 안 들었다. 정황을 설명해야 하지만 워낙 근거가 없고 황당무계했기 때문이다. 비웃음거리나 되고 말았을 것이다. 사건 바로 이틀 후는 당시 내가 기고하던 〈질 블라스〉에 사설을 쓰는 날이었다. 겪은 일이 머리에서 떠나지 않는 바람에 사설에다 그 이야기를 낱낱이 적었다.

이 기사는 사람들의 주목을 받긴 했지만 아무도 심각하게 받아들이지 않았고 실화가 아닌 기발한 재담 정도로 여겼다. 생마르탱 형제는 나를 놀려댔다. 이런 문제에 어느 정도 조예가 있는 다스프리가 나를 보러 와서 사건과 관련된 설명을 듣고 검토해보긴 했다…. 하지만 뾰족한 해답을 얻지는 못했다.

그러던 어느 날 아침, 초인종이 울리더니 앙투안이 와서 어떤 남자가 나를 보고 싶어 한다고 알려왔다. 이름은 밝히기를 꺼렸다고 했다. 그 사람을 올려 보내라고 했다.

나이는 한 사십 대 정도고 짙은 갈색 머리에 정력이 넘치는 얼굴을 한 사내였다. 그런데 낡기는 했어도 깔끔하게 차려입은 복장에 비해 어쩐지 태도에 저속한 구석이 있었다.

사내는 다짜고짜 쉰 목소리와 자신의 사회적 지위가 드러나는 말투로 내게 말했다.

"선생님, 여행 중 한 카페에서 〈질 블라스〉를 보았습니다. 그래서 읽어봤더니 흥미롭더군요…. 그것도 아주 많이."

"고맙습니다."

"그래서 다시 왔지요."

"아!"

"예, 선생님하고 이야기 좀 나누고 싶어서요. 쓰신 이야기가 전부 사실인가요?"

"전부 사실입니다."

"상상으로 지어낸 건 하나도 없고요?"

"없습니다."

"그렇다면 제가 선생님께 알려드릴 만한 게 있을 것 같군요."

"말씀해보세요."

"안 됩니다."

"안 된다고요?"

"말씀드리기 전에 내용이 정확한지 확인해봐야 하니까요."

"그럼 어떻게 확인하시겠습니까?"

"제가 이 방에 혼자 있어야 합니다."

나는 놀라서 사내를 바라보았다.

"무슨 말씀이신지 잘…."

"선생님 기사를 읽으면서 어떤 생각이 들었는데 말입니다. 몇 가지 사항이 제가 우연히 겪은 다른 일과 기가 막히게 맞아떨어진단 말입니다. 만약 제가 잘못 생각한 거라면 말씀드리지 않는 편이 낫지요. 맞는지 확인해보려면 제가 여기 혼자 있어 보는 수밖에 없고요…."

무슨 속셈으로 이런 제안을 하는 걸까? 나중에 생각났지만 이 말을 할 때 사내는 걱정스럽고 불안한 듯했다. 하지만 요청을 받은 당시에는 조금 놀라긴 했어도 특별히 이상하다고 생각하지는 않았다. 게다가 어찌나 호기심이 발동하던지!

그래서 말했다.

"좋습니다. 시간은 얼마나 필요합니까?"

"오, 3분이면 됩니다! 지금부터 3분 뒤에 뵙도록 하지요."

나는 방에서 나왔다. 아래층으로 내려가 회중시계를 꺼내 들었다. 1분이 지나고 2분이 지났다…. 왜 이렇게 갑갑한 기분이 들까? 왜 이렇게 평소보다 숙연한 생각이 들지?

2분 30초… 2분 45초… 별안간 총성이 울렸다.

나는 단숨에 계단을 올라 방으로 들어갔다. 그 순간 입에서 공포에 찬 비명이 터져 나왔다.

방 한가운데에 사내가 왼쪽으로 모로 누워 꼼짝하지 않았다. 머리에서 피가 뇌수 파편에 뒤엉켜 흘러내리고 있었다. 사내의 주먹 가까이 떨어진 권총에서는 아직도 연기가 피어올랐다.

사내 몸에 한 차례 경련이 일더니 그걸로 끝이었다.

하지만 이 끔찍한 광경보다 더 충격적으로 다가오는 뭔가가 있었다. 곧장 도와달라고 외치거나, 주저앉아서 사내가 숨을 쉬는지 확인하지 않은 것도 그 때문이다. 사내 바로 옆에 하트 7 카드가 놓여 있었던 것이다!

카드를 주워 들었다. 일곱 개의 붉은 하트 표시 *끄트*머리에 모두 구멍이 나 있었다….

30분 후 뇌이 경찰서장이 도착했고, 뒤이어 법의학자와 치안국장 뒤두이가 도착했다. 나는 시체를 건드리지 않도록 조심하고 있었다. 최초 검증을 그르치게 할 만한 요소는 하나도 없었다.

발견한 단서가 거의 없었던 만큼 검증은 금방 끝났다. 사망자의 주머니에는 아무런 서류도 없었고 겉옷이나 속옷에 이름도 새겨져 있지 않았다. 결국 사내의 정체를 밝혀줄 만한 단서가 하나도 없었다. 방 안에 있던 물건도 이전과 똑같은 상태였다. 가구가 흐트러져 있지도 않았고 물건도 원래 장소에 그대로 있었다. 그렇다 해도 이 남자가 우리 집이 다른 곳보다 자살하기 적당해 보여서 온 건 아니지 않겠는가! 자살이라는 절망에 찬 행동을 한 동기가 있을 텐데, 혼자 방에 있던 3분 동안 그자가 발견한 어떤 새로운 사실이 바로 그 동기였을 것이다.

무슨 사실? 그자는 무엇을 보았을까? 무엇 때문에 놀랐을까? 무슨 끔찍한 비밀을 발견했던 걸까? 아무런 짐작도 할 수 없었다.

하지만 검증 단계 마지막에 아주 흥미로운 사건이 발생했다. 경찰 둘이 시체를 들어내려고 몸을 수그려 들것 위로 옮기는데 지금껏 뻣뻣하게 움켜져 있던 왼손이 스르르 풀리더니 구깃구

깃한 명함 하나가 떨어졌다.

명함에는 이렇게 적혀 있었다.

조르주 앙데르마트, 베리가 37번지.

대체 이게 무슨 의미인가? 조르주 앙데르마트는 파리의 중
요한 은행가였으며 프랑스 금속 제련 사업에 크게 기여한 금속
조합 창시자이자 현재 회장이기도 했다. 사두마차, 자동차, 경
주마를 소유했으며 퍽 호화로운 생활을 누렸다. 모임을 열 때
마다 사람들 관심이 대단했으며 앙데르마트 부인은 아름답고
우아하다는 평판이 자자했다.

"사망자 이름일까요?" 내가 나직이 물었다.

치안국장이 들여다보았다.

"아닙니다. 앙데르마트 씨는 피부가 하얀 편이고 흰머리가
좀 있거든요."

"그럼 이 명함은 뭘까요?"

"선생, 집에 전화가 있습니까?"

"현관 쪽에 있습니다. 이쪽으로 따라오세요."

국장은 주소록을 뒤져 415-21번으로 전화를 걸었다.

"앙데르마트 씨, 지금 댁에 계십니까? 뒤두이 국장이 지금 당
장 마이요 대로 102번지로 와주길 부탁드린다고 전해주십시
오. 긴급한 일입니다."

20분 후 앙데르마트가 자기 자동차로 도착했다. 도움을 청
하게 된 정황을 설명하고 시체 앞으로 데리고 갔다.

순간 얼굴에 동요하는 기색이 떠오르더니 마지못해 낮은 목소리로 중얼거렸다.

"에티엔 바랭입니다."

"이 사람을 아십니까?"

"아니… 음, 아는 사람이긴 하지요…. 단지 얼굴만 봤을 뿐이지만. 이 사람 형이…."

"형이 있습니까?"

"그렇습니다. 알프레드 바랭이라는 사람인데… 일전에 와서 부탁을 하나 했습니다…. 무슨 일이었는지 자세히 기억은 안 나는군요…."

"어디에 살고 있습니까?"

"두 형제가 같이 살았는데… 프로방스가인 걸로 기억합니다."

"이 사람이 자살한 이유로 짐작 가는 거라도 있으십니까?"

"전혀 없습니다."

"그래도 선생님 명함을 손에 쥐고 있었는데…? 댁 주소가 적힌 명함 말입니다!"

"대체 영문을 모르겠습니다. 우연이겠지요. 검찰 조사를 해보면 연유가 밝혀지겠지요."

우연 치고는 참으로 묘하다는 생각이 들었는데, 나뿐만 아니라 모두가 그런 느낌을 받는 것 같았다.

다음 날 신문 기사를 읽으면서도 묘한 느낌은 가시질 않았다. 친구들에게 이 사건을 이야기해주자 모두 나와 비슷한 감정을 느낀 듯했다. 불가사의한 사건이 두 번이나 우리 집에서 발생했고 이 과정에서 구멍이 일곱 개 난 하트 7 카드를 두 번이나 발견했다. 이토록 오리무중인 상황에서 앙데르마트의 명함을 발견했으니 사건의 윤곽이 어느 정도 잡히리라는 생각이 들었다. 명함을 통해 진실이 밝혀지리라.

하지만 이런 예상과 달리 앙데르마트에게서는 아무런 단서도 얻을 수 없었다.

앙데르마트는 이런 말만 반복할 뿐이었다.

"알고 있는 건 다 말씀드렸습니다. 뭘 더 바라십니까? 그 사람 손에서 제 명함이 발견됐다니 저보다 더 놀랄 사람이 있을까 싶군요. 저도 다른 사람들처럼 진상이 밝혀지기만 바랄 뿐입니다."

하지만 진상은 밝혀지지 않았다. 조사해보니 바랭 형제는 스위스 태생으로 이름을 바꿔가며 파란만장한 삶을 살았다. 형제는 도박장을 자주 드나들었으며 경찰이 주시하는 외국인 일당과 연루되어 있었다. 이 일당은 일련의 강도 행각을 벌이고 뿔뿔이 흩어졌는데 나중에서야 이 강도 사건이 그들의 소행이었음이 밝혀졌다. 바랭 형제가 프로방스가 24번지에 산다는 것도 벌써 6년 전 일이며 지금은 종적이 묘연했다.

솔직히 말하면, 이 사건은 너무 복잡해서 해결되리라는 생각이 들지 않았다. 그래서 관심을 끊으려 노력했다. 하지만 당시에 자주 만나던 장 다스프리, 그 친구는 나와 반대로 날이 갈수록 이 사건에 빠져들었다.

그러던 중 다스프리가 프랑스 신문에서 온통 떠들어대던 해외 단신 기사 하나를 전해주었다.

조만간 황제 입회 아래 미래 해상 전투에 혁신을 가져올 잠수함 시험을 처음으로 실시할 예정이다. 시험 장소는 마지막 순간까지 극비에 부쳐졌으나 잠수함 이름은 입수했다. 바로 '하트-7'이다.

'하트-7'이라고? 우연일까, 아니면 이 잠수함 이름과 최근 사건들 사이에 어떤 연관이 있는 걸까? 하지만 무슨 연관이 있을까? 여기서 벌어진 일이 저 멀리서 벌어진 일과 연결되어 있을 리가 없지 않은가.

다스프리가 내게 말했다.

"자네가 알기는 하겠나? 서로 전혀 상관없어 보이는 일도 결국 같은 원인에서 비롯될 수 있음을."

이틀 후 또 다른 해외 단신이 실렸다.

머잖아 시험 가동을 실시할 잠수함 '하트-7' 설계를 프랑스 기술자들이 담당했다고 한다. 이 기술자들은 먼저 프랑스 측에 지원을 요청했으나 거절당했으며 뒤이어 영국 해군 사령부에 지원을 요청했으나 또다시 거절당했다고 한다. 이 소식은 미확인 정보임을 밝힌다.

극도로 민감한 사안이라 더 이상 왈가왈부하지 않겠지만 어쨌거나 이 소식은 세간에 충격을 불러왔다. 하지만 모든 복잡한 상황이 해소된 지금, '하트-7' 사건과 관련된 몇 가지… 당황스러운 정보를 밝혀 당시에 커다란 반향을 일으킨 〈에코 드 프랑스)에 실린 어느 기사를 언급하지 않을 수 없다.

살바토르라는 사람이 쓴 글을 여기에 그대로 수록한다.

'하트-7' 사건

비밀이 한 꺼풀 벗겨지다

되도록 간략히 요약해보겠다. 10년 전, 루이 라콩브라는 젊은 광산 기술자가 자신의 시간과 재산을 개인 연구에 바치고자 회사에 사표를 낸 후 마이요 대로 102번지에 있는 작은 저택에 세를 들어 살았다. 이 저택은 최근 한 이탈리아 백작이 사들여 건축하고 장식했다. 루이 라콩브는 스위스 로잔 출신 바랭 형제라는 두 인물의 주선으로 당시 금속 조합을 막 창설한 은행가 조르주 앙데르마트 씨를 소개받는다. 이 형제 중 한 명은 실험을 도왔고 다른 한 명은 투자가를 찾아다녔다.

몇 차례 면담 끝에 루이 라콩브가 매진하던 잠수함 계획에 은행가가 관심을 둔다. 장차 발명이 최종 마무리되는 시점이 오면 앙데르마트 씨가 즉각 해군성에 압력을 넣어 일련의 잠수함 시험 허가를 얻어내기로 두 사람은 합의한다.

2년 동안 루이 라콩브는 앙데르마트 씨 집을 끊임없이 드나들며 계획 진행 상황을 보고한다. 마침내 결정적인 공식을 발견해 연구가 마무리되는 시점에 이르자 라콩브는 앙데르마트 씨를 찾아가 약속한 대로 로비 활동을 시작해달라고 요청한다.

그날 루이 라콩브는 앙데르마트 씨 댁에서 저녁 식사를 한 후 밤 11시 30분쯤 저택을 떠났다. 이후 기술자를 본 사람은 아무도 없다.

당시 신문 기사를 보면, 이 청년의 가족이 실종 신고를 해서 경찰에서도 조사를 진행했음을 알 수 있다. 하지만 당시에는 그 어떤 확실한 결론도 얻지 못한 채 평소 독특하고 변덕스러운 성향이 많은 젊은이 루이 라콩브가 아무에게도 알리지 않고 여행을 떠났다고 잠정적인 결론을 내렸다.

이 가정… 비록 사실과 거리가 있다고 보이나 그래도 이 가정을 인정한다고 치자. 그렇다면 우리 국가의 안위를 위한 매우 중대한 의문이 하나 생긴다. 잠수함 설계도는 어디로 갔는가? 루이 라콩브가 가져갔을까? 설계도는 파기되었을까?

본지에서 매우 면밀히 조사해본 결과 이 설계도가 존재하고 있음이 밝혀졌다. 바랭 형제가 이를 입수했다. 어떻게 입수했을까? 아직 그 방법은 알아내지 못했으며 왜 이들이 설계도를 팔지 않고 소유했는지도 모른다. 설계도를 입수한 경로에 대한 질문을 받을까 봐 두려웠던 걸까? 그 점을 두려워했다고 해도 그런 상황이 오래가진 않았다. 본 기자는 다음과 같은 사실을 자신 있게 말할 수 있다. 즉 루이 라콩브의 설계도는 외국 열강에게 넘어갔다. 바랭 형제와 외국 열강 대표자 사이에 오간 서신을 폭로해 이를 증명할 수도 있다. 루이 라콩브가 설계한 '하트-7' 잠수함은 현재 우리의 이웃 나라가 만들어낸 상태다.

이 배신에 가담한 사람들이 바라던 대로 일이 진행될 것인가? 다행히도 그러지 않으리라 기대할 만한 근거가 있다. 사건이 이러한 우리의 기대대로 진행되기를 바란다.

그리고 추신으로 이렇게 덧붙였다.

최신 뉴스 — 위 기대가 옳았다. '하트-7' 잠수함 시험이 성공
적이지 못했음을 알려오는 특보가 들어왔다. 바랭 형제가 넘
긴 설계도에는 루이 라콩브가 자신이 실종된 날 밤에 앙데르
마트 씨에게 가져다준 마지막 문서가 빠져 있을 가능성이 크
다. 이 문서는 설계도 전체를 이해하는 데 반드시 필요한 일종
의 총괄 문서로, 다른 문서에 수록된 최종 결론 및 연구에 대한
평가와 측정값이 담겨 있다고 한다. 이 문서가 없으면 설계도
는 불완전할 따름이며 또 반대로 설계도가 없으면 이 문서도
쓸모없다.

따라서 우리 소유인 이 설계도를 하루빨리 되찾아야 한다. 이
어려운 일을 수행하기 위해서는 앙데르마트 씨의 협조가 반드
시 필요하다. 앙데르마트 씨는 사건 발생 초기부터 이해할 수
없는 태도를 취한 이유에 대해 해명해야 한다. 에티엔 바랭이
자살했을 당시 어째서 자신이 알고 있던 사실을 밝히지 않았
는지, 또한 본인이 관여한 서류 분실 사건을 왜 지금까지 밝히
지 않았는지 등 이 모두를 해명해야 한다. 6년 전부터 개인 탐
정들을 고용하여 바랭 형제를 감시하도록 시킨 이유에 대해서
도 설명해야 할 것이다.

앙데르마트 씨가 말만이 아닌 행동을 취할 것을 촉구한다. 그
러지 않으면….

노골적인 협박이었다. 대체 무엇을 근거로 하는 협박일까?

이 살바토르라는… 익명의 기고자가 앙데르마트를 협박할 어떤 수단을 가지고 있는 걸까?

기자들이 떼로 몰려가 은행가를 취재했는데, 이렇게 실린 십여 개의 인터뷰 기사에서 앙데르마트는 살바토르의 최후통첩을 완벽하게 무시하는 태도를 보였다. 앙데르마트의 태도에 대한 응답으로 〈에코 드 프랑스〉에 다시 다음과 같은 간단한 반박문이 실렸다.

앙데르마트 씨가 원하든 원치 않든 바로 지금 이 순간부터 우리는 공동으로 일을 완수해가는 협력자임을 인정해야 한다.

바로 이 반박 기사가 실린 날, 다스프리와 나는 함께 저녁 식사를 했다. 저녁에 우리 집 탁자에 신문을 잔뜩 늘어놓고 이 사건에 관한 이야기를 나누며 여러 각도에서 검토해봤는데 매번 똑같은 장애물에 부딪히는 것 같아 짜증이 나던 참이었다.

하인이 알리러 오지도 않았고 초인종도 울리지 않았는데 갑자기 문이 스르르 열리더니 한 여인이 두툼한 베일로 얼굴을 가린 채 들어왔다.

나는 곧장 일어나 여인 쪽으로 갔다. 여자는 말했다.

"여기 살고 계신 분이 맞나요?"

"예, 부인, 그렇습니다만 무슨 일로…."

"대로 쪽 문이 열려 있더군요." 여인은 변명하듯 말했다.

"하지만 현관문이 있었을 텐데요?"

대답이 없었다. 여인은 하인이 쓰는 계단을 통해 돌아서 들어온 듯했다. 그렇다면 이 여인은 집 구조를 알고 있다는 이야기인데?

다소 어색한 침묵이 흘렀다. 여인은 다스프리를 바라보았다. 나도 모르게 보통 사교계에서 하듯 다스프리를 소개해주었다. 그런 뒤 앉아서 여인에게 찾아온 이유를 말해달라고 했다.

여인은 베일을 걷었는데 갈색 머리에 단정한 얼굴이었다. 매우 아름다웠으며 특히 진지하면서도 고통스러워 보이는 눈매가 한없이 매력적이었다.

여인은 간단히 자기소개를 했다.

"저는 앙데르마트 씨 아내입니다."

"앙데르마트 부인이시라고요!" 나는 더욱 놀라서 외쳤다.

다시 침묵이 흐르다가 부인은 차분한 목소리로 조용조용 말했다.

"잘 알고 계실… 그 사건과 관련해서 왔습니다. 제가 선생님께 몇 가지 정보를 얻을 수 있을지도 모른다는 생각이 들어서요…."

"하지만 부인, 저도 신문에 나오는 내용 정도밖에 모릅니다. 제가 어떻게 부인께 도움을 드릴 수 있을지 좀 더 정확히 말씀해주시겠습니까?"

"저도 잘 몰라요…. 모르겠어요…."

나는 그제야 여인의 침착한 모습이 실은 꾸민 것이고, 완벽하게 차분한 표정의 가면을 썼으나 크게 근심하고 있음을 간파했다. 우리는 서로 어색해져서 다시 입을 다물었다.

하지만 다스프리는 계속 여인을 관찰하더니 다가가 말했다.

"부인, 실례지만 제가 몇 가지 질문을 드려도 될까요?"

"오, 물론이지요! 대답해드리겠습니다." 여인이 외쳤다.

"그 어떤 질문을 드리더라도… 말씀해주시겠습니까?"

"그 어떤 질문에라도 대답하겠어요."

다스프리는 잠시 생각해보더니 물었다.

"루이 라콩브 씨를 알고 계십니까?"

"예, 남편을 통해서요."

"마지막으로 그 사람을 보신 날이 언제였습니까?"

"우리 집에서 저녁 식사를 했던 날이에요."

"그날 저녁에 그 사람을 다시는 못 볼 거라는 조짐은 없었나요?"

"없었어요. 러시아로 여행을 갈지도 모른다고 이야기했지만 그냥 지나가는 말처럼 했거든요!"

"다시 그 사람을 볼 예정이었나요?"

"그 이틀 후에 저녁 식사를 같이 하겠다고 했지요."

"그렇다면 왜 사라졌다고 보시나요?"

"모르겠어요."

"그럼 부군께서는 어떻게 생각하시나요?"

"잘 모르겠습니다."

"그래도…."

"그 부분에 대해서는 질문하지 말아주셨으면 해요."

"〈에코 드 프랑스〉에서 말하기를…."

"신문에서 말하길 바랭 형제가 라콩브 씨 실종과 무관하지 않은 것 같다고 했지요."

"그렇게 생각하시나요?"

"예."

"무슨 근거로 그렇게 생각하십니까?"

"루이 라콩브 씨가 우리 집을 나섰을 때 자기 연구와 관련된 모든 서류가 담긴 가방을 하나 들고 있었어요. 이틀 후에 남편이 바랭 형제 중 지금 살아 있는 사람을 만났는데 그 서류가 바랭 형제 손에 있다는 증거를 확인했다고 했어요."

"부군께서 그자들을 경찰에 신고하셨나요?"

"아니요."

"왜 안 하셨나요?"

"서류 가방에 루이 라콩브 씨 연구 자료 외에 다른 것이 더 있었거든요."

"그게 무엇인가요?"

여인은 망설이다가 대답하려는 듯하더니 결국 입을 다물었다.

다스프리는 계속 말했다.

"바로 그런 이유로 남편께서 경찰에 알리지 않고 두 형제를 감시하도록 시켰던 거로군요. 서류를 되찾으면서 그 다른 물건… 그러니까 두 형제가 남편을 협박하는 도구로 가지고 있던 그 물건을 찾기 위해서 말이지요."

"남편도… 그리고 저도요."

"아! 부인도요?"

여인의 목소리는 들릴락 말락 했다.

"사실 협박 대상은 바로 저였어요."

다스프리는 부인을 바라보고는 몇 걸음 걸어가더니 다시 되돌아왔다.

"루이 라콩브 씨에게 편지를 썼나요?"

"물론이지요…. 제 남편과 일하던 사이였으니….'

"공식적인 편지 외에 루이 라콩브 씨에게… 다른 편지를 쓰지는 않으셨나요? 이렇게 계속 물어서 죄송하지만 모든 진실을 알아야 하기 때문에 그렇습니다. 다른 편지를 쓰셨나요?"

여인은 얼굴이 빨갛게 달아오르더니 속삭였다.

"예."

"바로 그 편지를 바렝 형제가 갖고 있는 건가요?"

"예."

"앙데르마트 씨도 아시고요?"

"그이가 편지를 보지는 못했지만, 알프레드 바렝이 편지가 있다면서 만약 자기들 뜻을 거스르면 공개하겠다고 협박했어요. 남편이 겁을 먹었지요…. 추문이 날까 두려워서 한발 물러선 거고요."

"그래도 그들에게서 편지를 빼앗으려고 모든 수단을 다 동원하셨겠지요."

"온갖 수단을 다 동원했을 거예요…. 적어도 그런 것 같아요. 이렇게 말씀드릴 수밖에 없는 이유는 알프레드 바렝과 마지막으로 만나고 난 뒤 남편은 제게 매우 화를 냈어요. 그 이후부터 우리 부부 사이에는 일말의 친밀감이나 신뢰도 남아 있지 않아요. 지금 저희는 남남처럼 살고 있어요."

"그렇다면 아무것도 잃으실 게 없는데 무얼 걱정하십니까?"

"비록 지금은 제게 무관심해졌다고 해도 남편은 과거에 저를 사랑했고 이 일만 없었다면 지금도 사랑하고 있었을 거예요."

여인의 어조는 낮고도 격렬했다.

"오, 정말 그랬을 거예요. 아직도 그이가 날 사랑하고 있었겠지요. 그이가 그 저주받을 편지들을 손에 넣지만 않았더라면…."

"뭐라고요! 그럼 부군께서 편지를 손에 넣으셨다는…. 아니, 두 형제가 대단히 경계하지 않았던가요?"

"예, 확실한 은닉처가 있다며 떠들고 다니기까지 했다지요."

"그런데요…?"

"제 남편이 그 은닉처를 찾아낸 게 틀림없어요."

"아, 그래요! 그곳이 어디입니까?"

"여기요."

나는 소스라치게 놀랐다.

"여기라고요?"

"예, 항상 그럴 거라고 생각했어요. 루이 라콩브 씨는 대단히 재능이 뛰어난 사람이었는데, 특히 기계 장치에 관심이 많아서 시간이 나면 취미로 금고나 자물쇠를 만들곤 했어요. 바랭 형제가 이 취미에 대해 알고 있었을 거예요. 그래서 라콩브 씨가 만든 금고 중 하나를 편지를 감추는 데 사용했을 거고요…. 물론 다른 물건들도 감추었겠지요."

"하지만 바랭 형제가 이 집에 살았던 건 아니지 않습니까?" 내가 소리쳤다.

"선생님께서 오시기 4개월 전, 이 집은 비어 있었어요. 그 사이에 그자들이 여기 왔겠지요. 게다가 자기들 서류를 되찾으러 올 때 선생님께서 여기 계신다 해도 별로 방해가 될 거라고 생각하진 않았을 거예요. 하지만 제 남편에 대해서는 생각하지 못한 거지요. 그이가 6월 22일과 23일 사이 밤에 여기 와서 금고를 열고 자기가 찾던… 물건을 가져가면서 바랭 형제들에게 이제는 자기가 두려울 것이 없으며 입장이 바뀌었다는 걸 보여주려고 자기 명함을 두고 간 거예요. 이틀 후 〈질 블라스〉 기사를 보고 에티엔 바랭이 선생님 댁에 부랴부랴 찾아왔지요. 그 방에 혼자 남아 금고가 빈 것을 보고 자살한 거예요."

잠시 후 다스프리가 물었다.

"그건 단순한 짐작입니다, 그렇지 않은가요? 부군께서 부인께 말씀해주신 건 아니지요?"

"예, 아니에요."

"남편께서 부인을 대하는 태도가 바뀌었나요? 좀 더 침울하고 걱정스러워 보이지는 않았나요?"

"아니요."

"남편께서 편지를 찾았다면 지금과 같이 행동하실 거라 생각하십니까? 제가 보기에 남편께서는 편지를 갖고 계시지 않습니다. 여기 왔던 게 앙데르마트 씨가 아니란 말이지요."

"아니, 그럼 누구일까요?"

"모든 카드를 손에 쥐고 이 사건을 좌지우지하며 복잡다단한 사건들을 꾸며서 알 수 없는 방향으로 상황을 이끌어가는 미지의 인물이 있어요. 사건 초반부터 이자가 하는 강력한 행동만 알 수 있었을 뿐입니다. 바로 이자가 일당을 데리고 6월 22일

밤에 이 집에 들어와서 은닉처를 찾아낸 겁니다. 앙데르마트 씨 명함을 놓고 간 것도 그자고, 부인 편지와 바랭 형제의 배신을 입증할 증거를 가진 사람도 바로 그자입니다."

"그게 대체 누군가!" 황급히 내가 끼어들었다.

"〈에코 드 프랑스〉에 기사를 싣는 그 살바토르란 작자지 누구겠는가! 뻔하지 않은가? 그 기사에 나오는 세부 사항은 오직 바랭 형제의 비밀을 다 꿰고 있는 사람만이 아는 사실 아닌가?"

앙데르마트 부인이 겁에 질려 더듬거렸다.

"그렇다면 그 사람이 제 편지도 갖고 있다는 말이네요. 이제는 남편을 협박하고 있겠고요! 세상에, 어쩌면 좋지요!"

다스프리가 딱 잘라 말했다.

"그 사람에게 편지를 쓰십시오. 단도직입적으로 말하는 겁니다. 알고 있는 것과 앞으로 알 수 있을 만한 모든 것을 말이지요."

"무슨 말씀이세요!"

"부인의 바람이 바로 그의 바람과 같아요. 그는 지금 바랭 형제 중 살아남은 사람을 상대하고 있단 말입니다. 앙데르마트 씨가 아니라 바로 알프레드 바랭을 칠 무기를 찾고 있다는 뜻이지요. 그러니 그를 도와주십시오."

"어떻게요?"

"부군께서 루이 라콩브의 설계도를 보충하는 그 마지막 서류를 갖고 계시지요?"

"예."

"바로 그 사실을 살바토르에게 알리는 겁니다. 필요하다면 그에게 그 자료를 구해주셔도 좋습니다. 간단히 말해서 서신을 교환하시라는 말입니다. 걱정할 게 뭐가 있습니까?"

다스프리가 충고하는 내용은 대담하고 얼핏 위험해 보이기까지 했다. 하지만 앙데르마트 부인으로서는 그다지 선택의 여지가 없었다. 게다가 다스프리가 말했듯이 여인이 걱정할 일이 뭐가 있을까? 그 미지의 인물이 적이라고 해도 상황이 더 나빠지지는 않을 터였다. 만약 이자가 어떤 특정한 목적을 달성하려는 것이라면 여인의 편지에는 별로 관심을 두지 않을 터였다.

어쨌든 나름 타당한 아이디어였고, 앙데르마트 부인은 혼란한 와중에 지푸라기라도 잡는 심정으로 기꺼이 다스프리의 말을 따르기로 했다. 부인은 우리에게 진심으로 고마워했으며 앞으로 진행 상황을 알려주겠다고 약속했다.

이틀 후 부인은 정말로 자기가 받은 답장을 우리에게 보내주었다.

편지는 금고에 없었습니다. 하지만 찾아낼 테니 걱정하지 마십시오. 제가 모든 일을 돌보고 있습니다.

—S

나는 종이를 집어들었다. 6월 22일 밤, 내 침대맡 탁자에 있던 책갈피에 넣어둔 쪽지와 같은 글씨체였다.

그러니 다스프리가 옳았다. 살바토르가 이 사건을 꾸민 장본인이었다.

우리를 둘러싼 짙은 어둠에 몇 가닥 빛이 비쳐 조금씩 윤곽
이 보였으며 어떤 부분은 뜻밖에도 아주 분명히 보였다. 하지
만 나머지 부분은 여전히 암흑으로 덮여 있었는데 대표적인 것
이 바로 하트 7 카드 두 장을 발견했던 일이다! 나는 항상 이 지
점으로 되돌아왔다. 그토록 혼란스러운 상황에서 작은 구멍이
뚫린 하트 일곱 개에 너무 강렬한 인상을 받아서 필요 이상으
로 신경 쓰고 있는지도 몰랐다. 대체 이 카드가 사건에서 어떤
역할을 하는 걸까? 어떤 중요한 역할을 맡은 걸까? 루이 라콩
브가 설계한 잠수함 이름이 '하트-7'이라는 사실에서 무슨 결
론을 끌어내야 할까?

한편 다스프리는 그 카드 두 장에는 별로 신경 쓰지 않고 다
른 문제에 몰두했다. 지금으로서는 가장 절박한 문제라면서 앞
서 말했던 그 은닉처를 지칠 줄 모르고 찾아다녔다.

"누가 알겠어. 부주의했는지 어땠는지 모르지만 살바토르가
찾아내지 못한… 편지들을 바로 내가 찾아낼지도 모르지 않는
가? 바랭 형제가 그런 유용한 협박 무기를 이처럼 확실한 은닉
처에서 빼냈을 리가 없네."

다스프리는 그렇게 말하며 계속 찾아다녔다. 그러느라 이 커
다란 방을 속속들이 헤집어놓고 그것도 모자라 집의 다른 방도
전부 뒤지기 시작했다. 안팎을 모두 면밀히 조사하고 돌멩이와
집 벽 벽돌까지 검사해보고 지붕 기와까지 들척였다.

하루는 곡괭이와 삽을 가지고 와서 내게 삽을 건네고 자기는

곡괭이를 들더니 공터를 가리켰다.

"가세."

나는 마지못해 따라나섰다. 다스프리는 공터를 몇 구역으로 나누더니 차례로 살펴보았다. 이웃집 건물 벽으로 둘러싸인 한 모퉁이에 건축용 석재와 자갈 더미가 가시덤불과 잡풀로 뒤덮여 있었는데 다스프리가 여기에 관심을 보이더니 파들어 가기 시작했다.

도와줄 수밖에 없었다. 한 시간 동안 땡볕에서 공연히 땀만 뺐다. 하지만 돌덩이를 치우고 나자 땅바닥이 보였고 바닥을 더 파 내려가니 다스프리의 괭이 밑으로 뼈, 그러니까 사람의 뼈 일부와 주변 여기저기에 흩어진 옷 조각이 나타났다.

순간 머리가 핑 돌았다. 작은 네모 모양으로 잘린 철판 조각이 바닥에 박혀 있었는데 붉은 점이 그 위로 어른거렸다. 나는 몸을 수그렸다. 내 생각이 맞았다. 철판은 게임 카드 크기였고 군데군데 칠이 살짝 벗겨져 있었다. 붉은 얼룩은 모두 일곱 개였고 하트 7 카드 무늬처럼 배열되어 있었으며 무늬 끝부분에 모두 구멍이 뚫려 있었다.

"이보게, 다스프리, 이제 이 이야기라면 넌더리가 나네. 자네가 흥미를 느낀다면 잘됐군. 난 이제 빠지겠네."

감정이 북받쳤던 것일까, 아니면 극도의 땡볕에서 일한 탓이었을까? 나는 걸어가며 휘청거렸고 곧장 침대 위로 쓰러졌다. 열이 심하게 나 48시간을 줄곧 누워 있어야 했다. 해골이 내 주변을 빙빙 맴돌며 춤을 췄고 핏덩어리가 된 자기들 심장을 서로의 머리를 향해 내던졌다.

다스프리는 내 곁을 떠나지 않았다. 매일 서너 시간 동안 내 곁에 머물렀다. 하지만 서재를 구석구석 뒤지고 물건을 뒤집고 두드려보는 일도 계속했다.

다스프리는 이따금 찾아와 이렇게 말했다.

"편지가 저기, 저 방에 있단 말이지. 거기 있단 말이야. 내 반드시 찾아내고야 말겠네."

그럼 나는 몸서리를 치며 이렇게 말하곤 했다.

"제발 나 좀 내버려 두게."

사흘째 되는 날 아침, 나는 자리를 털고 일어났다. 아직 몸이 쇠약했지만 그래도 나은 건 분명했다. 점심을 든든히 먹자 기운이 좀 났다. 그러다가 오후 5시쯤 속달 우편을 하나 받았는데 호기심이 발동하는 바람에 완전히 기운을 회복했다.

속달 우편 내용은 이랬다.

선생,

6월 22일과 23일 사이 밤에 시작된 연극 제1막이 드디어 마무리되려고 합니다. 어쩌다 보니 주요 등장인물 두 사람을 대면시켜야 하는 상황인데 이 대면이 선생 거처에서 이루어질 예정입니다. 따라서 오늘 밤, 귀하의 자택을 좀 빌려주신다면 무한히 감사하겠습니다. 저녁 9시부터 11시까지, 하인은 내보내고 선생께서도 주인공들이 자유롭게 자택을 드나들게 해주시길 간곡히 부탁드립니다. 22일과 23일 사이 밤에도 느끼셨겠지만, 귀하가 소유하신 물건에는 전혀 피해가 가지 않도록 만전을 기하겠습니다. 선생께서도 이 일에 대해 철저히 비밀을 지키실 것을 감히 믿어 의심치 않겠습니다.

—살바토르

이 편지에는 정중한 조롱기가 담겨 있었고 이자의 부탁에는 기발한 점이 있어 대단히 즐거워졌다. 건방지고도 매력적이었는데, 편지를 쓴 사람은 내가 이 부탁에 반드시 동의하리라고 확신하지 않는가! 하늘이 무너지더라도 이자를 실망시키거나 신뢰를 저버리고 싶지 않았다.

저녁 8시, 하인은 내가 준 극장표를 받아들고 막 외출했고 뒤이어 다스프리가 도착했다. 나는 그에게 속달 우편을 보여주었다.

"어떻게 할 건가?" 다스프리가 내게 물었다.

"어떻게 하긴! 정원 대문을 열어두고 들어오게 할 생각이네."

"그럼 자네는 떠나 있을 건가?"

"절대 아니지!"

"하지만 그자가 요구하기를…."

"비밀을 지키라고 했으니 비밀을 지킬 걸세. 하지만 대체 무슨 일이 벌어질지 너무 궁금해서 말이지."

다스프리가 웃기 시작했다.

"정말 자네 말이 맞네그려. 나도 남아 있겠네. 정말 재밌을 거야."

이때 초인종이 울려 말이 끊겼다.

"벌써 그자들인가? 20분이나 먼저 왔다고! 이거 말이 안 되는데." 다스프리는 중얼거렸다.

현관에서 줄을 당겨 대문을 열어주었다. 여자로 보이는 그림자가 정원을 가로질러 왔다. 앙데르마트 부인이었다.

충격을 받은 모양이었고 가쁜 숨을 몰아쉬며 말을 더듬었다.

"우리 남편이… 지금 오는 길이에요…. 약속이 있어서… 편지를 그이한테 넘길 거래요…."

"그걸 어떻게 아십니까?" 내가 물었다.

"우연히 알았어요. 저녁 식사 중에 남편이 전갈을 받았어요."

"속달 우편이요?"

"전화 메시지였어요. 하인이 실수로 저한테 줬거든요. 남편이 바로 가져갔지만요. 하지만 이미 제가… 읽어버렸지요."

"읽으신 내용이 그럼…."

"대충 이런 내용이었어요. '오늘 밤 9시에, 마이요 대로로 관련된 서류를 가지고 오십시오. 대신 편지를 주겠습니다.' 그래서 저녁 식사를 마치고 곧바로 오는 길이에요."

"부군께서는 오신 것을 모르십니까?"

"예."

다스프리가 나를 바라보았다.

"어떻게 생각하나?"

"자네 생각도 마찬가지겠지만, 앙데르마트 씨가 바로 우리 주인공 중 한 명으로 불려오는 것 같군."

"대체 누가 무슨 목적으로 부른 거지?"

"그걸 이제 알게 될 걸세."

나는 두 사람을 서재로 데리고 갔다.

부득이한 상황이 펼쳐진다면 벽난로 덮개 아래의 벨벳 벽걸이 천 뒤에 세 사람이 숨어 있을 수 있다. 우리는 그곳에 자리를 잡았다. 앙데르마트 부인이 가운데 앉았다. 휘장 틈으로 방 전체가 보였다.

9시 정각이 되었다. 몇 분 후 정원 철문이 끼익 소리를 냈다.

솔직히 나는 불안했고 다시 열이 나며 흥분됐다. 수수께끼의 전말을 이제 알게 될 터였다! 몇 주 동안 눈앞에서 벌어진 불가사의하기만 했던 뜻밖의 사건들이 서로 연결되어 진짜 의미를 드러낼 판이었다. 그것도 바로 내 눈앞에서 그 모든 일이 벌어진다!

다스프리가 앙데르마트 부인의 손을 잡으며 속삭였다.

"절대로 움직이시면 안 됩니다! 무슨 소리를 듣더라도, 그 어떤 것을 보더라도 움직이지 마십시오."

누군가 방에 들어왔다. 에티엔 바랭을 쏙 빼닮은 형 알프레드 바랭을 금방 알아볼 수 있었다. 묵직한 걸음걸이나 수염이 텁수룩하게 난 흙빛 얼굴도 똑같았다.

걱정스러운 기색이었고, 주변에 있을지도 모를 두려운 함정을 감지하고 피해 가려는 습관이 몸에 밴 사람 같았다. 그자가 한 차례 방을 휘둘러보는데 벨벳 휘장으로 가려진 벽난로를 보며 왠지 불쾌해하는 것 같았다. 우리 쪽으로 세 발짝쯤 떼었다. 하지만 보다 급한 일이 생각났는지 뒤돌아 방을 가로질러 벽쪽으로 갔다. 수염이 하얗고 불꽃 모양의 날이 있는 검을 든 늙은 황제의 모자이크 장식 앞에 서서 오랫동안 그림을 들여다보았다. 그러더니 의자를 딛고 올라서서 왕의 어깨와 얼굴 외곽선을 손가락으로 훑으며 군데군데 만져보았다.

그러더니 갑자기 의자에서 뛰어내려 벽에서 멀어졌다. 발소리가 울리더니 문간에 앙데르마트가 나타났다.

앙데르마트는 놀라 외마디 소리를 질렀다.

"당신, 당신인가! 나를 불러낸 게?"

"나라고? 무슨 소리야. 당신이 편지를 써서 오라고 하지 않았습니까."

바랭은 동생처럼 갈라진 목소리로 응수했다.

"내가 편지를 썼다고!"

"당신 서명이 있었어. 게다가 나한테 보상을 해준다고…."

"나는 편지를 보낸 적이 없네."

"편지를 안 보냈다고?"

바랭은 본능적으로 경계 태세를 취했다. 은행가가 아니라 이 함정으로 자기를 유인한 미지의 적에 대한 경계였다. 다시 한 번, 바랭이 우리 쪽을 바라보더니 재빨리 문 쪽으로 걸어갔다.

앙데르마트가 그 앞을 가로막았다.

"무얼 하려는 거지, 바랭?"

"뭔가 꺼림칙한 음모가 있는 것 같단 말이지. 난 가보겠어. 안녕히 계십시오."

"잠깐 기다려!"

"여봐요, 앙데르마트 씨, 자꾸 이러지 마세요. 우린 더 이상 할 이야기가 없지 않습니까."

"할 이야기가 아주 많지. 마침 잘 만났어…."

"비켜요."

"아니, 안 돼, 절대 나갈 수 없네."

은행가가 단호히 나오는 바람에 바랭은 한발 물러섰다. 그리고 얼렁뚱땅 말했다.

"그럼 빨리 하세요. 이참에 끝장을 봅시다!"

나는 어느 한 가지 사실에 실망했고 함께 있던 두 사람도 나와 비슷한 감정을 느끼는 게 분명했다. 왜 살바토르가 나타나지 않았는가? 직접 나서겠다는 게 그자의 계획 아니었던가? 은행가와 바랭의 만남만으로도 충분하다는 건가? 머릿속이 매우 혼란스러웠다. 살바토르가 안 나타나면 그자가 꾸며놓은 이 일대일 결투가 냉혹한 운명을 따라가 비극적인 결말을 낳을 게 분명했다. 두 사내를 서로 맞부딪치게 한 원동력이 이들 외부에서 비롯되었다는 점에서 상황은 더욱 놀라웠다.

잠시 후 앙데르마트는 바랭에게 다가서서 똑바로 응시하며 물었다.

"이제 몇 년이 흘렀으니 두려워할 것도 없지 않은가. 솔직히 말해보게, 바랭. 루이 라콩브를 어떻게 했나?"

"질문 한번 잘하셨습니다! 내가 그걸 어떻게 알겠어요?"

"알고 있지! 아무렴 알고말고! 동생과 둘이서 그 뒤를 졸졸 따라다니면서 루이 집에, 그러니까 지금 우리가 있는 이 집에서 살다시피 하지 않았느냔 말이네. 루이가 하는 연구며 계획을 모조리 알고 있지 않았나, 바랭. 그 마지막 밤에 집 대문까지 루이 라콩브를 전송해줬는데 이때 어둠 속에 숨어 있던 두 사람의 그림자를 봤네. 맹세할 수도 있네."

"그래서 어찌겠다는 겁니까?"

"그 그림자는 자네 동생과 자네였네, 바랭."

"증명해보세요."

"이틀 뒤에 자네가 직접 라콩브의 서류 가방에서 빼낸 서류와 설계도를 내게 보여주면서 팔겠다고 제안했지. 그게 바로 훌륭한 증거 아닌가. 아니라면 어떻게 그 서류를 자네가 입수했겠는가?"

"이미 말했지만, 앙데르마트 선생, 루이 라콩브가 사라지고 난 다음 날 아침, 그 사람 집 탁자 위에서 발견했습니다."

"사실이 아닐세."

"증명해보시지."

"검찰이 증명할 수 있을 걸세."

"그러면 왜 경찰한테 말하지 않았습니까?"

"왜냐고? 아! 왜⋯."

앙데르마트는 표정이 어두워지더니 입을 다물었다. 바랭은 말을 이었다.

"앙데르마트 씨, 보세요. 만약 그토록 확신했으면 우리가 한 그런 협박 정도로 포기하지는 않⋯."

"무슨 협박? 편지 말인가? 그 말이 사실이라고 내가 믿은 줄 아나⋯?"

"편지에 대한 이야기를 믿지 않았으면 왜 그걸 되찾겠다고 우리한테 수천 프랑을 제안했습니까? 왜 동생과 나를 무슨 짐승이라도 몰 듯 그렇게 쫓아다녔느냐는 말이야!"

"그 중요한 설계도를 되찾으려 했네."

"솔직히 말씀하십시오! 편지 때문이 아닙니까. 일단 그걸 되찾으면 우리를 고발해버렸을 테지. 그러니 천만에, 절대 내놓을 수 없어!"

바랭은 너털웃음을 웃다가 뚝 그쳤다.

"자, 이만하면 됐습니다. 똑같은 말만 반복해봤자 항상 제자리걸음일 테니까. 그러니 그냥 이만하고 넘어갑시다."

"넘어갈 수 없네. 이왕 편지 이야기가 나왔으니, 자네가 편지를 돌려주기 전까지 난 여기서 꼼짝하지 않겠네."

"난 나가겠습니다."

"아니, 안 되네."

"여봐요, 앙데르마트 씨, 경고하는데⋯."

"절대로 여기서 못 나가."

"못 나가나 두고 보시지."

바랭이 어찌나 매섭게 말했는지 앙데르마트 부인 입에서 조그맣게 비명이 새어나왔다.

바랭이 강제로 밀치고 지나가려는 것을 보니 이 소리를 들은 게 분명했다. 앙데르마트는 난폭하게 그를 밀어붙였다. 바랭이 자기 겉옷 주머니에 손을 찔러 넣는 게 보였다.

"마지막 경고야!"

"편지부터 내놓게."

바랭은 권총을 꺼내 앙데르마트를 겨눴다.

"비킬 겁니까, 버틸 겁니까?"

은행가는 재빨리 몸을 낮췄다.

총성이 터졌다. 권총이 바닥에 떨어졌다.

나는 어안이 벙벙했다. 내 바로 옆에서 총소리가 났으니 말이다! 다스프리가 총을 쏴 알프레드 바랭 손에서 무기를 떨어뜨린 것이다!

다스프리는 맞서 있던 두 사람 사이에 돌연 나서더니 바랭을 보며 빈정거렸다.

"자넨 운이 좋은 친구군. 더럽게 운이 좋다고. 손을 겨눴는데 총이 맞았으니."

두 사람은 꼼짝 않고 어리둥절해서 다스프리를 쳐다보았다. 다스프리는 은행가에게 말했다.

"제 일이 아닌데 이렇게 끼어들어 죄송합니다. 하지만 선생께서 게임에 너무 서투르시니 제가 좀 대신하겠습니다."

다시 바랭에게 돌아서며 말했다.

"이제 우리 차례군, 친구. 부탁하는데 질질 끌지 말자고. 으뜸 패는 하트일세. 난 7을 내도록 하지."

그러면서 붉은 얼룩이 일곱 개 난 철판을 바랭 코앞에다 들이댔다.

평생 살면서 사람이 그렇게 혼비백산한 모습은 처음 봤다. 바랭은 안색이 새파랗게 질렸고 눈은 휘둥그레졌으며 얼굴은 고통으로 일그러졌다. 마치 눈앞에서 벌어진 광경에 최면이라도 걸린 것 같았다.

"다, 당신 대체 누구요?" 바랭이 더듬거리며 물었다.

"벌써 말했지만 나와 상관없는 일에 끼어든 사람…. 하지만 제대로 처리해주는 사람이지."

"원하는 게 뭐요?"

"자네가 가져온 거 전부."

"가져온 건 아무것도 없습니다."

"아니지, 가져온 게 없으면 안 왔겠지. 오늘 아침에 여기로 9시까지 오라는 전갈을 받았을 테고 그 전갈에는 가진 서류 전부를 가져오라고 적혀 있었어. 그런데 자네가 여기 나타났단 말이야. 서류는 어디에 있나?"

다스프리의 목소리와 태도는 놀랄 만큼 권위 있어서 평소 무심하고 부드러운 사내였던 것과는 딴판이었다. 바랭은 고분고분해져서 자기 주머니 하나를 가리켰다.

"서류는 여기 있습니다."

"전부 가져왔나?"

"그래요."

"루이 라콩브 서류 가방에 들어 있던 것과 폰 리벤 장군한테 팔았던 것까지 전부?"

"그렇습니다."

"사본인가, 원본인가?"

"원본입니다."

"얼마면 되겠나?"

"10만 프랑."

다스프리는 웃음을 터뜨렸다.

"미쳤군. 장군이 2만 프랑밖에 안 줬지 않은가. 완전 날린 돈이었지. 시험이 실패했으니."

"그자가 설계도를 볼 줄 몰라서였습니다."

"설계도가 불완전했던 거지."

"그럼 왜 그걸 달라고 합니까?"

"필요한 데가 있어. 5000프랑을 주지. 더 이상은 안 돼."

"1만 프랑. 더 깎을 순 없어요."

"좋네."

다스프리는 앙데르마트 쪽으로 다시 돌아왔다.

"그럼 수표에 서명 좀 해주십시오."

"지금은 수표가 없는데…."

"수표책이요? 여기 있습니다."

앙데르마트는 얼빠진 얼굴로 다스프리가 건네는 수표책을 더듬어보았다.

"내 건데…. 이게 어떻게 된 겁니까?"

"제발 쓸데없는 말은 마시고, 은행가 양반, 그냥 서명이나 하십시오."

앙데르마트는 만년필을 꺼내 서명했다. 바랭은 손을 내밀었다.

"거 손 치우게. 아직 안 끝났네." 다스프리가 말했다.

그러더니 은행가에게 돌아섰다.

"편지를 원한다고 하셨던가요?"

"그래요. 편지 뭉치 하나입니다."

"편지는 어디에 있나, 바랭?"

"지금은 나한테 없어요."

"편지가 어디에 있나, 바랭?"

"모릅니다. 내 동생이 처리했어요."

"여기, 이 방에 숨겨져 있지."

"그렇다면 어디 숨겨져 있는지 아시겠군."

"그걸 내가 어떻게 알겠나?"

"아니, 숨겨둔 곳을 뒤진 게 당신 아니었습니까? 살바토르만 큼이나 잘 알고 있는 것 같은데."

"편지는 은닉처에 없었지."

"거기 있습니다."

"그럼 어디 열어보지그래."

바랭은 의심하는 눈초리로 바라보았다. 정황으로 보아 다스 프리와 살바토르가 실제로는 동일 인물 같아 보였다. 그렇다면 이미 그자가 알고 있는 은닉처를 공개한다 해도 걱정할 건 없 다. 만약 동일 인물이 아니라면 군이 열 필요가 없는….

"열라니까." 다스프리가 다그쳤다.

"하트 7이 없어요."

"왜 없어. 여기 있다네." 이렇게 말하며 철판 조각을 내밀었다. 바랭은 공포에 질려 물러섰다.

"싫… 싫습니다…. 하기 싫어…."

"뭐, 아무럼 어때."

다스프리는 흰 수염이 난 황제 모자이크로 다가가 의자 위 에 올라서서 검의 아래쪽 날 밑에 하트 7 카드를 대고 그 카드 의 철판 가장자리를 검 가장자리에 정확히 맞췄다. 그리고 일 곱 개 하트 끝 부분에 뚫려 있는 구멍에 차례로 송곳을 찔러 넣 어 모자이크 돌 일곱 개를 눌렀다. 일곱 번째 돌조각까지 모두 누르자 무언가 딸깍 풀리더니 황제 상반신 전체가 돌아가며 커 다란 입구가 열렸다. 그 안은 금고처럼 보였는데, 내벽은 철제 로 만들어졌고 강철로 된 선반 두 개가 번쩍거렸다.

"잘 보게, 바랭. 금고가 비어 있지 않나."

"그렇군요…. 그럼 내 동생이 편지를 가져갔나 보군요."

다스프리는 바랭에게 돌아와 말했다.

"그렇게 자꾸 깐죽거리지 말게. 다른 비밀 장소가 있지. 어딘가?"

"그런 거 없습니다."

"바라는 게 돈인가? 얼마면 되겠나?"

"1만 프랑."

"앙데르마트 씨, 그 편지가 1만 프랑의 가치가 있습니까?"

"그렇습니다." 은행가는 힘주어 말했다.

그제야 바랭은 금고를 닫더니 기분 나쁜 티를 역력히 내며 하트 7을 검의 날 밑, 똑같은 장소에 갖다 댔다. 하트 끝에 난 구멍을 차례로 송곳으로 눌렀다. 잠금 장치가 한 번 더 풀렸고 이번에는 놀랍게도 금고의 일부분이 빙글 돌아가더니 또 다른 작은 금고가 열렸다.

편지 꾸러미가 끈으로 묶여 봉인된 채 들어 있었다. 바랭이 편지 꾸러미를 다스프리에게 건넸다. 다스프리가 물었다.

"앙데르마트 씨, 수표는 준비됐습니까?"

"예."

"그럼 루이 라콩브가 넘겨 주었던 마지막 문서도 가지고 계신가요? 잠수함 설계도를 완성하는 마지막 문서 말입니다."

"가지고 있습니다."

거래가 이루어졌다. 다스프리는 서류와 수표를 받고 앙데르마트에게 편지 꾸러미를 넘겨 주었다.

"여기, 당신이 찾던 물건입니다."

은행가는 잠시 멈칫했다. 지금까지 그렇게 악착같이 찾아다니던 이 끔찍한 물건에 손을 대기가 무섭다는 듯이. 그러다가 신경질적인 태도로 홱 낚아챘다.

내 옆에서 신음이 흘렀다. 나는 앙데르마트 부인 손을 잡아 주었다. 손이 얼음장같이 차가웠다.

다스프리가 은행가에게 말했다.

"그럼 선생님, 이제 우리 대화는 이걸로 마무리된 것 같군요. 오, 저한테 감사하실 필요는 없습니다. 우연히 제가 선생께 도움을 드린 것뿐이니까요."

앙데르마트는 자기 아내가 루이 라콩브에게 보낸 편지 꾸러미를 가지고 떠났다.

"일이 이보다 더 잘 풀릴 수도 없군. 이제 우리 일만 정리하면 되겠네, 친구. 문서는 준비됐나?"

다스프리가 날아갈 듯한 목소리로 소리쳤다.

"자, 여기 이게 전부요."

다스프리는 서류를 뒤져보며 찬찬히 검토하더니 자기 호주머니에 찔러 넣었다.

"완벽해. 약속을 지켰군."

"그런데…."

"그런데 뭔가?"

"수표 두 장은…? 돈은 어디 있습니까…?"

"하, 이 친구, 뻔뻔스럽기는. 감히 그걸 요구하다니!"

"당연히 요구했을 뿐입니다."

"훔친 물건에 값을 치러야 한다는 건가?"

바랭은 화가 치밀어 제정신이 아닌 것 같았다. 온몸을 부들부들 떨었고 눈에는 핏발이 섰다.

"내, 내 돈… 2만 프랑…."

바랭은 더듬거렸다.

"꿈도 꾸지 말게…. 내가 쓸데가 있네."

"내 돈 내놓으라고…!"

"자, 현실적으로 상황 파악을 좀 하시게. 칼 따위는 집어넣고."

다스프리가 하도 난폭하게 팔을 붙드는 바람에 바랭은 고통스럽게 비명을 질렀다.

"이보게, 친구. 바람 좀 쐬는 게 좋겠네. 자네, 내가 좀 데려다 줬으면 좋겠나? 거기 공터 쪽 말일세. 돌무더기 있는 그 아래에…."

"거짓말이야, 사실이 아니라고!"

"천만에 사실이고말고. 이 구멍 뚫린 작은 철판이 거기에 있었단 말이네. 지금껏 계속 루이 라콩브한테 있었다고. 기억하나? 동생과 자네가 그걸 시체와 함께 묻었단 말이야…. 거기 있는 다른 물건들도 경찰이 발견하면 퍽 좋아할 걸세."

화가 나 힘줄이 울룩불룩 부푼 손으로 얼굴을 감싸더니 바랭이 말했다.

"좋아. 내가 완전히 당했군. 그 이야기는 여기서 접읍시다. 그래도 하나만… 단 한 가지가 궁금합니다…."

"듣고 있네."

"이 금고에, 그러니까 큰 금고에 작은 상자가 있었습니까?"

"있었지."

"6월 22일과 23일 사이 밤에 왔을 때 그게 있었습니까?"

"있었지."

"그 안에…?"

"바랭 형제님이 여기저기서 긁어모아 고이 모셔둔 보석이며 다이아몬드, 진주 따위가 있었지."

"그래, 그걸 당신이 가져갔습니까?"

"당연하지! 내 입장이 되어보라고."

"그러면… 그 상자가 없어진 걸 보고 내 동생이 자살한 겁니까?"

"그럴 수도 있지. 폰 리벤 장군과 교환한 서신이 없어졌다면 아마 자살까진 안 했겠지. 하지만 그 상자가 없어졌으니…. 이제 질문은 다 했나?"

"하나 더. 당신 이름이 무엇입니까?"

"복수라도 하겠다는 심산이신가?"

"당연하지! 운이란 돌고 도는 겁니다. 오늘은 당신이 이겼지만 내일은…."

"자네가 이기겠지."

"그럴 겁니다. 이름이 뭐예요?"

"아르센 뤼팽."

"아르센 뤼팽!"

바랭은 몽둥이로 맞은 듯 휘청거렸다. 이 이름을 듣고 희망이 물거품이 되기라도 한 것 같았다. 다스프리가 웃기 시작했다.

"아! 그래, 이렇게 멋지게 일을 꾸며낸 사람이 한갓 어중이떠중이였을 줄 알았나? 그래, 적어도 아르센 뤼팽쯤은 돼야지. 이제 알았으면 친구, 가서 복수할 준비나 하시게. 아르센 뤼팽이 기다리고 있겠네."

뤼팽은 한마디도 덧붙이지 않고 사내를 밖으로 밀어 내쫓았다.

"다스프리, 다스프리!" 내가 다급히 외쳤다. 나도 모르게 익히 알던 친구의 이름으로 불렀다.

그리고 벨벳 휘장을 젖혔다.

뤼팽이 달려왔다.

"뭔가? 무슨 일인가?"

"앙데르마트 부인이 쓰러지셨네."

뤼팽은 서둘러 부인에게 각성제를 들이마시게 하고 내게 물었다.

"아니, 무슨 일인가?"

"편지 말이야…. 자네가 부인 남편에게 넘겨 준 루이 라콩브의 편지 말일세!"

뤼팽은 이마를 탁 쳤다.

"부인은 내가 그렇게 한 줄 알지…. 아니, 당연하지. 그렇게 믿을 수밖에 없었겠지. 내가 이렇게 멍청하다니까!"

부인은 정신을 차리고 뤼팽이 하는 이야기를 어리둥절한 표정으로 들었다. 뤼팽은 서류 가방에서 앙데르마트 씨가 가져간 편지 꾸러미와 똑같이 생긴 작은 꾸러미 하나를 꺼냈다.

"여기 부인 편지가 있습니다. 원본이지요."

"하지만… 그럼 아까 그 편지는요?"

"아까 그 편지도 이것과 똑같지만, 간밤에 제가 베껴서 슬쩍 가져다 놓은 복사본입니다. 모두 눈앞에서 벌어졌으니 부군께서 편지가 바뀌었으리라는 의심은 안 하실 테고 편지를 읽으며 만족스러워할 겁니다…."

"필체는…."

"흉내 못 낼 필체란 세상에 없지요."

부인은 뤼팽에게 감사 인사를 했다. 자기가 흔히 사귀는 사람들에게 하듯 인사하는 것으로 보아 바랭과 아르센 뤼팽 사이에 오간 마지막 대화는 못 들은 게 분명했다.

나로서는 오랜 친구가 이렇게 뜻밖의 정체를 드러내니 뭐라 말해야 할지 몰라 당황해하며 사내를 바라보았다. 뤼팽이라니! 뤼팽이란 말이다! 내 사교계 친구가 다름 아닌 뤼팽이었다니! 믿을 수가 없었다. 하지만 이자는 아주 태연했다.

"장 다스프리에게 작별을 고해주게."

"아!"

"그래. 장 다스프리는 여행을 떠나네. 모로코로 보내려고 생각 중이네. 그곳에서 자기 이름에 걸맞은 죽음을 맞이할 가능성이 높네. 그게 다스프리 생각이라고 알고 있네."

"그러면 아르센 뤼팽이 여기 남는 건가?"

"오, 물론이지! 아르센 뤼팽은 이제 막 활동을 시작했을 뿐이니 그의 생각으로는…."

나는 호기심을 이기지 못하고 앙데르마트 부인에게서 조금 떨어진 곳으로 뤼팽을 끌고 갔다.

"그럼 자네는 편지 꾸러미가 든 두 번째 금고를 결국 발견했단 말이지?"

"얼마나 고생했는지 모르네! 바로 어제 오후, 자네가 자고 있는 사이에 발견했지. 하지만 세상에, 얼마나 간단했는지! 제일 간단한 걸 꼭 마지막에 생각해내는 법이란 말이야."

뤼팽은 하트 7 카드를 내게 보여주었다.

"이게 큰 금고를 여는 열쇠라는 건 짐작했었지. 이 카드를 모자이크로 된 남자가 든 검에 대고 눌러야 한다는 건 알았는데…."

"그걸 어떻게 알아냈나?"

"간단했지. 6월 22일 밤, 여기 오는 동안 내 특별 소식통을 통해서…."

"나와 헤어지고 나서 말이지…."

"그렇지. 자네같이 신경이 예민하고 민감한 사람한테 먹혀들 만한 이야기만 골라 해서 자네가 침대에서 꼼짝 못할 수밖에 없도록 했지. 덕분에 좀 더 자유롭게 활동할 수 있도록 말이야."

"정확히 봤군."

"여기로 오는 동안 비밀 자물쇠로 잠긴 금고 안에 보석 상자가 있고 하트 7이 그 열쇠라는 걸 알고 있었지. 그러니까 남은 건 정확히 그 하트 7을 어디에 꽂는지 찾아내는 거였네. 한 시간 정도 뒤져보니 알겠더군."

"한 시간!"

"모자이크 그림 속 남자를 자세히 보게."

"늙은 황제 말인가?"

"이 늙은 황제가 바로 게임용 카드에서 하트 왕을 그대로 묘사해놓은 거란 말이야. 샤를마뉴 대제 말일세."

"그렇군…. 하지만 어째서 하트 7이 어떤 때는 큰 금고를 열고 어떤 때는 작은 금고를 여는 건가? 그리고 왜 처음엔 큰 금고만 열었나?"

"왜냐고? 내가 카드를 계속 같은 방향으로만 꽂았으니까 그랬지. 어제야 비로소 카드를 뒤집으면, 그러니까 가운데에 있는 일곱 번째 구멍을 아래쪽이 아니라 위쪽으로 향하게 꽂으면 일곱 개 구멍의 배열이 전부 바뀐다는 걸 깨달았네."

"그렇군!"

"그래, 간단하지. 하지만 일단 생각이 거기까지 미쳤어야 말이지."

"또 다른 질문이네. 앙데르마트 부인이 오기 전에는 편지 이야기를 몰랐나?"

"부인이 내 앞에서 이야기하기 전에? 그래, 몰랐지. 금고 안에는 보석 상자 말고는 형제가 쓰거나 받은 편지뿐이었지. 덕분에 형제가 배신했다는 걸 알았네."

"결국 우연한 기회에 두 형제 이야기를 알게 되어 재구성했던 거고, 잠수함 설계도와 서류를 찾아 나섰던 건가?"

"우연히 말이지."

"그런데 무슨 연유로 찾아 나선 건가…?"

다스프리가 너털웃음을 웃으며 내 말을 끊었다.

"세상에, 자네 정말 이 이야기가 재밌나 보군!"

"정말 흥미진진하네."

"그럼, 좋네! 이따가 앙데르마트 부인을 댁으로 모셔다 드리고 〈에코 드 프랑스〉에 실릴 글을 부친 후 다시 오겠네. 그때 좀 더 자세히 이야기해주지."

뤼팽은 그 자리에 앉아 기발한 상상력이 살아 있는 것으로 유명한 그 짧막한 글을 써 내려갔다. 전 세계를 떠들썩하게 만든 이 기사를 기억하지 못하는 사람이 있을까?

아르센 뤼팽이 최근 살바토르 기자가 제기한 바 있는 문제를 해결했다. 기술자 루이 라콩브가 작성한 원본 문서와 설계도를 모두 입수해 프랑스 해군성 장관 앞으로 전달했다. 또한 이 기회에 뤼팽은 설계도에 따라 프랑스 정부가 잠수함을 최초로 제작할 수 있도록 기부금 접수를 시작했다. 자신이 앞장서서 2만 프랑에 달하는 금액을 기부했다.

"앙데르마트 씨가 준 2만 프랑 수표인가?" 나중에 뤼팽이 신문을 전해주었을 때 내가 물었다.
"그렇고말고. 바랭이 조금이나마 배신의 대가를 치러야 공정하지 않겠나."

바로 여기까지가 내가 아르센 뤼팽을 알게 된 경위다. 이렇게 해서 모임 동료이자 사교계 친구였던 장 다스프리가 다름 아닌 괴도신사 아르센 뤼팽임을 알게 되었고, 이후로 이 대단한 인물과 유쾌한 우정의 끈을 이어왔다. 뤼팽이 나를 신뢰해준 덕분에 그 친구가 전한 이야기를 충실히 기록하는 뤼팽 전담 연대기 작가가 되어가는 영광을 누리니, 참으로 고마울 따름이다.

7
앵베르 부인의 금고

새벽 3시, 베르티에 대로 한쪽 면에 쭉 늘어선 화가들의 소박한 거처 중 한 집 앞에 마차 대여섯 대가 늘어서 있었다. 그 집 문이 열리더니 한 무리의 남녀가 쏟아져 나왔다. 마차 네 대가 이쪽저쪽에서 빠져나와 떠나버리고 길에는 남자 둘만 남았다. 두 사람은 이 중 한 사람이 사는 쿠르셀가로 접어드는 모퉁이에서 헤어졌다. 다른 남자는 마이요 대로 입구까지 걸어가기로 했다.

빌리에 가도를 가로질러 성벽 맞은편 보도로 곧장 걸었다. 겨울밤은 청명하고 아름다워서 걷는 게 무척 상쾌했다. 숨통이 트이는 듯했다. 발걸음 소리가 가볍게 울려 퍼졌다.

하지만 몇 분 후 남자는 누군가에게 쫓기는 듯한 기분 나쁜 느낌이 들었다. 뒤돌아보았더니, 아니나 다를까 나무 사이로 살짝 숨는 사람의 그림자가 보였다. 남자는 겁이 많지는 않았으나 그래도 발걸음을 재촉해 테른 입시 세관소(일정 물품에 대한 도시 내 통관세를 관장하던 기관 – 옮긴이)까지 최대한 빨리 가려고 했다. 그런데 따라오던 자가 뛰기 시작했다. 불안해진 남자는 차라리 권총을 뽑아 들고 직접 맞서는 편이 낫겠다고 판단했다.

하지만 그럴 시간도 없었다. 뒤쫓던 자는 난폭하게 덤벼들었고 휑한 대로에서 한판 싸움이 벌어졌는데, 남자가 이런 육박전에서 유리할 것 같지는 않았다. 구조를 요청하며 발버둥쳤으나 불한당은 남자를 자갈 더미로 밀치더니 입에 손수건을 틀어넣고 목을 졸랐다. 눈이 슬슬 감기고 귀에서 윙윙 소리가 났다. 정신을 잃기 직전, 목을 조르던 손이 순식간에 느슨해지더니 숨통을 조이던 그 무거운 몸뚱이가 이번에는 되레 공격을 받고 방어하기 시작했다.

한 사내가 지팡이로 손목을 탁, 장화발로 발목을 탁…. 불한당은 고통에 찬 신음을 흘리더니 욕설을 지껄이며 절뚝절뚝 내뺐다.

계속 추격할 생각은 없는 듯 낯선 사내는 다가와 몸을 수그리며 말했다.

"다치진 않으셨습니까, 선생?"

다친 것은 아니었지만 어리둥절한 상태였고 혼자 서 있기 힘들었다. 다행히 고함을 듣고 달려온 입시 세관소 직원 한 명이 마차를 마련해주었다. 남자와 그를 구해준 사람을 태운 마차는 그랑다르메 가도에 있는 남자의 집으로 향했다.

문 앞에 이르러 기운을 완전히 회복한 남자는 수없이 감사 인사를 되풀이했다.

"제 생명의 은인이십니다, 선생님. 이 은혜는 절대 잊지 않겠습니다. 지금 당장 제 아내를 깨울 순 없지만, 오늘 안으로 아내와 함께 감사 인사를 전했으면 합니다."

그러면서 남자는 자기 이름을 뤼도비크 앵베르라고 소개하며 점심 식사에 와달라고 간청했다.

"실례지만, 존함이 어떻게 되시는지 좀 알려주실 수…."

"물론이지요. 아르센 뤼팽이라고 합니다."

이 당시만 해도 아르센 뤼팽이 주도한 카오른 사건이나 상테 교도소 탈옥 사건, 세간을 떠들썩하게 했던 다른 사건들이 알려지기 전이었다. 사실 아르센 뤼팽이라는 이름조차도 사용하기 전이었다. 앞으로 수없이 회자될 이 이름도 앵베르 씨를 구하면서 지은 이름일 뿐이었다. 이 사건으로 뤼팽은 세례를 받았다고나 할까. 아르센 뤼팽은 정말이지 언제든 맞서 싸울 만반의 준비가 되어 있었으나 재력이 부족하고 성공한 자로서의 명성도 부족하던 차라, 머지않아 대가로 군림할 이 분야에서 아직은 견습생에 불과했다.

그러니 아침에 일어나 간밤에 초대받은 기억을 떠올리고는 뤼팽이 얼마나 기쁨에 겨워했는지! 마침내 목적을 달성하려는 찰나다! 자기 능력과 재능에 걸맞은 사냥감을 겨눈 것이다! 앵베르 가문의 백만장자라니 이 얼마나 뤼팽의 구미에 딱 맞는 멋진 사냥감인가.

뤼팽은 좀 더 특별하게 분장했다. 닳은 프록코트에 끝이 해진 바지, 붉은빛이 도는 실크 모자에 올이 풀린 소매와 셔츠 칼라 따위로 단정하지만 어딘가 궁한 기색이 엿보이도록 챙겨 입었다. 다만, 넥타이 대신 검정 리본을 두르고 거기에 큼직한 다이아몬드를 꽂아 마무리했다. 이렇게 묘한 차림새로 뤼팽은 몽마르트르의 자기 아파트 건물 계단을 내려갔다. 4층에 이르자 걸음을 멈추지 않고 지팡이 손잡이로 닫힌 문짝 하나를 톡톡 두드렸다. 뤼팽은 건물 밖으로 나와 외부로 통하는 대로로 들어섰다. 전차가 지나가고 있었다. 이를 잡아타고 자리에 앉는데 누군가 뒤따라오는 듯했다. 이내 같은 건물 4층에 사는 남자가 뤼팽 곁에 앉았다.

잠시 후 남자가 말했다.

"대장, 일은 잘됐어요?"

"아무렴! 잘됐지."

"어떻게 됐어요?"

"점심 식사를 하기로 했지."

"점심 식사를요!"

"자네, 설마 내가 귀한 친구의 목숨을 공연히 위험에 빠뜨렸을 거라고 여기는 건 아니겠지? 이 몸이 자네 손에 꼼짝없이 죽게 된 뤼도비크 앵베르를 구해내지 않았나. 그 앵베르 양반은 감사할 줄 아는 사람이란 말이지. 그러니 점심 식사에 날 초대했겠지."

잠시 말이 없더니 문득 사내가 말했다.

"그래, 진짜로 가실 생각입니까?"

아르센이 말했다.

"이런 친구를 봤나. 내가 간밤의 공격 계획에 따라 새벽 3시에 성벽 대로변에서 하나밖에 없는 친구를 지팡이로 손목이고 다리고 쳐가면서 그 고생을 시켜놓고, 가짜 구조 작전이 착착 진행된 마당에 거기서 오는 이득을 왜 마다하겠는가."

"그래도 그 집안 재산이 좀 수상하단 소문이 돌아서…."

"그런 말은 한 귀로 듣고 흘리게. 내가 이 건을 추진한 지 벌써 6개월이야. 수소문하고 조사하며 그물을 쳐놓았지. 하인들, 채권자들, 계약 명의를 빌려준 자들을 찾아다니며 정보를 캐낸 것이 6개월, 그 남편하고 부인 그림자 속에 살면서 기회를 노린 기간이 장장 6개월이란 말이네. 그러니 지금 내가 무슨 일을 하는지는 아주 잘 아네. 부부의 말대로 브로포드 영감한테서 나오는 것이든, 혹은 다른 돈줄에서 나오는 것이든 하여간 그 재산은 엄연히 존재하네. 그리고 존재하는 재산은 곧 내 것이 될 거란 말이지."

"1억 프랑이라니, 참!"

"1000만 프랑, 아니 500만 프랑이면 어떤가! 금고 안에 거액의 증권이 뭉치로 들어 있단 말이지. 내 언젠가 그 열쇠를 손아귀에 넣고야 말 테니 두고 보게."

전차는 에트왈 광장에 멈춰 섰다. 사내가 중얼거렸다.

"그럼 이제 무얼 할까요?"

"지금 당장은 가만히 있게. 내가 기별하겠네. 아직은 여유가 있어."

5분 후 아르센 뤼팽은 앵베르 저택의 호화로운 계단을 올라갔다. 뤼도비크가 나와 자기 아내를 소개해주었다. 제르베즈는 체구가 작았으며 통통하고 수다스러운 여인이었다. 부인은 뤼팽을 더없이 극진히 대접했다.

"우리의 구세주인 분을 저희 부부만 단출히 접대하고 싶었답니다."

처음부터 부부는 뤼팽을 '우리의 구세주'라고 부르며 오랜 친구를 대하듯 했다. 후식을 먹을 때쯤에는 사이가 더없이 가까워져서 속내 이야기를 허심탄회하게 털어놓기에 이르렀다. 뤼팽은 자기가 살아온 이야기를 했다. 청렴한 법관이던 아버지 이야기, 불우했던 어린 시절, 현재 겪고 있는 어려움까지도 털어놓았다. 한편 제르베즈는 자기 젊은 시절이며 결혼 이야기, 브로포드 영감이 베풀어준 호의, 자기가 물려받은 수억 프랑 유산과 그 소유권을 온전히 얻기까지 넘어야 할 장애물, 엄청난 이자율을 감수하며 얻어야 했던 빚이며 브로포드의 조카들을 상대로 끊임없이 싸워야 했던 일, 지불 정지와 가처분 이야기에 이르기까지 그 모든 문제를 말했다!

"뤼팽 선생님, 한번 생각해보세요. 증권 다발이 바로 옆, 남편의 서재에 있는데 그걸 한 장이라도 떼어 쓰면 몽땅 뺏긴다는 거예요. 고스란히 우리 금고 안에 모셔놓고 손도 못 대는 형편이란 말입니다."

바로 옆에 증권이 있다고 생각하니 뤼팽은 몸이 오소소 떨렸다. 그러면서도 자기라면 저 착한 부인이 주저하듯 양심적으로 행동하지는 않았을 거라고 생각했다.

"아, 증권이 그곳에 있었군요." 뤼팽은 타들어가는 목소리로 중얼거렸다.

"그곳에 있지요."

이렇게 시작된 관계는 자연히 깊어지게 마련이다. 부부가 조심스레 질문을 던지자 아르센 뤼팽은 자신의 빈궁한 처지와 그에 따른 어려움을 토로했다. 그러자 부부는 당장 뤼팽을 개인 비서로 고용해 다달이 150프랑을 지급하기로 했다. 뤼팽은 자기 집에서 살되 매일 이곳에 와서 업무 지시를 받고, 일하기 편리하도록 3층 방 하나를 서재로 쓰기로 했다.

방을 골랐는데 바로 뤼도비크의 서재 윗방이었으니 이 무슨 횡재란 말인가!

뤼팽은 비서직이 실은 거의 한직이나 다름없다는 사실을 알아차렸다. 두 달 사이, 별로 중요치 않은 편지 네 통을 베껴 쓰고 앵베르의 서재로 한 번 불려갔을 뿐이다. 그래서 그 기회에 딱 한 번 정식으로 금고를 살펴볼 수 있었다. 게다가 이 직함으로는 국회의원 앙크티나 변호사 회장 그루벨과 같은 인사가 참석하는 사교계 연회에 초대받지도 못했다.

하지만 뤼팽은 불만스럽지 않았다. 오히려 어둠 속에 조촐히 한 자리를 차지하고 앉아 자유롭게 활동할 수 있어서 만족스러웠다. 게다가 뤼팽은 시간을 허비하지 않았다. 일단 뤼도비크의 서재에 몇 번이나 몰래 들어가서 금고에 뤼팽식 상견례를 했다. 그러나 금고는 굳게 닫혀 있을 뿐이었다. 그야말로 주철과 강철로 된 어마어마하게 큰 쇳덩어리였고 그 위압적인 형상으로 보아 줄이든 송곳이든 자물쇠를 여는 지렛대든 그 무엇도 도무지 먹혀들 것 같지 않았다.

아르센 뤼팽은 꽉 막힌 사람이 아니다.

'힘으로 안 되면 머리를 써야지. 현장에 눈과 귀를 두는 게 우선이겠군.'

이렇게 생각한 뤼팽은 필요한 조치를 취했다. 일단 공을 들여 자기 방 마룻바닥을 찬찬히 조사한 후 납 파이프를 바닥으로 밀어넣어 아래층 서재 천장의 돋을새김 장식 두 개 사이로 살짝 빠져나오게 해놓았다. 소리를 전달하는 관이자 망원경 구실을 하는 이 파이프를 사용해 서재에서 일어날 일을 보고 들으려는 것이다.

이때부터 뤼팽은 자기 방바닥에 배를 깔고 엎드려 하루 종일 시간을 보냈다. 앵베르 부부가 금고 앞에서 이야기를 나누며 장부를 살펴보고 서류를 처리하는 모습이 자주 보였다. 부부가 금고 번호판 번호 네 개를 차례차례 돌릴 때면 그 숫자와 홈을 돌리는 횟수를 알아내려고 애썼다. 동작을 하나하나 유심히 살폈고 대화에 귀를 기울이며 감시했다. 대체 열쇠는 어떻게 하는 거지? 어디에 감추는 걸까?

하루는 부부가 금고를 잠그지 않고 방을 나서는 걸 보고 서둘러 내려갔다. 서재로 과감히 들어섰으나 부부가 이미 되돌아와 있었다.

"아, 죄송합니다! 제가 방을 착각했군요." 뤼팽이 말했다.

하지만 제르베즈는 급히 다가와 뤼팽을 잡아끌었다.

"들어오세요, 뤼팽 선생님, 들어오세요. 여기가 어디 남의 집인가요? 선생님, 저희한테 조언 하나만 해주세요. 어떤 증권을 팔아야 할까요? 외채가 나을까요, 국채가 나을까요?"

"하지만 지불 정지는요?" 깜짝 놀라 뤼팽이 되물었다.

"오, 증권 지불 정지는 이제 풀렸답니다."

부인은 금고문을 열었다. 가죽 띠로 묶인 지갑이 층층이 쌓여 있었다. 부인이 하나를 꺼내자 남편이 제지했다.

"아니, 안 돼요, 제르베즈. 외채를 팔다니 안 될 말이지. 오를 거라고…. 그런데 국채는 지금이 최고가란 말이에요. 친구, 어떻게 생각하십니까?"

뤼팽은 아무런 의견도 없었으나 어쨌든 국채를 처분하는 것이 낫겠다고 충고했다. 제르베즈는 다른 꾸러미를 집더니 거기에서 종이 하나를 아무렇게나 뽑았다. 1374프랑에 대한 3퍼센트짜리 유가증권이었다. 뤼도비크는 그것을 주머니에 챙겨 넣었다. 그리고 그날 오후에 바로 비서를 데리고 주식 중개소에서 이 증권을 4만 6000프랑에 팔았다.

제르베즈가 뭐라고 했든 아르센 뤼팽은 그곳이 자기 집처럼 느껴지지 않았다. 정반대로, 앵베르 저택에서의 자기 위치에 놀라고 있었다. 하인들은 뤼팽의 이름도 모르고 그저 선생님이라고만 불렀다. 뤼도비크도 항상 '선생을 좀 모셔오게…', '선생께서 도착하셨나?'라고만 했다. 대체 왜 이런 식으로 부를까?

더욱이 처음에 그토록 따뜻하게 환영해준 이후로 앵베르 부부는 뤼팽에게 거의 말도 걸지 않았으며 은인을 대하듯 공손하긴 했으나 관심은 전혀 보이지 않았다. 뤼팽이 방해받는 것을 싫어하는 괴짜라도 되는 것처럼 홀로 떨어져 있게 해주었다. 마치 뤼팽이 그렇게 하라고 규칙이라도 정해놓은 것 같았다. 언젠가 뤼팽이 현관을 지나는데 제르베즈가 두 신사에게 이렇게 말하는 소리를 들었다.

"정말 비사교적인 분이라니까요!"

뤼팽은 '좋다. 나는 비사교적인 사람이다'라고 되뇌며 사람들이 이상하게 행동하든 말든 개의치 않고 계획을 추진했다. 일단 우연한 기회나 제르베즈의 실수를 기대할 수 없다는 상황은 확실히 깨달았다. 부인은 열쇠를 가지고 금고를 떠나기 전에 자물쇠 번호를 흩뜨려 놓는 것을 잊는 법이 없었다. 그러니 무언가 행동을 취해야 했다.

이러던 중 상황이 급변했다. 몇몇 신문이 사기 행각을 벌였다며 앵베르 부부를 격렬히 비난했다. 아르센 뤼팽은 상황이 예기치 못하게 흘러가 부부가 동요하는 모습을 보며 더 이상 지체했다가는 공든 탑이 무너지겠다고 생각했다.

그래서 닷새 동안, 평소처럼 저녁 6시에 퇴근하는 대신 자기 서재에 틀어박혀 있었다. 모두 뤼팽이 저택을 떠났다고 생각했지만 사실은 바닥에 엎드려 뤼도비크의 서재를 감시했다.

이 기간에는 저녁까지 이렇다 할 좋은 기회가 나타나지 않으면 한밤중에 안뜰로 통하는 쪽문으로 나갔다. 뤼팽은 쪽문 열쇠를 가지고 있었다.

그런데 엿새째 되는 날, 쏟아지는 비방 기사에 못 이겨 앵베르 부부가 금고 내부를 공개하고 내용물 목록을 작성한다는 사실을 알아냈다.

'바로 오늘 밤이다.'

뤼팽은 생각했다.

아니나 다를까, 저녁 식사가 끝나자 뤼도비크는 자기 서재에 자리를 잡았다. 제르베즈도 남편 곁으로 갔다. 둘은 금고 안에 있던 장부를 뒤적거리기 시작했다.

한 시간, 또 한 시간. 하인들이 잠자리에 들기 위해 각자의 방으로 돌아가는 소리가 들렸다. 이제 2층에는 아무도 없다. 자정이다. 앵베르 부부는 하던 일을 계속했다.

"이제 슬슬 가볼까." 뤼팽이 중얼거렸다.

창문을 열었다. 안뜰로 나 있는 창이었고 달도 별도 없는 밤이라 사방은 캄캄하기만 했다. 장롱에서 매듭지어 둔 밧줄을 꺼내 발코니 난간에 고정시키고 난간을 성큼 넘었다. 그런 뒤 빗물받이 홈통을 따라 조심스레 미끄러져 내려와 아랫방 창문까지 도달했다. 바로 서재 창문이었는데 플란넬 천으로 된 두꺼운 커튼 때문에 방 안이 잘 보이지 않았다. 뤼팽은 발코니에서 귀를 쫑긋 세우고 망을 보며 꼼짝하지 않고 잠시 서 있었다.

주변이 조용하자 안심하고 십자형 유리창을 살짝 밀어보았다. 그날 오후에 걸쇠를 고리에서 살짝 빼놓았기 때문에 만약 아무도 신경 써서 확인하지 않았다면 창문은 열릴 터였다.

창문이 열렸다. 뤼팽은 매우 조심스럽게 자기 머리가 빠져나갈 만큼 창문을 밀었다. 두 커튼이 완전히 맞물리지 않아 그 사이로 빛이 빠끔히 새어나왔다. 제르베즈와 뤼도비크가 금고 옆에 앉아 있는 모습이 보였다.

부부는 가끔 몇 마디를 소곤소곤 나눌 뿐 하는 일에 몰두했다. 아르센은 자신이 떨어져 있는 거리를 가늠해보고 어떤 동작을 취해야 할지 계산해보았다. 구조를 요청할 틈을 주지 않고 한 사람씩 완전히 제압해야 했다. 뤼팽이 막 행동을 개시하려는 순간, 제르베즈가 말했다.

"방이 왜 이렇게 쌀쌀하지! 저는 이제 가서 잘래요. 당신은요?"

"나는 마저 끝냈으면 좋겠군요."

"끝낸다고요! 밤을 꼬박 새워야 할 거예요."

"아니, 한 시간이면 될 거예요."

부인은 방을 나갔다. 그로부터 20분, 30분이 지났다. 아르센은 창문을 좀 더 열었다. 커튼이 가볍게 흔들렸다. 창문을 더 열자 뤼도비크가 뒤돌아보더니 바람에 커튼이 부푼 모양을 보고 창을 닫으러 일어섰다….

끽소리 한 번 안 났고 싸움이라 할 만한 것도 없었다. 정확한 동작 몇 번으로 뤼도비크가 고통을 느낄 새도 없이 기절시킨 후 머리를 커튼으로 감싸고 끈으로 동여매 누가 자기를 공격했는지 보지 못하게 했다.

그리고 잽싸게 금고로 가서 증권 뭉치 두 개를 집어 팔 밑에 끼고 서재를 나왔다. 계단을 내려간 다음 안뜰을 가로질러 뒷문을 열었다. 길에는 마차가 한 대 대기하고 있었다.

"일단 이거 먼저 받아두게. 그리고 날 따라오게."

뤼팽이 마부에게 말했다.

그리고 다시 서재로 돌아왔다. 두 번 왔다 갔다 하니 금고가 텅 비었다. 아르센은 자기 방으로 올라가 밧줄을 거두고 흔적을 모두 없앴다. 이제 끝이다.

몇 시간 후 아르센 뤼팽은 동료와 함께 증권 꾸러미를 샅샅이 살펴보았다. 앵베르 부부의 재산은 알려진 만큼 엄청나지는 않았으나 이는 예상했던 일이기에 그다지 실망하지 않았다. 전부 합해보니 수억, 아니 수천만도 되지 않았지만 그래도 액수가 꽤 쏠쏠했다. 특히 철도나 파리 시, 수에즈 운하, 북부 지역

광산 등에 대한 채권을 모두 합하면 그 가치가 상당했다.

뤼팽은 수입이 만족스러웠다.

"물론 협상할 시기가 왔을 때 볼 손해는 막중하겠지. 지불 정지도 당할 테고 헐값으로 팔아넘겨야 할 때도 한두 번이 아니겠고. 그래도 이 돈을 밑천 삼아 한번 내 맘대로 살아보려고 하네…. 여태껏 별러왔던 꿈도 이루고."

"나머지는요?"

"태워버리든가. 금고 안에서는 그럴싸했어도 우리한테는 쓸모없는 종이 더미일 뿐이야. 증권은 벽장 안에 고이 모셔두었다가 적당한 때를 기다리자고."

다음 날 아르센 뤼팽은 앵베르 저택에 돌아가지 못할 이유가 없다고 생각했다. 그런데 신문에 예상치 못한 소식이 실렸다. 뤼도비크와 제르베즈가 잠적했다는 것이다.

사법관 입회 아래 엄숙한 분위기에서 금고문이 열렸다. 하지만 금고는 아르센 뤼팽이 남겨놓은 대로… 텅 비어 있을 뿐이었다.

여기까지가 바로 아르센 뤼팽이 개입한 사건의 전말이며 일부 사람들만 아는 내용이다. 뤼팽이 어느 날 이야기보따리를 풀어놓고 싶었는지 내게 직접 털어놓았다.

그날 뤼팽은 내 서재에서 이리저리 왔다 갔다 했는데 평소에는 보이지 않던 열기로 눈이 빛났다.

"그러니 결국 자네가 저지른 사건 중 제일 큰 건수 아니었나?"

뤼팽은 내 질문에는 대답하지 않고 이야기를 이어갔다.

"이 사건에는 도무지 풀리지 않는 비밀이 있단 말이지. 내가 이렇게 자네한테 설명하고 난 뒤에도 여전히 오리무중이란 말일세! 대체 왜 도망친 거지? 의도한 건 아니지만 내가 그자들에게 빠져나갈 길을 마련해주었는데 왜 그걸 이용하지 않았을까? '금고에 1억 프랑이 있었다, 누가 훔쳐가서 없어졌다'라고만 하면 됐을 텐데 말이야."

"제정신이 아니었나 보지."

"그래, 맞아, 제정신이 아니었겠지…. 하지만 사실…."

"사실…?"

"아니, 아무것도 아닐세."

뤼팽이 무얼 감추고 있을까? 전부 털어놓지 않은 게 분명해 보였는데 꺼림칙해서 말하지 못하겠다는 태도였다. 나는 놀랐다. 뤼팽 같은 사람이 망설일 정도라면 대단한 일임에 틀림없다.

그래서 한번 질문을 던져보았다.

"그 사람들을 다시 만난 적이 있나?"

"아니."

"그럼 가여운 그들을 조금이라도 동정해보기는 했나?"

"내가!" 뤼팽은 펄쩍 뛰며 소리쳤다.

놀라는 품이 심상치 않았다. 내가 정곡을 찌른 걸까? 나는 다시 한 번 말했다.

"그렇다네. 자네만 아니었으면 어려움을 헤쳐나가지 않았겠나…. 아니면 적어도 주머니를 가득 채워 떠났거나."

"내가 지금 양심의 가책을 느낀다고 생각하는 거로군, 그런가?"

"물론이지!"

뤼팽은 탁자를 거칠게 내리쳤다.

"내가 가책을 느껴야 마땅하단 말인가?"

"가책이든 후회든 표현이야 어떻든 간에 어떤 식으로든 감정을…."

"감정이라, 그런 자들에게…."

"자네한테 재산을 털린 자들 말이지."

"무슨 재산 말인가?"

"그… 증권 뭉치 두세 개를 가져가지 않았나…."

"아, 그 증권 뭉치 두세 개! 증권을 훔치긴 했지, 그렇지 않은가? 상속 재산이라고? 그게 내 잘못이라고? 그게 내 죄라고? 제기랄, 자네, 그 유가증권이 가짜라는 걸 알아채지 못했나…? 자네 듣고 있나? **전부 가짜였다고!**"

나는 멍하니 뤼팽을 쳐다보았다.

"가짜라고? 그 400만인가, 500만 프랑이 전부 다?"

"가짜였어. 완전히 가짜였다고! 그 채권, 파리 시 채권이며 공채가 그저 휴짓조각, 쓰레기에 불과했단 말일세! 통째로 털었지만 단 한 푼도 못 건졌지! 그런데도 지금 양심의 가책을 느끼느냐고 묻는 건가? 그치들이 가책을 느꼈으면 느꼈지! 날 완전 바보 취급한 거란 말일세! 날 덜떨어진 인간으로 보고 감쪽같이 속였단 말일세!"

뤼팽은 원한과 상처 입은 자존심 때문에 분노로 바들바들 떨었다.

"처음부터 끝까지 내가 당한 거라고! 이 사건에서 내가 무슨 역할을 한 줄, 아니 그자들이 내게 무슨 역할을 시킨 줄 아나? 바로 앙드레 브로포드 역할이네! 그렇다네, 친구, 그걸 까맣게 몰랐단 말일세! 나중에 신문을 보면서 몇 가지 세부 사항을 맞춰본 뒤에야 깨달았네. 내가 불한당으로부터 앵베르를 구해낸 은인 노릇을 하고 있을 때 그치들이 나를 브로포드 집안사람이라고 떠들고 다닌 거지! 정말 대단하지 않은가? 3층 방을 쓰는 괴짜, 멀리서 가리키며 수군거리기만 하던 그 비사교적인 인물이 바로 브로포드였고 그 브로포드가 바로 나였단 말일세! 내 덕분에, 즉 브로포드 가문 사람이 집에 기거하고 있으니 앵베르의 신용이 높아졌고 그래서 은행가들이 대출도 해주고 공증인들이 고객들 돈을 끌어다 주었던 거지! 허, 초짜도 이런 초짜가 없지! 한 수 톡톡히 배우지 않았겠나!"

뤼팽은 불현듯 말을 멈추더니 내 팔을 붙들고 고조된 어조로, 하지만 조롱기와 존경이 뒤섞인 눈빛으로 기막힌 말을 덧붙였다.

"자네, 그거 아나? 제르베즈 앵베르가 나한테 1500프랑을 빚졌다네!"

나는 갑자기 터져 나오는 웃음을 참을 수 없었다. 정말 그런 농담도 없었다. 뤼팽도 불쑥 대단히 유쾌해진 모양이었다.

"그래, 친구, 1500프랑 말이야! 월급도 한 푼 못 받았을 뿐 아니라 나한테 1500프랑을 빌려 갔단 말일세! 젊은 청년이 모아둔 알량한 전 재산을 빌려 간 거지! 그런데 왜 빌려 갔는지 아나? 알 턱이 없지…. 가난한 사람들을 돕는다고 했다네! 글쎄, 그렇다니까! 뤼도비크 몰래 도와주고 있다던 소위 불쌍한 사람들한테 쓴다고 했다니까! 그런데 그 말을 곧이곧대로 믿었으니! 정말 우스운 일 아닌가, 응? 아르센 뤼팽이 1500프랑을 어떤 아줌마한테 날치기당한 것도 모자라, 그 아줌마한테 400만 프랑짜리 위조 증권을 덤으로 훔쳤으니! 이런 기막힌 성과를 보겠다고 그토록 계획을 짜고 애를 써서 꾀를 부렸단 말이지! 이 사건이 내 평생 딱 한 번 당한 거였다네. 젠장! 제대로 당했지, 깔끔하게 말이야. 게다가 그 액수도 어마어마했으니…!"

8
흑진주

오슈가 9번지 건물 관리인 여자는 요란한 초인종 소리에 잠에서 깼다. 여자는 문을 여는 끈을 당기며 투덜거렸다.

"다들 들어온 줄 알았더니. 적어도 새벽 3시는 됐겠구먼!"

"아마 의사를 보러 왔겠지."

남편도 툴툴대는데 아니나 다를까 낯선 이가 물었다.

"아렐 선생님이… 몇 층에 사시나요?"

"4층 왼쪽이에요. 그런데 의사 선생은 밤에는 환자를 받지 않으십니다."

"이번엔 좀 받으셔야 할 거예요."

남자는 현관을 통해 들어와 한 층, 두 층을 오르더니 의사 아렐이 사는 층에서 멈추지 않고 계속 6층까지 올라갔다. 거기에서 열쇠 두 개로 문을 따려고 했다. 하나로는 자물쇠를 열고 다른 하나로는 안전 빗장을 푸는 데 성공했다.

남자는 중얼거렸다.

"좋았어. 일이 썩 간단해졌는걸. 그래도 시작 전에 퇴로는 확보해놔야지. 어디 보자…. 의사 집의 초인종을 누르고 빠져

나갈 시간이 되었을까? 아니, 아직 안 돼…. 조금만 더 기다리자…."

그렇게 10여 분이 흐른 후 남자는 계단을 내려가서 관리실 창문을 쿵 치며 의사 욕을 해댔다. 대문이 열렸고 남자는 문을 닫고 나갔다. 하지만 사실 문은 잠기지 않았다. 남자가 나가면서 자물쇠 틈새에 쇳조각을 잽싸게 끼워 빗장이 잠기지 않게 해놓았기 때문이다.

그리고 남자는 관리인이 눈치채지 못하게 소리 없이 살짝 들어왔다. 비상 시 퇴로는 확보된 셈이다.

여유롭게 남자는 다시 6층까지 올라갔다. 6층 집 현관 대기실로 들어가 전등을 비춰가며 자기 외투와 모자를 의자에 걸쳐놓고 다른 의자에 앉아 두툼한 펠트 실내화를 장화 위에 덧신었다.

'휴! 이제 됐다…. 이 얼마나 쉬운 일인지! 사람들이 도둑이라는 편한 직업을 택하지 않는 이유를 알 수 없단 말이야. 잔꾀나 좀 부리고 생각할 줄만 알면 이보다 더 매력적인 직업도 없는데. 이처럼 편하고… 건실한 직업도 없지…. 가끔은 너무 쉬워서… 지루할 정도니.'

남자는 집 세부 도면을 펼쳤다.

'위치 파악부터 먼저 해보자. 여기, 내가 있는 현관 사각형이로군. 길 쪽으로 거실과 안방, 식당이 있고. 시간 낭비할 필요는 없지. 듣자 하니 백작부인 취향이 형편없다던데… 값진 장식품이라곤 하나도 없다고 하니…! 바로 본론으로… 아, 여기 복도가 있군! 복도에서 방으로 이어진단 말이지. 3미터쯤 가면 백

작부인 방으로 통하는 옷장 문이 나오겠군.'

남자는 도면을 접고 손전등을 끈 후 복도로 나가며 속으로 셌다.

'1미터… 2미터… 3미터… 여기가 문이겠군…. 모든 게 척척 진행되는군! 방문 빗장은 작고 단순해. 빗장이 마루에서 1.43미터 높이에 달려 있으니… 주변을 살짝 파기만 해도 제거할 수 있어….'

주머니에서 필요한 도구를 꺼내다가 남자는 불현듯 어떤 생각이 떠올라 멈칫했다.

'그런데 빗장이 질러져 있지 않을 수도 있잖아. 일단 열어보자…. 밑져야 본전이니까!'

자물쇠 손잡이를 살며시 돌리자 문이 열렸다.

'잘했어, 뤼팽. 과연 네놈한텐 행운이 따른단 말이야. 이제 무얼 해야 하나? 구조도 잘 알고 백작부인이 흑진주를 숨겨두는 곳도 알고…. 그러니 흑진주를 차지하려면 그저 쥐죽은 듯 조용히, 투명 인간처럼 움직이기만 하면 된단 말이지.'

아르센 뤼팽은 두 번째 문, 즉 방으로 통하는 유리문을 여는 데 장장 30분이나 걸렸다. 어찌나 조심했는지, 백작부인이 깨어 있더라도 아무 소리도 못 들었을 것이다.

지도에 표시된 대로라면 이제 뤼팽은 긴 의자 둘레를 따라가기만 하면 됐다. 그 의자 끝에 안락의자가 있고 그다음에는 침대 가까이에 작은 탁자가 있을 것이다. 탁자 위에 있는 편지함, 그 안에 흑진주가 담겨 있다.

뤼팽은 양탄자에 배를 깔고 긴 의자를 에둘러 갔다. 그러나

의자 끝에 이르렀을 때 심장이 쿵쿵거리는 바람에 이를 진정시키느라 잠시 멈춰야 했다. 겁을 먹고 동요한 건 아니지만, 사방이 지나치게 고요할 때 느낄 법한 불안한 감정을 떨쳐낼 수 없었다. 여태껏 이보다 더 급박한 상황에서도 눈썹 하나 까딱하지 않았기에 뤼팽 스스로도 놀랐다. 게다가 지금은 아무런 위험도 없지 않은가. 어째서 심장이 이리도 미친 듯이 뛰는 걸까? 곤히 잠든 저 여인이 너무 가까이 있어 걱정된 걸까?

귀를 기울여 보니 규칙적인 숨소리가 들리는 듯했다. 마치 친구가 곁에 있기라도 하듯 마음이 편안해졌다.

손을 더듬어 안락의자를 찾았고 아주 미세하게 몸을 놀리며 팔을 뻗어 어둠 속을 헤치고 탁자 쪽으로 기어갔다. 오른손이 탁자 다리 하나에 닿았다.

이제 됐다! 일어서서 진주를 찾아 챙겨 떠나기만 하면 됐다. 얼마나 다행인지! 뤼팽 심장이 다시 겁에 질린 짐승처럼 쿵쿵 뛰기 시작해서 백작부인이 그 소리를 듣고 깰 지경이었으니 말이다.

가까스로 뛰는 가슴을 진정시키고 몸을 일으키려 한 순간, 왼손이 양탄자에 떨어진 어떤 물건에 닿았다. 쓰러진 촛대였다. 그뿐이 아니었다. 그 옆에 다른 물건이 또 있었다. 이번엔 추시계였다. 가죽 덮개로 싸인 자그마한 여행용 추시계 말이다.

무슨 일이지? 왜 이런 걸까? 이해할 수 없다. 촛대… 추시계… 이 물건들이 왜 제자리에 놓여 있지 않을까? 아, 이 섬뜩한 어둠 속에서 대체 무슨 일이 벌어진 걸까?

갑자기 비명이 새어나왔다. 뤼팽이 건드린 것은… 오, 말로 표현할 수 없는 그 얼마나 이상한 물체였는지! 아니, 아니지, 두려워서 정신이 이상해진 게 틀림없어. 20초, 혹은 30초 동안 뤼팽은 공포에 사로잡혀 관자놀이에 땀을 삐질삐질 흘리며 꼼짝하지 않았다. 손가락 끝에는 아직도 미지의 물체와 접촉했던 감각이 남아 있었다.

안간힘을 다해 다시 팔을 뻗었다. 그 정체불명의 이상한 물건에 손이 닿았다. 그것을 더듬어보았다. 어떤 물건인지 알아내려 애썼다. 머리카락, 얼굴…. 얼굴은 싸늘하게 식어 얼음장 같았다.

아르센 뤼팽 같은 사람은 아무리 끔찍한 상황이라도, 일단 상황을 파악하고 나면 빠르게 대처할 줄 안다. 뤼팽은 손전등을 켰다. 여자 하나가 피투성이가 되어 앞에 쓰러져 있었다. 목과 어깨에 끔찍한 상처가 나 있었다. 뤼팽은 몸을 기울여 시체를 살펴보았다. 여인은 죽어 있었다.

"죽었군, 죽어버렸어." 뤼팽은 놀라서 같은 말을 되풀이했다.

퀭하니 허공을 응시한 채 굳어버린 눈, 일그러진 입 모양, 밀랍 같은 피부, 양탄자 위로 엄청나게 흘러 두껍고 검게 굳은 피, 뤼팽은 이 모든 것을 바라보았다.

일어나서 방의 전등 스위치를 켰다. 환한 방에 치열했던 몸싸움의 흔적이 남아 있었다. 침대는 완전히 해체되어 시트며 휘장이 나뒹굴었다. 바닥에는 촛대와 추시계(시곗바늘은 11시 20분을 가리켰다), 그리고 좀 더 멀리에는 의자가 엎어져 있고 여기저기에 피가 고인 웅덩이가 있었다.

"그러면 흑진주는?" 뤼팽이 중얼거렸다.

편지함은 제자리에 있었다. 재빨리 열어보니 보석함은 있었지만 텅 빈 채였다.

'제기랄! 뤼팽, 너무 성급하게 좋아했군…. 백작부인은 살해되고 흑진주는 사라졌으니… 상황 한번 더럽게 됐어! 일단 여길 뜨자. 이 모든 책임을 뒤집어쓸지도 모르니.'

그러면서도 뤼팽은 꼼짝하지 않았다.

'도망친다고? 그래, 다른 사람이라면 도망치겠지. 하지만 아르센 뤼팽인데? 더 좋은 수는 없을까? 자, 순서대로 한번 살펴보자. 결국 네 양심에 거리낄 건 없으니까…. 네가 경찰관이 되어 사건을 조사한다고 해보자…. 그래, 그러기 위해서는 일단 머릿속이 차분해야 할 텐데. 지금 나는 정말 제정신이 아니야!'

뤼팽은 열로 들뜬 이마를 두 주먹으로 감싸며 안락의자 위에 털썩 주저앉았다.

오슈가 사건은 당시 세간을 가장 떠들썩하게 한 수수께끼였다. 아르센 뤼팽이 개입해 특별히 진상을 밝혀주지 않았더라면 내가 여기서 그 이야기를 꺼내지는 않았을 것이다. 뤼팽이 이 사건에 개입했다는 사실에 이의를 달 사람은 거의 없다. 하지만 그 놀라운 진상을 정확히 아는 사람은 아무도 없다.

불로뉴 숲 속에서 마주쳤을 때 누가 레옹틴 잘티를 못 알아보겠는가? 전직 가수이자 앙디요 백작의 미망인 잘티 여사는 20여 년 전, 앙디요 백작부인으로 지내며 그 호사스러움으로 파리 전체를 매혹했고, 소유한 다이아몬드와 진주 장신구 덕분에 유럽 전체에 명성이 자자했다. 항간에 떠도는 말로는 이 부인 목덜미에 몇몇 은행의 금고와 오스트레일리아의 여러 금광을 합쳐놓은 재산이 얹혀 있다고 했다. 내로라하는 보석 세공인들이 마치 그 옛날 왕이나 왕비를 위하듯 오로지 잘티 여사만을 위해 보석을 다듬었다.

그러니 파산으로 잘티 여사의 모든 재산이 순식간에 날아간일을 누가 기억하지 못할까? 은행이며 금광이며 전 재산이 순식간에 넘어갔다. 훌륭한 보석들이 경매인을 거쳐 전부 뿔뿔이흩어지고 그 유명한 흑진주만 남았다. 흑진주 말이다! 원하기만 하면 엄청난 값으로 팔 수 있었다.

하지만 부인은 팔려고 하지 않았다. 이 소중한 보석을 파느니 차라리 지출을 줄이고 소박한 집에서 몸종과 요리사, 하인만 한 명씩 두고 살기를 택했다. 백작부인은 그 이유를 서슴없이 털어놓곤 했다. 바로 이 흑진주는 황제가 준 선물이다! 그래서 파산 직전의 어려운 형편에서도 화려했던 지난날을 일깨워주는 동반자를 충실히 간직했다.

부인은 이렇게 말하곤 했다.

"살아 있는 한 절대로 내놓지 않을 겁니다."

그러고는 이 목걸이를 아침부터 저녁까지 목에 걸었다. 그리고 밤이면 자기만 아는 곳에 모셔놓았다.

이런 사실이 신문 지상에 모조리 실려 사람들의 호기심을 부추겼는데, 기이한 점은 살인자로 추정되는 사람이 체포되었음에도 사건은 더욱 오리무중으로 빠져들었다는 것이다. 물론 수수께끼의 전말을 아는 사람에겐 기이할 것도 없겠지만. 따라서

장안의 흥분은 가라앉지 않았다. 사건 이틀 후 신문들은 일제히 다음과 같은 소식을 전했다.

앙디요 백작부인의 하인 빅토르 다네그르가 체포되었다. 그의 혐의를 입증하는 증거가 속속 발견되고 있다. 치안국장 뒤두이 씨에 따르면, 수감자가 사는 지붕 밑 방, 침대 받침과 매트리스 사이에서 하인용 제복 웃옷을 발견했는데 그 소매에 핏자국이 있었다. 더욱이 이 웃옷에 있던 천 재질의 단추 하나가 떨어져 없었는데, 가택 수색 초반에 피해자의 침대 밑에서 발견되었다.

가정하자면 저녁 식사 후 다네그르는 지붕 밑 자기 방으로 올라가지 않고 의상실에 숨어 있다가 유리문을 통해 백작부인이 흑진주를 숨기는 모습을 엿보았다.

하지만 이 가정을 뒷받침할 증거는 지금까지 하나도 나타나지 않았다. 게다가 또 한 가지 사실이 의문으로 남아 있다. 그날 아침 7시에 다네그르는 쿠르셀 대로에 있는 담배 가게에 갔고 건물 관리인과 담배 가게 주인이 차례로 이 사실을 증언해주었다. 한편 복도 끝에 있는 방에서 잠을 자던 백작부인의 요리사와 몸종이 증언한 바로는 아침 8시에 일어났을 때 현관문과 부엌문이 이중으로 잠겨 있었다고 한다. 이 두 사람은 20년간 백작부인 밑에서 일했으며 이들에게는 그 어떤 혐의도 둘 수 없는 상황이다. 그렇다면 과연 다네그르가 어떻게 집에서 빠져나갈 수 있었는지 의문이 생긴다. 열쇠를 복사해두었을까? 위 의문점들이 예심에서 밝혀지리라고 기대한다.

하지만 예심에서 밝혀진 사실은 아무것도 없었다. 다만 빅토르 다네그르는 전과가 있으며 알코올 중독자이자 난봉꾼으로, 웬만한 위협에는 눈 하나 깜빡 안 할 위험한 인물이라는 점이 드러났다. 하지만 조사를 진행할수록 의혹은 짙어지고 모순은 더욱 얽혀 들어갔다.

피해자의 사촌이자 유일한 상속자인 셍클레브 양에 따르면, 사망하기 한 달 전에 백작부인이 자신에게 편지를 보내 흑진주를 어디에 숨겨놓는지 털어놓았다고 한다. 그런데 편지를 받은 다음 날, 그 편지가 사라졌다고 했다. 도대체 누가 편지를 훔쳐 갔을까?

한편 건물 관리인은 의사 아렐을 만나러 온 어떤 남자에게 문을 열어주었다고 증언했다. 의사를 소환해 물어보았더니 아무도 자기 집 초인종을 누른 일이 없다고 했다. 그러면 그 인물은 누구였을까? 공범이었을까?

공범이 존재한다는 가정은 언론과 대중한테 인기를 끌었다. 노련한 노형사 가니마르도 이 가설을 옹호하는 입장이었는데 그럴 만한 이유가 있었다.

"이 사건에서 뤼팽 냄새가 납니다." 가니마르가 예심판사에게 말했다.

그 말에 예심판사는 이렇게 대꾸했다.

"거참, 형사님은 어딜 가나 뤼팽만 보이십니까?"

"당연하지요. 뤼팽이 어딜 가나 있으니까요."

"그보다는 석연치 않은 사건이 생길 때마다 뤼팽이 연루되었다고 보시는 게 아닌지요. 더구나 이 경우에는 주목하셔야 할

점이 하나 있습니다. 범행은 추시계가 가리키다시피 저녁 11시 20분에 일어났고, 관리인이 말했던 사람이 찾아온 시각은 새벽 3시였어요."

사법 당국은 처음에 제시한 가설에 들어맞도록 정황을 끼워 맞춰 상황을 끌어가는 경향이 있다. 따라서 빅토르 다네그르의 고약한 과거 행적, 그가 전과자이며 술주정뱅이에 난봉꾼이라는 사실이 판사의 견해에 지대한 영향을 미쳤다. 애초에 발견된 두세 가지 단서를 뒷받침해줄 새로운 증거가 나타나지 않았음에도 판사의 견해는 확고부동했다. 이런 상태로 판사는 예심을 마무리했고 몇 주 후 심리가 시작되었다.

심리는 두루뭉술하고 따분했다. 재판장은 별다른 열의 없이 심리를 진행했고 검사가 제시한 그 논조 역시 모호할 뿐이었다. 이런 상황은 다네그르의 변호사에게 유리하게 작용했다. 기소의 허술함을 지적하며 기소 자체가 불가능하다고 주장했다. 물증이 전혀 없었다. 열쇠를 만든 이가 누구란 말인가? 그 열쇠가 없다면 다네그르가 집을 나온 후 이중으로 문을 돌려 잠글 수 없다. 대체 그 열쇠를 본 사람이 있는가? 지금은 대체 어디에 있단 말인가? 살인에 쓰인 칼을 본 사람이 있는가? 그 칼은 어떻게 되었는가?

변호사는 이렇게 결론을 내렸다.

"요컨대 피고가 살인을 저질렀다는 것을 증명해보시라는 겁니다. 절도와 범행을 저지른 자가 새벽 3시에 집에 들어왔던 미지의 인물이 아니라는 것을 증명해보시란 말입니다. 추시계가 11시를 가리키고 있었다고 하실 참입니까? 그래서요? 누구든지 원하는 대로 시곗바늘을 돌려놓기만 하면 되는 게 아닙니까?"

이로써 빅토르 다네그르는 무죄 판결을 받았다.

다네그르는 어느 금요일 해질 무렵 교도소에서 풀려났다. 6개월간의 수감 생활로 여위고 의기소침해진 상태였다. 예심과 격리된 생활, 법정 공방에서 판결에 이르기까지 이 모든 과정을 겪느라 병적인 불안에 빠져 고통받고 있었다. 밤이면 단두대가 어른거리는 끔찍한 악몽에 시달렸다. 열에 들뜨고 공포에 휩싸여 부들부들 떨기 일쑤였다.

다네그르는 아나톨 뒤푸르라는 가명으로 몽마르트르 언덕 위에 작은 셋방을 얻고 여기저기에서 잡다한 막일을 해주며 생계를 이어갔다.

딱한 삶이 아닌가! 세 번이나 새로운 주인에게 고용되었으나 그때마다 본명이 드러나 곧바로 해고되었으니 말이다.

종종 누군가 자기 뒤를 밟는다는 것을 알아채곤, 아니 알아챘다고 믿곤 했다. 경찰이 보낸 사람이라고 믿어 의심치 않으며 자기를 함정에 빠뜨릴 때까지 절대 멈추지 않으리라고 여겼다. 그러면서 자기 목덜미가 이미 거친 손아귀에 붙들리기라도 한 듯 괴로워했다.

그러던 어느 날 동네 음식점에서 저녁 식사를 하는 다네그르 앞에 누군가가 나타나 맞은편에 앉았다. 사십 대쯤 되어 보였는데 구질구질해 보이는 검정 프록코트를 입고 있었다. 그 남자는 수프 한 접시와 채소, 포도주 한 병을 주문했다.

수프를 다 먹고 나더니 남자는 다네그르를 지긋이 바라보기 시작했다.

다네그르는 하얗게 질렸다. 바로 이자가 자기를 몇 주 동안 쫓아다니던 사람이다. 대체 무얼 원하는 걸까? 다네그르는 일어서려고 했지만 그럴 수 없었다. 다리가 후들거렸다.

남자는 자기 잔에 포도주를 채우더니 다네그르의 잔에도 술을 따라주었다.

"우리, 건배합시다."

빅토르가 더듬거렸다.

"예… 예…. 거, 건배."

"건배, 빅토르 다네그르!"

순간 빅토르는 소스라치게 놀랐다.

"나는… 나는… 아니… 맹세코…."

"무얼 맹세하시나? 당신이 당신 자신이 아니라고? 백작부인 하인이 아니었단 말입니까?"

"하인이라니요? 제 이름은 뒤푸르예요. 여기 식당 주인한테 물어보세요."

"아나톨 뒤푸르, 그렇지, 식당 주인은 그렇게 알겠지. 하지만 사법 당국에는 다네그르, 빅토르 다네그르지."

"사실이 아닙니다, 아니란 말이에요! 누군가 거짓말을 한 겁니다."

낯선 사내는 자기 주머니에서 명함을 꺼내 내밀었다. 빅토르가 들여다보았다.

그리모당. 전직 형사. 사설탐정.

빅토르는 바들바들 떨었다.

"그래, 경찰이십니까?"

"지금은 아니지만 직업이 마음에 들어서 좀 더… 돈이 되는 쪽으로 돌려서 일을 계속하고 있지요. 가끔 큰 건이 들어오는데… 바로 당신 건이 그런 경우지."

"제 건이라고요?"

"그래, 당신 사건 말입니다. 대단한 건이지요, 물론 협조를 좀 해주신다면 말입니다."

"제가 협조를 안 하면?"

"해야 할 겁니다. 거절할 만한 상황이 아니니까."

빅토르 다네그르는 정체 모를 두려움에 휩싸이며 물었다.

"무슨 일입니까…? 말해보세요."

상대가 말했다.

"좋아요. 빨리 끝내지. 간단히 말하면 이렇습니다. 셍클레브 양이 나를 보냈어요."

"셍클레브?"

"앙디요 백작부인의 상속녀 말입니다."

"그래서요?"

"셍클레브 양이 당신한테서 흑진주를 되받아 오라고 시켰단 말입니다."

"흑진주?"

"당신이 훔쳐갔지."

"내게는 없습니다!"

"가지고 있을 겁니다."

"그게 있다면 내가 살인자겠지요."

"살인자가 맞지 않나."

다네그르는 억지웃음을 지으려 했다.

"다행스럽게도 선생님, 재판소에서는 그렇게 생각하지 않았습니다. 배심원 모두, 하나같이 말입니다. 나더러 무죄라고 했습니다. 내 양심도 양심이거니와 존경하는 열두 명의 배심원이 내린 결정은…."

전직 형사가 다네그르 팔을 붙들고 거칠게 내뱉었다.

"입 다물게, 젊은 친구. 내 말 하나하나를 신중하게 새겨듣게. 범행 3주 전, 백작부인 요리사한테서 뒷문 열쇠를 훔쳐서 오베르캄프가 244번지 열쇠공 우타르 가게에서 똑같은 열쇠를 하나 만들었지."

"사실이 아닙니다, 아니야. 그 열쇠를 본 사람은 아무도 없어…. 그런 건 없다고."

다네그르가 신음했다.

"이 열쇠 말인가?"

잠시 침묵이 흐른 후 그리모당은 말을 이었다.

"열쇠 복사를 주문한 바로 그날, 레퓌블릭 가도에 있는 시장에서 산 칼로 백작부인을 살해했지. 날이 삼각형이고 홈이 난 칼 말이야."

"거짓말! 전부 당신이 아무렇게나 지어낸 말입니다. 칼을 본 사람은 아무도 없다고 했어요."

"칼은 여기 있네."

빅토르 다네그르는 흠칫 뒤로 물러서는 기색이었다. 전직 형사는 계속했다.

"칼 위쪽에 녹이 슬어 있지. 왜 그런지 설명을 군이 해줘야 하나?"

"그래서 뭐요…? 열쇠며 칼이며… 내 소유라고 누가 입증할 수 있습니까?"

"일단 열쇠공이 있고 칼을 산 가게의 점원도 있지. 이미 그 사람들 기억을 살살 일깨워 두었으니, 자네 얼굴을 알아보는 일쯤은 식은 죽 먹기란 말일세."

말투는 건조하고 딱딱했으며 그 내용은 무서우리만치 정확했다. 다네그르는 겁이 나 부들부들 떨었다. 판사나 재판장, 검사도 자기를 이토록 몰아세우진 못했다. 자기 머릿속에서도 이미 가물가물해진 사실을 이토록 명백히 아는 사람은 없었다.

그래도 무관심한 척을 해보려고 했다.

"흥, 고작 그 정도뿐입니까!"

"하나 더 있지. 자네는 범행 후 들어왔던 것과 똑같은 방법으로 방을 떠났네. 그런데 의상실 한가운데서 공포에 질린 나머지 균형을 잡으려고 벽을 한 번 짚었더군."

다네그르가 더듬거렸다.

"그, 그걸 어떻게 아세요…? 아, 아무도 못 봤을 텐데."

"사법 당국은 몰랐지. 그 검찰 양반들 중에 누구 하나 촛불을 들고 벽을 살펴볼 생각을 안 했으니. 만약 그렇게 해보았다면 흰 벽 위에서 살짝 불그스름한 흔적을 발견했을 거야. 희미하긴 하지만 피범벅이 되어 벽을 짚었던 자네 엄지손가락 지문을 확인하기에는 충분하지. 인체 감식에 대해 모를 리는 없겠지만 범인 식별에 그만큼 효과적인 방법은 없단 말일세."

빅토르 다네그르는 파랗게 질렸다. 굵은 땀방울이 이마에서 뚝뚝 흘러내렸다. 마치 바로 옆에 숨어서 자기가 저지른 범죄를 지켜본 듯 말하는 이 이상한 남자를 반쯤은 정신이 나간 눈으로 바라봤다.

이젠 졌다. 힘없이 머리를 떨구었다. 몇 달 동안 모두를 상대로 싸웠는데 이자는 도저히 이겨낼 방법이 없어 보였다.

다네그르가 우물거렸다.

"만약 내가 진주를 주면, 그 대가로 얼마나 주시겠습니까?"

"단 한 푼도 줄 수 없네."

"뭐라고요! 농담이겠지요! 수십, 수백만 프랑짜리 물건을 내놓는데 돌아오는 게 아무것도 없다고?"

"아니, 있네. 자네 목숨."

상대방은 몸서리를 쳤다. 그리모당은 한결 온화한 목소리로 덧붙였다.

"이보게, 다네그르. 그 진주는 자네한테 아무 가치도 없네. 팔수도 없을 것 아닌가. 그러니 가지고 있어봐야 무얼 하겠나?"

"장물아비들이 있지…. 그리고 언젠가는 얼마를 받든…."

"그때가 되면 이미 늦을 걸세."

"왜지요?"

"왜냐고? 사법 당국이 자네 덜미를 잡을 테니까. 칼, 열쇠, 엄지손가락 지문 등 내가 제공할 증거들을 갖고서 말이야. 그러면 자넨 끝장이네."

빅토르는 머리를 두 손으로 감싸고 곰곰이 생각해보았다. 완전히 졌으며 이젠 돌이킬 수 없다는 생각이 들었다. 동시에 피로가 물밀 듯 몰려와 모든 것을 다 팽개치고 쉬고만 싶었다. 그래서 중얼거렸다.

"언제 필요하십니까?"

"오늘 밤, 새벽 1시 이전."

"그때까지 못 주면?"

"그럼 이 편지를 우편으로 부치겠네. 생클레브 양이 자네를 검사한테 고발하는 내용이지."

다네그르는 자기 잔에 포도주를 따라 연거푸 두 잔을 마시더니 일어섰다.

"계산이나 해주세요. 그리고 갑시다…. 이 사건이라면 이제 지긋지긋합니다."

이미 밤이었다. 두 사람은 르픽가를 걸어 내려가 에트왈 광장으로 향하는 외곽 대로를 따라갔다. 두 사람 모두 묵묵히 걸었으며 빅토르는 자세가 구부정하고 몹시 피로한 기색을 보였다.

몽소 공원에 이르러 빅토르가 입을 열었다.

"집 근처예요…."

"그렇군! 체포되기 전에 담배 가게에만 갔을 뿐이니."

"다 왔습니다." 다네그르 목소리는 들릴락 말락 했다.

두 사내는 정원 철창을 따라가다가 모퉁이에 담배 가게가 있는 길을 건너갔다. 조금 더 가더니 다네그르가 멈춰 섰다. 다리가 휘청하더니 이내 벤치 위에 주저앉았다.

"그래, 어딘가?" 그리모당이 물었다.

"여깁니다."

"여기라고! 지금 누구 놀리나?"

"아니, 여기 우리 앞이 맞아요."

"우리 앞이라고! 이봐, 다네그르, 이러면 안 될…."

"여기 있다니까요…."

"어디?"

"포석 두 개 사이."

"어떤 포석 말인가?"

"직접 찾아보세요."

"어떤 포석이냐니까?" 그리모당이 재촉했다.

빅토르는 말이 없었다.

"아! 좋아, 날 기다리게 하시겠다 이건가, 응?"

"아니…. 하지만… 난 이제 쫄딱 망해 죽을 겁니다."

"그래서 망설이는 건가? 좋아, 그럼 선심 좀 쓰도록 하지. 얼마가 필요한가?"

"미국으로 가는 배 삼등석 뱃값."

"좋아."

"그리고 당장 쓸 돈 100프랑."

"200프랑을 주도록 하지. 이제 털어놓게."

"하수구 오른쪽으로 포석을 세어보세요. 열두 번째랑 열세 번째 포석 사이입니다."

"도랑 속인데?"

"그렇습니다, 인도 아래쪽이지요."

그리모당은 주변을 휘둘러보았다. 전차가 지나가고 사람들도 다녔다. 하지만 거참! 누가 짐작이나 할 수 있었을까…?

주머니칼을 펴 열두 번째와 열세 번째 포석 사이에 꽂았다.

"만약 여기에 없으면?"

"내가 여기에 쪼그리고 앉아 파묻는 걸 본 사람이 없는 한 물건은 여기 있을 겁니다."

과연 여기 있다는 말이 가능할까? 도랑 진흙에 처박혀서 아무나 가져갈 수 있도록 방치되어 있었다니! 흑진주가… 그 엄청난 보물이!

"얼마나 깊이 묻었나?"

"한 10센티미터 정도 될 겁니다."

젖은 모래를 파 들어갔다. 칼끝이 무언가에 부딪혔다. 손으로 구멍을 파헤쳤다.

흑진주가 보였다.

"자, 여기 200프랑 받게. 미국행 배표는 따로 보내주지."

그다음 날 〈에코 드 프랑스〉에 다음과 같은 토막 기사가 실렸고 이내 전 세계 신문에서 이를 그대로 전했다.

그 유명한 흑진주는 어제부터 아르센 뤼팽의 수중에 있다. 뤼팽은 앙디요 백작부인의 살인범에게서 그 보석을 되찾았다. 머지않아 이 귀한 보석의 복제품이 런던, 상트페테르부르크,

캘커타, 부에노스아이레스, 뉴욕에서 전시될 예정이다.

아르센 뤼팽은 거래를 원하는 사람의 제안을 기다리고 있다.

"자고로 범죄에는 벌이, 좋은 일에는 상이 따르는 법이지."

아르센 뤼팽은 사건의 전말을 내게 밝히고 나서 이렇게 결론을 내렸다.

"그러니까 결국 자네가 전직 형사 그리모당이란 가명을 쓰고는 범죄자가 범행으로 얻은 이윤을 슬쩍 가져가실 운명이었다는 건가."

"그렇다니까. 솔직히 말해서 이 사건은 내가 가장 자랑스러워하는 사건들 중 하나일세. 백작부인이 죽은 걸 안 뒤 그 집에서 보낸 40분은 인생에서 가장 놀랍고 심오한 순간이었다네. 40분 동안 그 난감한 상황에서 범행을 재구성해보았더니, 몇 가지 단서 덕분에 범인은 백작부인 하인일 수밖에 없다는 결론이 나더군. 결국 진주를 손에 넣으려면 그 하인이 일단 붙잡히되(그래서 내가 웃옷 단추를 놓아두었던 거라네) 범행을 증명할 완벽한 물증은 발견되면 안 됐지. 그래서 범인이 양탄자 위에 떨구고 간 칼이며 자물쇠에 꽂아놓고 잊어버린 열쇠를 모조리 챙겨서 문을 이중으로 잠그고 나왔고, 의상실 벽에 남은 손가락 자국도 지운 거였네. 과연 그때의 번득임이란…."

"천재적이었지." 내가 끼어들었다.

"뭐, 천재적이었다고 할 수도 있겠지. 아무한테나 그런 생각이 떠오르진 않았을 테니. 그 짧은 순간에 이 문제의 두 항, 그러니까 체포와 석방이라는 두 지점을 간파해내고 사법 기관이라는 훌륭한 시스템을 이용한 거지. 빅토르는 혼비백산 어리둥절하게 되었고, 결국 풀려난 후에는 내가 던진 다소 어설픈 덫에 걸려들 수밖에 없었지…!"

"좀 어설펐다고? 많이 어설펐지. 빅토르는 두려워할 이유가 하나도 없었으니까."

"오, 하나도 없었지! 일단 내려진 무죄 판결은 바꿀 수 없으니."

"가엾은 친구…."

"가엾은 친구라고…? 빅토르 다네그르가! 그자가 살인자라는 사실을 잊은 건가? 살인자가 흑진주를 갖고 있었다면 그야말로 부도덕한 일이었을 걸세. 생각해보라고, 그자는 적어도 목숨은 부지하지 않았는가!"

"그리고 흑진주는 자네 손에 있지."

뤼팽은 자기 서류 가방에 달린 비밀 주머니에서 흑진주를 꺼내 뚫어질 듯 살펴보며 어루만졌다.

"그래, 어떤 멍청하고 허영심 많은 러시아 귀족이나 인도 귀족 손에 이 보물이 들어갈까? 앙디요 백작부인 레옹틴 잘티의 희디흰 목덜미를 장식했던 이 아름답고 호사스런 작은 덩어리가 미국의 어떤 백만장자 손에 들어갈지 궁금하지 않나…?"

9
헐록 숌즈, 한발 늦다

"벨몽 씨, 아르센 뤼팽을 그리 쏙 빼닮다니 참 신기하군요!"

"뤼팽을 아시나 보군요!"

"오! 다른 사람들처럼 사진으로 봤지요. 사진 속 인물들은 서로 조금도 안 닮았지만 또 한편으로는 동일한 인물이란 인상을 풍기거든요…. 바로 선생의 얼굴 같은 인상 말입니다."

오라스 벨몽은 기분이 다소 상한 것 같았다.

"그렇습니까, 드반 씨? 사실 그리 말씀하신 분이 선생께서 처음은 아닙니다."

드반은 이야기를 계속했다.

"어찌나 닮으셨는지, 제 사촌 에스테반이 추천해준 분이 아니거나 멋진 바다 풍경 작품으로 유명하신 화가만 아니었다면 뤼팽이 디에프에 나타났다고 곧장 신고라도 했을 겁니다."

사람들은 모두 이 농담에 박장대소했다. 여기 티베르메닐 성의 넓은 식당에는 벨몽 말고도 그곳 교구 주임 사제인 젤리스 신부와 이 근방에서 군사 작전 중인 부대 소속의 열 명 남짓한 장교들이 은행가 조르주 드반과 그 모친의 초대를 받아 모여 있었다. 손님들 중 한 사람이 소리쳤다.

"아니, 그런데 정말, 아르센 뤼팽이 그 떠들썩했던 파리발 르아브르행 특급열차 사건 이후 이쪽 해안 지역에 나타났다고 하지 않던가요?"

"그렇습니다, 그게 3개월 전이고 바로 그다음 주에 카지노에서 벨몽 씨를 알았단 말이지요. 이후로 가끔 이곳을 찾아와주셨는데요, 조만간 좀 더 심각한 목적으로 방문하기 전의 가벼운 준비 단계였을까요…. 바로 밤손님으로 오실 준비 단계 말입니다!"

다시 웃음바다가 되었다. 이내 손님들은 옛날 경호원 대기실로 쓰던, 넓고 천장이 높은 방으로 자리를 옮겼다. 이 방은 기욤 탑 아래쪽 전체를 차지하고 있었으며 조르주 드반은 여기에 티베르메닐 가문의 귀족들이 수 세기에 걸쳐 모은 어마어마한 보물들을 한데 모아놓았다. 과연 여행용 궤라든지 찬장, 갈고리가 달린 받침쇠나 가지 달린 촛대 따위로 한껏 장식되어 있었고 근사한 장식 융단이 돌벽에 늘어뜨려져 있었다. 창문은 벽체에 깊숙이 들어박혀 있고 그 밑으로 앉을 자리까지 마련되어 있었으며 납으로 테를 두른 채색 유리 위쪽이 고딕식 첨두창으로 마무리되어 있었다. 방 출입문과 왼쪽 창문 사이에는 르네상스풍으로 웅장한 서가가 꾸며져 있었는데 전면 상단에는 황금 글씨로 '티베르메닐'이라는 가문명이, 그리고 그 아래로 '원하는 바를 행하라'는 가훈이 자랑스럽게 새겨져 있었다.

다들 시가를 피워 물 무렵 드반이 다시 이야기를 꺼냈다.

"여봐요, 벨몽 씨, 서두르셔야지요. 오늘 밤이 마지막 기회니까요."

"아니, 왜요?" 화가가 물었다. 이제는 자신도 농담으로 맞받아쳤다.

드반이 대답하려고 하는데 모친이 손짓을 하며 말렸다. 하지만 저녁 식사의 여흥에 겨워 손님들을 즐겁게 해주려는 마음이 너무 컸을까.

드반이 말했다.

"에이, 이젠 말해도 되겠지요, 뭐! 말한다고 해서 큰일 날 것도 아니고."

모두들 궁금한 마음에 드반 주위에 모여들어 자리를 잡았다. 드반은 중대한 소식이라도 전하는 사람처럼 만족스러운 기색이었다.

"내일 오후 4시, 현존하는 가장 뛰어난 수수께끼 해결사며 해결하지 못할 사건이라곤 없는 그 위대한 영국 탐정, 소설가의 상상 속에서 튀어나온 듯 놀라운 인물인 헐록 숌즈께서 바로 우리 집에 오십니다."

탄성이 터졌다. 헐록 숌즈가 티베르메닐에 온다고? 그렇다면 소문이 진짜였을까? 아르센 뤼팽이 이 근방에 있단 말인가?

"아르센 뤼팽과 그 일당이 이 근처에 있습니다. 카오른 남작 사건을 비롯해서 몬티니 도난 사건, 그뤼셰나 크라스빌 사건 모두 우리나라 대표 도둑 뤼팽이 아니면 누가 저질렀겠습니까? 그러니 이제 제 차례인지도 모른단 말이지요."

"그러면 카오른 남작처럼 통고를 받으셨나요?"

"같은 술수가 두 번 통하진 않지요."

"그렇다면?"

"그렇다면…? 여기를 좀 보세요."

그는 일어나서 손가락으로 서가 한쪽에 꽂힌 묵직한 2절판 책들 사이에 난 작은 공간을 가리켰다.

"여기에 책이 한 권 있었습니다. 16세기 책으로 제목이 《티베르메닐가 연대기》였지요. 롤롱 후작이 중세 요새 자리에 처음 이 성을 건립했을 때부터의 역사를 기록한 책이에요. 이 책에는 판화 도판 세 점이 수록되어 있습니다. 하나는 부지 전체를 나타낸 조감도고, 두 번째는 건물 평면도, 그리고 제일 중요한 세 번째는 바로 지하 통로 도면입니다. 그 도면을 보면 출구 하나가 제1성벽 외곽으로 나 있고 나머지 출구가 바로 여기, 그래요, 바로 우리가 있는 이 방으로 나 있단 말이지요. 그런데 그 책이 지난달에 사라졌습니다."

벨몽이 말했다.

"저런, 불길한 조짐이군요. 그래도 그 이유만으로 헐록 숌즈를 부르신 것은 좀 지나치지 않은가요?"

"물론입니다. 그 이후에 일어난 다른 사건으로 방금 말씀드린 사건이 뜻하는 바가 분명해지지만 않았어도 숌즈를 부를 일은 없었을 겁니다. 국립 도서관에는 이 《티베르메닐가 연대기》의 또 다른 판본이 소장되어 있었는데 이 두 판본이 지하 통로에 대한 몇 가지 세부 사항에서 차이를 보이고 있어요. 가령 단면도나 축척에서 일부 차이가 있고, 특히 인쇄된 게 아니라 이후에 펜으로 써 넣어서 상당 부분이 희미해진 각종 주석이 서로 달랐습니다. 저도 이 점을 알고 있었지요. 지하 통로의 완전

한 도면을 알아내려면 두 도면을 나란히 놓고 꼼꼼히 비교해야
한다는 걸 잘 알고 있었던 말입니다. 그런데 우리 서가에서 그
책이 없어진 다음 날, 어떤 열람자가 국립 도서관 판본을 빌려
간 뒤로 종적이 묘연해졌어요."

사람들이 걱정에 찬 탄식을 터뜨렸다.

"그렇다면 사태가 심각하군요."

드반이 대꾸했다.

"이 일이 있고서 경찰도 바짝 긴장해서 양쪽에서 수사를 진
행했지만 별다른 성과는 없었습니다."

"다른 아르센 뤼팽 사건처럼 말이지요."

"그렇습니다. 그래서 힐록 숌즈에게 도움을 요청해야겠다는
생각이 든 거지요. 제 요청을 받은 그분은 아르센 뤼팽과 겨루
어보고 싶다며 긍정적인 회신을 보내왔습니다."

벨몽이 흥미를 보였다.

"아르센 뤼팽한테는 대단한 영광이군요! 하지만 당신의 표
현대로 우리의 국민 대표 도둑님께서 만약 티베르메닐을 털 계
획이 없다고 하면, 힐록 숌즈는 와서 손가락만 빨고 있지 않겠
습니까?"

"다른 사안이 하나 더 있지요. 힐록 숌즈 씨도 대단한 관심을
보인 일로, 바로 지하 통로를 찾아내는 일입니다."

"아니, 방금 말씀하시기를 지하 통로 한쪽은 성 외곽으로 나
있고 다른 쪽은 이 방으로 나 있다고 하시지 않았습니까!"

"어디 말입니까? 이 방 어디를 말하는 걸까요? 도면에서 지
하 통로를 나타내는 선은 'T. G.'라고 표시된 작은 원 한쪽으로

이어지지요. 이 글자는 물론 기욤 탑Tour Guillaume을 의미할 겁니다. 그런데 탑은 둥급니다. 이 둥근 원의 어느 지점에 통로가 연결되는지, 누가 어떻게 알 수 있을까요?"

드반은 시가를 두 개째 피워 물고는 베네딕틴 술을 자기 잔에 따랐다. 온갖 질문이 쏟아졌다. 드반은 사람들의 흥미를 끈 게 흐뭇해서 잠못코 미소를 띠고 있다가 마침내 입을 열었다.

"비밀은 영영 묻혔습니다. 아무도 모르지요. 전설에 따르면, 그 위대했던 성주들은 대대로 임종 직전에 아들에게만 그 비밀을 전했는데 공화력 2년 테르미도르 달 7일(공화력은 프랑스 대혁명 직후인 1793년에 제정되어 약 12년 동안 프랑스 행정부에서 사용됨. 테르미도르 달은 그 열한 번째 달로 현재 서양력의 7월 20일부터 8월 17일에 해당─옮긴이), 그 마지막 계승자인 조프루아가 나이 열아홉에 단두대에서 참수를 당하고 말지요."

"그럼 한 세기 동안 줄곧 비밀을 파헤쳐 왔다는 말씀이십니까?"

"그랬습니다만 별 소용이 없었습니다. 저 역시도 혁명 당시 국민의회 의원이었던 르리부르의 조카 손자한테 이 성을 사들였을 때 성을 샅샅이 뒤졌지요. 하지만 무슨 소용이 있겠어요? 생각해보세요. 이 탑은 온통 주변이 물로 둘러싸여 있고 성과는 다리 하나로만 이어져 있어요. 즉 지하 통로는 성을 에워싼 외호 밑을 통과한단 말이지요. 국립 도서관 도면에는 네 개 층계를 잇달아 총 마흔여덟 개 계단을 내려가야 한다고 나와 있으니 깊이가 적어도 10미터는 된다는 말입니다. 다른 도면의 부록에 있는 축척으로는 그 거리가 200미터라고 합니다. 그러니 결국 문제의 해답은 여기, 바로 이 마룻바닥과 천장, 벽들 사이에서 찾아야 한다는 말이지요. 정말로 여기를 허물어볼 생각마저 했습니다."

"그래, 아무런 단서도 없나요?"

"전혀 없지요."

문득 젤리스 신부가 이의를 달았다.

"드반 씨, 여기서 두 개의 인용문을 반드시 거론할 필요가 있지 않을까요?"

드반은 웃으며 큰 소리로 말했다.

"오! 신부님은 고문서에 조예가 깊지요. 온갖 회고록을 탐독하시고 특히 티베르메닐 가문에 대해서라면 아주 열심입니다. 하지만 여기서 말씀하신 인용문은 오히려 사안을 복잡하게만 할 뿐이지요."

"그래도 말씀해주세요."

"정말 원하십니까?"

"꼭 듣고 싶습니다."

"알겠습니다. 이 두 인용문에는 프랑스 국왕 두 분께서 해답을 알고 계셨다고 나옵니다."

"프랑스의 두 국왕이!"

"앙리 4세와 루이 16세였지요."

"평범한 분들이 아니군요. 아니, 그런데 어떻게 신부님이 그걸 알고 계셨는지요…?"

드반이 말을 이었다.

"오! 간단합니다. 아르크 전투를 벌이기 이틀 전, 앙리 4세가 이 성에서 저녁 식사를 하고 하룻밤을 지내고 갔다고 합니다. 그날 밤 11시에 노르망디 절세미인으로 꼽히는 루이즈 드 탕카르빌이 에드가르 후작의 주선으로 이 지하 통로를 통해 왕에게 보내졌다고 하지요. 바로 이때 후작이 가문의 비밀을 누설했고, 이 비밀을 앙리 4세가 훗날 쉴리 재상에게 전했습니다. 재상은 자기가 쓴 《왕실 재정 회상록》에 이 이야기를 거론했는데 특별한 주석도 없이 수수께끼 같은 다음의 문장만 적어놓았다고 합니다."

도끼가 허공에서 빙글 돌아 공기가 떨리고 날개가 펼쳐지면 신에게 이르리.

잠시 침묵이 흐르더니 벨몽이 이죽거렸다.

"그다지 명백하다고 하긴 어렵네요."

"그렇지요? 신부님 주장은 쉴리 재상이 서기한테 회상록을 구술할 때 비밀을 누설하지 않으려고 이런 수수께끼 같은 말을 받아 적게 했다는 겁니다."

"가정이 그럴듯하군요."

"저도 그렇게 생각합니다. 하지만 그래도 도끼가 돌아가는 건 무슨 뜻이고, 새가 날아오른다는 건 또 뭘까요?"

"그래서 누가 신한테까지 간다는 거지요?"

"아리송하군요!"

벨몽이 다시 물었다.

"그럼 루이 16세도 앙리 4세와 마찬가지로 여자를 들이느라

지하 통로를 열었습니까?"

"모르겠습니다. 정확히 알려진 사실이라고는 루이 16세가 1784년에 티베르메닐에서 지냈다는 것과, 가맹의 신고로 루브르에서 발견된 그 유명한 철제 서랍장 안에 루이 16세 친필로 '티베르메닐: 2-6-12'라고 쓰인 종이쪽지가 발견되었다는 것뿐입니다."

오라스 벨몽이 껄껄 웃었다.

"만세! 드디어 베일이 조금씩 벗겨지기 시작하는군요. 2 곱하기 6은 12라."

신부가 말했다.

"마음껏 웃으십시오, 선생. 어쨌든 이 두 인용문에 해결책이 담겨 있고 누군가 이를 해석해낼 날이 오겠지요."

드반이 말을 받았다.

"헐록 숌즈가 그 1순위 아니겠습니까…. 혹시 아르센 뤼팽이 선수를 친다면 모를까. 벨몽 씨, 어떻게 생각하십니까?"

벨몽은 자리에서 일어나 드반의 어깨에 손을 얹더니 엄숙하게 말했다.

"선생 책과 국립 도서관 책을 종합해봐도 최고로 중요한 정보가 빠져 있었는데 방금 선생께서 이 정보를 제공해주신 것 같군요. 감사드립니다."

"그래서요…?"

"도끼가 빙글 돌았고 새도 달아났고 2 곱하기 6이 12라고 하니, 저는 이제 성 밖 들판으로 나가기만 하면 되겠네요."

"1분도 지체하지 않고 말이지요."

"단 1초도 지체하면 안 되겠지요! 오늘 밤 헐록 숌즈가 도착하기 전에 제가 성을 털어야 하는 게 아니던가요?"

"이런, 시간이 없겠군요. 차로 모셔다 드릴까요?"

"디에프까지 말입니까?"

"그래요. 디에프까지 가는 김에 자정 기차로 도착하는 앙드롤 부부와 그 친구의 딸인 아가씨 한 분도 모시고 오면 되겠군요."

그리고 드반은 장교들을 향해 이렇게 덧붙였다.

"그럼 내일 다시 이곳에 모여 다 같이 점심 식사를 하기로 하지요, 어떠십니까? 여러분들만 철석같이 믿습니다. 장교님들 부대가 성을 쫙 에워싸고 11시 정각에 우르르 몰려오셔야 합니다."

장교들은 식사 초대에 응했고 모두 뿔뿔이 흩어졌다. 잠시 후 드반과 벨몽은 에트왈 도르 20-30을 타고 디에프로 향하는 도로를 탔다. 드반은 카지노 앞에 화가를 내려주고 역으로 향했다.

기다리던 손님들이 자정에 기차에서 내렸다. 12시 30분, 차가 티베르메닐 정문을 통과해 돌아왔다. 새벽 1시, 거실에서 간단히 식사한 후 모두들 자기 방으로 돌아갔다. 이내 저택을 밝혔던 불이 모두 꺼졌다. 괴괴한 적막이 성을 에워쌌다.

자욱한 구름 사이로 빠끔히 나온 달이 두 개의 창문을 통해 응접실을 환히 비췄다. 하지만 이도 잠시, 달은 언덕 뒤편으로 사라졌다. 주변은 온통 암흑에 잠겼다. 어둠이 짙어짐에 따라 침묵도 깊어갔다. 이따금 가구가 삐걱거리거나 오래된 성벽 바깥의 푸른 물가에서 갈대가 살랑대는 소리만 났다.

괘종시계의 초침 소리는 무한한 시간의 묵주 알이 한 알 한 알 굴러가는 소리 같았다. 시계가 2시를 알리는 종을 쳤다. 이내 주변은 묵직한 밤의 고요 속으로 빠져들었고 성급하고 단조로운 초침 소리만 울려 퍼졌다. 3시를 알리는 종이 쳤다.

갑자기 철컥하는 소리가 났다. 기차가 지나갈 때 신호판이 여닫히는 소리 같았다. 가느다란 빛줄기가 마치 불화살이 허공에 남긴 긴 꼬리마냥 방을 가로질렀다. 불빛은 방 오른쪽의 서가 전면을 받친 장식 기둥의 가운데 홈에서 새어나왔다. 빛줄기는 서가 반대편 벽에 눈부신 동그라미를 그리며 잠시 멈추더니 걱정스러운 눈길이 어둠을 더듬듯 방 안을 쭉 훑었다. 갑자기 빛이 사라지더니 서가가 통째로 제자리에서 회전하면서 궁륭 모양의 통로 입구가 드러나고 빛줄기가 다시 나타났다.

손전등을 손에 든 한 남자가 방으로 들어왔다. 뒤이어 두 번째, 세 번째 남자가 밧줄 꾸러미와 각종 도구를 들고 나타났다. 처음 들어왔던 남자가 방을 샅샅이 살펴보고 귀도 기울여 보더니 지시했다.

"모두 불러들여."

지하 통로에서 건장하고 다부진 사내 여덟 명이 들어왔다. 그리고 물건을 내가기 시작했다.

그렇게 신속할 수가 없었다. 아르센 뤼팽은 날렵하게 이 가구, 저 가구 사이로 다니며 하나하나 검사해보고 그 크기나 예술적 가치에 따라 그냥 놔두라고 하거나 아니면 옮기라는 명령을 내렸다.

"들어내!"

그러면 물건은 가차 없이 들려 뻥 뚫린 지하 통로로 들어가 어디론가 사라졌다.

이렇게 빼내간 물건은 루이 15세 시대의 안락의자와 의자 각각 여섯 개, 오뷔송(16세기에 세워진 융단 공방 – 옮긴이)의 장식 융단 몇 점, 구티에르(루이 16세 스타일의 화려한 황동 가구 세공의 거장 – 옮긴이)의 서명이 새겨진 장식 촛대들, 프라고나르(18세기 대표적인 풍속 화가 – 옮긴이)의 그림 두 점, 나티에(루이 15세 시절 궁정 화가로 로코코풍 초상화의 대가 – 옮긴이)의 그림 한 점, 우동(18~19세기에 걸쳐 활동한 프랑스 조각가 – 옮긴이)의 흉상 한 점, 그리고 갖가지 조각품들이었다. 이따금 뤼팽은 멋들어진 장롱이나 훌륭한 그림 앞에서 한숨을 푹 내쉬었다.

"이건 너무 무겁군…. 저건 너무 커…. 정말 아깝단 말이야!"

뤼팽은 예술품 감정을 이어나갔다.

40분 만에 거실은, 아르센의 표현을 빌려 말하자면 '말끔해졌다.' 게다가 이 모든 일이 놀라울 만큼 질서 있고 소리 없이 진행되었기에 물건마다 두툼한 솜 포장이라도 되어 있는 듯했다.

마지막으로 부울(17~18세기에 걸쳐 활동한 프랑스의 전통 가구 제작자 – 옮긴이)이 만든 장식 액자를 짊어지고 지하 통로로 들어가려는 남자에게 뤼팽이 말했다.

"다시 올 필요 없네. 트럭에 짐을 다 실으면 계획대로 곧장 로크포르 창고로 직행하게."

"그럼 대장은요?"

"오토바이 한 대만 남겨두게."

마지막 사내가 떠나자 뤼팽은 서가의 이동 벽을 온몸으로 밀어 닫고는 물건을 옮긴 흔적을 없애고 발자국을 지운 후 커튼이 쳐진 문을 통과해 탑과 성 사이를 연결하는 유일한 통로인 회랑으로 들어섰다. 한가운데에 진열장이 있었는데, 사실 바로 이 진열장 때문에 뤼팽이 그토록 끈덕지게 조사해왔던 것이다.

그 안에는 최고 솜씨로 만들어진 회중시계나 코담배 갑, 반지, 부인용 허리 사슬, 세밀화 같은 진기한 수집품이 보관되어 있었다. 뤼팽은 핀셋을 이용해 자물쇠를 땄다. 금과 은으로 만들어진 이 보석들, 이토록 소중하고 섬세하며 작은 예술 작품을 더듬어보며 뤼팽은 더할 나위 없는 기쁨을 맛보았다.

이 보물을 담기 위해 특별히 준비한 천으로 만든 큼직한 가방을 어깨에서 허리까지 비스듬히 둘러멨다. 그리고 가방을 가득 채웠다. 외투와 바지, 조끼 주머니에도 보물을 있는 대로 잔뜩 채워넣었다. 과거 선조들이 애용했으며 요즘 패션계에서 다시금 각광받는 진주 핸드백 여러 개도 왼쪽 겨드랑이 밑에 끼웠다… 그때 어디선가 희미한 소리가 들리는 게 아닌가!

뤼팽은 귀를 기울였다. 잘못 들은 게 아니다. 소리는 점점 더 분명하게 들렸다.

불현듯 뤼팽은 어떤 사실을 기억해냈다. 회랑 끝에 계단이 하나 있고 그 계단을 올라가면 방이 하나 있다. 지금껏 이 방은 비어 있었지만 드반이 앙드롤 내외와 함께 데리고 온 아가씨가 어젯밤부터 이 방을 썼다.

잽싼 몸놀림으로 손전등 스위치를 눌러 껐다. 뤼팽이 창문턱에 이르렀을 때 계단 위쪽에서 문이 열리더니 희미한 빛이 회랑으로 쏟아져 들어왔다.

커튼 뒤에 몸을 반쯤 숨기고 있었던 터라 제대로 볼 수 없었지만 누군가 조심스럽게 계단을 내려오기 시작한다는 느낌이 들었다. 제발 너무 많이 내려오지 않기를 간절히 바랐다. 하지만 그 사람은 계속 내려와서 회랑 안쪽으로 몇 발자국 들어오더니 비명을 질렀다. 진열장이 열려 있고 그 안이 거의 텅 비어 있음을 보았으리라.

향수 냄새가 풍기는 걸로 봐서 여자인 듯했다. 여자의 옷자락이 뤼팽이 숨은 커튼에 닿을락 말락 했고 여자의 심장 소리가 들릴 것만 같았다. 여자 역시 자기 뒤 어둠 속, 손이 닿을 만한 곳에 누군가가 있음을 느끼고 있으리라. '이 여자는 무서워하고 있어…. 떠나겠지…. 안 떠날 수가 없지….' 하지만 여자는 떠나지 않았다. 손에 들려서 와들와들 떨리던 촛불이 더 이상 흔들리지 않았다. 여자는 뒤돌아서서 잠시 망설이며 침묵에 잔뜩 귀를 기울이는 듯하더니, 갑자기 확 하고 커튼을 젖히는 게 아닌가!

둘은 동시에 눈이 마주쳤다.

아르센은 당황하여 중얼거렸다.

"다, 당신은…!"

바로 넬리 양이다.

대서양 횡단선의 승객이었던 바로 그 여인! 여인과 함께한 잊지 못할 여행 중에 두 사람은 젊은 남녀로서 아련한 꿈을 한

데 어우르지 않았던가. 뤼팽이 체포되는 현장에 있었으며 보석과 지폐가 담긴 코닥 사진기를 경찰에 넘겨 뤼팽을 배신하기보다는 그것을 바다에 빠뜨리는 우아함을 보여주었던… 넬리양! 교도소에서 지냈던 기나긴 나날, 넬리 양의 미소 띤 사랑스러운 모습을 생각하면서 그 얼마나 슬픔과 기쁨 사이를 오갔는지!

참으로 우연은 위대하다. 하필이면 이 장소, 이 시각에 두 사람을 만나게끔 한 그 우연이 놀라워서 두 사람은 움직이지도, 입을 떼지도 못하고 허깨비라도 본 듯 정신이 혼미해졌다.

이내 넬리 양은 북받치는 감정에 균형을 잃고 의자에 주저앉았다. 아르센은 그저 그 앞에 서 있었다. 시간은 한없이 느리게 흐르는 듯했고 뤼팽은 이 순간 자기가 어떤 모습으로 비칠지 조금씩 의식하기 시작했다. 골동품을 한아름 안고 있었으며 호주머니들은 터질 듯 불룩하고 메고 있던 가방도 터지기 일보직전이었다. 크나큰 당혹감이 밀려왔으며 현장에서 발각된 도둑이란 못난 꼴을 한 자신이 부끄러웠다. 아무튼 이제 자기는 넬리 양에게 한낱 도둑, 남의 물건에 손을 대고 갈고리로 문을 따 몰래 드나드는 도둑일 뿐이다.

회중시계 하나가 양탄자로 굴러 떨어지더니 뒤이어 또 하나가 툭 떨어졌다. 다른 물건들도 금방 팔에서 떨어질 판이었는데 어떻게 들고 있어야 할지 난감했다. 그래서 뤼팽은 가진 물건을 의자 위에 와락 떨구고 주머니와 가방에 있던 물건도 쏟아냈다.

조금이나마 마음이 가벼워진 뤼팽은 말을 걸려고 넬리 양 앞으로 한 발짝 다가섰다. 하지만 여인은 흠칫 물러나더니, 공포에 질린 기색으로 벌떡 일어나 서둘러 거실로 달려갔다. 여인이 문간 커튼 뒤로 사라졌고 뤼팽도 그 뒤를 따랐다. 넬리 양은 아연실색한 채 바들바들 떨며 그 커다란 방이 텅 빈 모습을 바라보았다.

뤼팽은 지체 없이 말했다.

"내일 오후 3시, 모든 것을 제자리에 돌려놓겠습니다…. 물건을 돌려드리겠습니다…."

대답이 없자 뤼팽은 다시 말했다.

"내일 3시입니다. 맹세합니다. 세상이 두 쪽 나도 약속은 지키겠습니다…. 내일 오후 3시입니다…."

두 사람은 오랫동안 말이 없었다. 뤼팽은 감히 입을 열지 못했다. 이 여인이 느낄 감정을 생각하니 마음이 찢어질 것 같았고 그래서 아무 말 없이 조용히 여인 곁에서 멀어졌다.

'넬리 양이 제발 이 자리를 떠나기를…! 이 자리를 자유롭게 떠나도 된다고 느끼기를… 나를 두려워하지 않기를…!'

뤼팽은 간절히 바랐다.

별안간 넬리 양이 소스라치듯 더듬거렸다.

"들어보세요…. 발소리예요…. 누가 걷는 소리가 들려요…."

뤼팽은 놀라서 넬리 양을 바라보았다. 위험이 닥칠까 봐 당황한 것처럼 보였다.

뤼팽이 말했다.

"아무 소리도 안 들립니다. 설사 그렇다 해도…."

"뭐라고요! 도망치셔야 해요…. 빨리 도망치세요…."

"도망치라니… 왜요?"

"아무튼 그래야… 도망치셔야 한다고요…. 아! 어서 가세요…."

넬리 양은 황급히 회랑 쪽으로 가더니 귀를 기울였다. 아니, 아무도 없었다. 밖에서 들리는 소리였을까…? 여인은 다시 잠시 기다렸다가 안심이 되어서 뒤돌아보았다.

아르센 뤼팽은 사라지고 없었다.

성이 털린 것을 알자마자 드반은 생각했다.

'벨몽 짓이군. 벨몽이 바로 아르센 뤼팽이었다고.'

그래야 말이 됐다. 아니라면 설명할 도리가 없다. 그럼에도 그 생각은 잠시 머리를 스쳐 지나갔을 뿐 벨몽이 뤼팽일 수 있다는 생각은 터무니없어 보였다. 벨몽은 유명한 화가에다 사촌 에스테반의 사교계 친구가 아닌가. 그래서 신고를 받고 군경 반장이 왔을 때도 드반은 이 터무니없는 추측을 이야기할 생각이 없었다.

아침 내내 티베르메닐에는 무수한 사람들이 오갔다. 군경, 시골 보안대, 디에프 경찰서장, 마을 주민들 등 이 모든 이들이 복도나 공원, 성 주변에서 분주히 움직였다. 여기에 근처의 부대가 사격 연습하는 소리까지 더해져 참으로 가관이었다.

초동수사로는 아무런 단서도 찾아내지 못했다. 창문도 깨지지 않았고 문을 강제로 연 흔적도 없었으니 비밀 통로로 물건을 빼간 게 틀림없다. 하지만 양탄자에 발자국 하나 없고 벽에도 특별한 흔적은 조금도 남지 않았다.

단 하나, 뜻밖의 사실이 발견되어 아르센 뤼팽의 기발함을 보여주었다. 문제의 16세기 판본 《티베르메닐가 연대기》가 버젓이 제자리에 꽂혀 있었으며 그 옆에 비슷한 모양의 국립 도서관 판본도 놓여 있었다.

11시가 되자 장교들이 도착했다. 손님을 맞아들이는 드반은 유쾌해 보이기까지 했다. 분명 귀한 예술품들을 잃어 속이 상했으나 워낙 재력가였기 때문에 이를 선선히 받아들일 만큼 여유로웠다. 친구 앙드롤 부부와 넬리 양도 내려왔다.

서로 소개하고 나니 한 명이 빠져 있었다. 오라스 벨몽이었다. 그 사람은 오지 않을 것인가?

벨몽이 나타나지 않자 드반에게 다시 의심하는 마음이 들기 시작했다. 하지만 12시 정각이 되자 벨몽이 나타났다. 드반이 외쳤다.

"때맞춰 오시는군요!"

"제가 늦었나요?"

"아니요, 하지만 좀 더 늦게 오셨어도 괜찮을 거란 말입니다…. 밤에 그토록 분주히 움직이셨을 테니까요! 소식은 들으셨겠지요?"

"무슨 소식 말입니까?"

"선생께서 성을 털어가시지 않았습니까?"

"뭐라고요!"

"뭐, 그렇습니다. 하지만 일단 언더다운 양께 팔을 좀 내주시지요. 이제 모두 식사 장소로 이동하도록 합시다…. 언더다운 양, 괜찮으시다면…."

이렇게 말하다가 넬리 양이 크게 불편해하는 모습을 보고 드반은 멈칫했다. 그러더니 갑자기 생각난 듯이 덧붙였다.

"맞아요. 말해놓고 보니, 넬리 양이 일전에 아르센 뤼팽과 함께 여행한 적이 있지요…. 뤼팽이 체포되기 전에 말이에요…. 과연 외모가 비슷하지 않나요?"

여인은 대답하지 않았다. 앞에서 벨몽이 미소 지었다. 젊은 이는 정중히 고개 숙여 인사하고 팔을 내밀었는데 여인은 그 팔을 잡았다. 벨몽은 넬리 양을 자리까지 안내해주고 그 맞은 편에 앉았다.

식사하는 동안 오간 이야기는 줄곧 아르센 뤼팽과 사라진 물건들, 지하 통로, 헐록 숌즈에 대한 것뿐이었다. 식사가 끝날 무렵이 되어서야 다른 이야기가 화제로 떠올랐고 벨몽은 그제야 대화에 끼어들었다. 벨몽이 하는 이야기는 재밌다가 심각해지기도 하고, 감동적이었다가 신랄해지기도 했다. 모두 오로지 넬리 양의 관심을 끌려고 하는 이야기인 것 같았다. 하지만 넬리 양은 골똘히 생각에 잠겨 도무지 이야기에는 관심을 보이지 않았다.

성 전면 계단과 정원이 내려다보이는 테라스로 하인들이 커피를 내왔다. 잔디밭 한가운데에서는 군악대 연주가 시작되었으며 정원에 난 통로 여기저기에는 농부와 군인들이 서 있었다.

이 와중에 넬리 양은 아르센 뤼팽의 약속을 떠올렸다.

"모든 것을 제자리에 돌려놓겠습니다. 내일 3시입니다. 맹세합니다."

3시라고! 성 오른쪽에 달린 커다란 시곗바늘은 2시 40분을 가리켰다. 넬리 양은 자기도 모르게 그쪽으로 자꾸 눈이 갔다. 그리고 흔들의자에 편히 앉아 유유히 몸을 흔드는 벨몽도 바라보았다.

2시 50분… 2시 55분…. 초조하고 불안해서 젊은 여인은 숨이 막힐 것 같았다. 과연 기적이 일어날까. 그것도 정해진 시각에 맞춰 일어날까. 성이고 뜰이고 주변 들판에 사람들이 가득 차 있고, 게다가 검사와 예심판사가 수사를 진행하고 있는데?

하지만… 하지만 아르센 뤼팽이 그토록 엄숙하게 약속하지 않았던가! 그 사람이 말한 대로 될 거야. 그 정도로 능력과 확신, 권위에 찬 사람이라면 이 모든 것이 가능하다고, 넬리 양은 은밀히 생각했다. 그래서 기적이 아닌 당연히 일어나야 할 일을 기다린다는 느낌이 들었다.

잠시 두 사람의 눈길이 마주쳤다. 넬리 양은 얼굴을 붉히며 고개를 돌렸다.

3시… 종이 한 번, 두 번, 세 번 울렸다…. 오라스 벨몽은 회중시계를 꺼내 보더니 성벽의 시계를 올려다보고 회중시계를 도로 주머니에 넣었다. 몇 초가 흘렀다. 이때 잔디밭 주변에서 사람들이 두 갈래로 갈라졌고 그 사이로 마차 두 대가 들어왔다. 막 정원으로 들어오는 철문을 통과했는데 각 마차는 두 마리의 말이 끌었다. 장교 트렁크나 사병들의 가방을 싣고 부대 뒤를 따르는 수송용 짐마차였다. 마차는 현관 층계 앞에 멈춰 섰다. 보급계 하사관이 마차에서 뛰어내려 드반 씨를 찾았다.

드반이 한달음에 계단을 뛰어 내려갔다. 마차 덮개 아래로 가구며 그림, 예술품들이 고이 포장된 채 마차에 단정히 실려 있었다.

어떻게 된 일인지 묻자 하사관은 당직 특무 상사가 아침 보고 회의 때 받아 자신에게 넘긴 명령서를 보여주었다. 명령서에는 제4대대 2중대는 아르크 숲 속 알뢰 교차로에 있는 가구 일체를 오후 3시에 티베르메닐 성 주인 조르주 드반 씨 앞으로 전달하라고 써 있었다. 보벨 대령이 서명한 명령서였다.

"알뢰 교차로에 가보니 잔디밭 위에 포장된 채로 물건이 정렬되어 있었고 지켜보는 사람은… 행인들뿐이었습니다. 이상했지만 어쩔 수 없었습니다! 명령은 확실했으니까요."

하사관이 덧붙였다.

장교 한 사람이 서명을 살펴보았다. 완벽하게 위조된 가짜였다.

악단은 연주를 중단했고 사람들은 마차에서 물건을 내려 제자리에 가져다 놓았다.

이 어수선한 와중에 넬리 양은 테라스 한쪽 끝에 홀로 서 있었다. 마음이 무겁고 걱정스러웠으며 표현할 수 없는 생각들이 혼란스럽게 얽혀 흥분된 상태였다. 문득 벨몽이 자신에게 다가오고 있음을 알아차렸다. 피하고 싶었지만 테라스 난간 모서리로 두 면이 막혀 있고 오렌지 나무, 협죽도, 대나무 관목을 심어놓은 육중한 화분이 열을 지어 다른 한 면을 막고 있었다. 결국 피할 길은 벨몽이 다가오는 방향밖에 없었다. 넬리 양은 가만히 있었다. 금발 위로 쏟아진 햇살이 여린 대나무 잎사귀의 움직임에 따라 가늘게 떨렸다. 어떤 목소리가 나지막이 들렸다.

"저는 어젯밤에 한 약속을 지켰습니다."

아르센 뤼팽이 넬리 양 곁에 있고 주변에는 아무도 없었다.

뤼팽은 주저하며 살며시 다시 말했다.

"어젯밤에 한 약속을 지켰습니다."

뤼팽은 감사하다는 말, 자기 행동에 관심을 갖고 있다는 몸짓 하나라도 넬리 양이 해주기를 바랐다. 하지만 아무 말도 없었다.

무시하는 태도에 아르센 뤼팽은 화가 나면서 다른 한편으로는 이제 진실을 알아버린 이 여인과 자기 사이에 어마어마한 거리가 있음을 절실히 느꼈다. 결백을 증명하고 변명이라도 해서 자기 삶이 얼마나 대담하고 위대한지 알려주고 싶었다. 하지만 말로 이런 설명을 한다는 게 짜증스러웠고 이런 변명이 터무니없고 뻔뻔스럽다고 느껴졌다. 결국 추억에 잠겨 슬픈 목소리로 중얼거렸다.

"정말 오래전인 것처럼 느껴지는군요! **프로방스호** 갑판 위에서 보낸 시간을 기억하십니까? 아! 그래요…. 그날도 오늘처럼 손에 장미꽃을 들고 계셨지요. 지금 같은 연분홍 장미였어요…. 그때 제가 장미를 달라고 했는데 못 들으신 것 같더군요…. 하지만 떠나시고 나서 그 장미를 발견했습니다…. 잊고 가셨던 거지요…. 그래서 그걸 주워 간직했습니다…."

넬리 양은 여전히 묵묵부답이었다. 아주 먼 곳에 있는 사람처럼 보였다. 뤼팽은 계속 말했다.

"그 순간만 기억해주시고 알고 계신 다른 것들은 잊어주십시오. 과거와 현재가 다시 이어지기를 바랍니다! 저는 넬리 양이 어젯밤에 본 사람이 아닌, 이전에 알던 그 사람으로 남기를 바랍니다. 넬리 양이 단 1초만이라도, 다시 한 번 저를 예전처럼 봐주신다면… 제발 부탁입니다…. 저는 더 이상 그 사람이 아닌가요?"

그제야 여인은 부탁대로 고개를 들어 남자를 바라보았다. 그러더니 아무 말 없이 뤼팽이 검지에 끼고 있던 반지에 손가락을 살포시 댔다. 손등에서는 고리밖에 보이지 않았으나 손바닥 쪽에서 보면 훌륭한 루비가 박혀 있었다.

아르센 뤼팽의 얼굴이 붉어졌다. 조르주 드반의 반지였던 것이다.

뤼팽은 쓴웃음을 지었다.

"맞습니다. 과거는 영원히 남지요. 아르센 뤼팽은 아르센 뤼팽이고 그럴 수밖에 없지요. 뤼팽과 넬리 양 사이에 추억 따위란 있을 수도 없고요…. 죄송합니다…. 제가 넬리 양 곁에 있는 것만으로도 욕되는 일임을 진작 깨달았어야 했는데…."

뤼팽은 모자를 벗어 손에 든 채 난간 쪽으로 비켜섰다. 넬리 양이 그 앞으로 지나갔다. 여인을 붙들고 애원하고 싶었으나 용기가 없었다. 뉴욕 항구에서 다리를 건널 때 넬리 양을 멀리서 바라보던 때처럼 눈으로만 그녀를 좇았다. 넬리 양이 성 입구로 들어가는 계단에 올라섰다. 잠시 그 가녀린 자태가 현관 대리석 사이에 보이는가 싶더니 이내 사라져버렸다.

구름이 햇살을 가렸다. 아르센 뤼팽은 꼼짝 않고 모래 위에 찍힌 작은 발자국을 바라보았다. 전율했다. 여인이 기대어 있던 대나무 의자 위에 장미꽃이, 자신이 감히 달라고 청하지 못한 연분홍 장미꽃이 놓여 있었다…. 지난번처럼 잊은 것이겠지? 하지만 일부러 그랬을까, 아니면 단순한 부주의였을까?

뤼팽은 장미꽃을 황급히 집어들었다. 꽃잎이 떨어졌다. 뤼팽은 꽃잎 하나하나를 성물이나 되듯 정성스레 모았다…. 그리고 생각했다.

'이제 그만 가자. 여기서 볼일은 끝났다. 게다가 헐록 숌즈까지 온다면 일이 복잡해질 테니.'

정원은 텅 비어 있었다. 입구 쪽 작은 건물만 군경 몇 명이 지키고 있었다. 뤼팽은 잡목 숲으로 파고들어 성벽을 타고 넘어갈 생각이었다. 가장 가까운 기차역으로 가기 위해 들판을 가로지르려고 오솔길로 접어들었다. 10분도 채 못 가서 양옆으로 험한 비탈이 지면서 길이 좁아졌다. 이 협로의 반대편에서 어떤 사람이 걸어오고 있었다.

오십 대쯤 되어 보였고 강인한 체구에 수염을 바짝 깎은 얼굴이다. 복장으로 보아 외국인이 틀림없다. 손에는 무거운 지팡이가 들려 있고 목에는 작은 여행 가방이 걸려 있다.

두 사람이 엇갈릴 때 낯선 남자가 미세하게 영국 억양이 섞인 말투로 질문했다.

"실례합니다, 이 길이 성으로 가는 길이 맞습니까?"

"쭉 가시다가 벽이 나오면 왼쪽으로 가십시오. 모두들 선생을 애타게 기다리고 있습니다."

"아!"

"제 친구 드반이 어제저녁 당신이 온다고 말했거든요."

"드반 씨가 그렇게 말씀을 많이 하셨다면 낭패로군요."

"선생을 가장 먼저 뵙다니 기쁘기 그지없습니다. 저만큼 열렬한 헐록 숌즈 팬은 없을 테니까요."

이 말에는 살짝 조롱기가 있었는데, 비록 눈치채기 힘들 만큼 미미했으나 뤼팽은 곧바로 후회했다. 헐록 숌즈가 뤼팽을 머리끝부터 발끝까지 찬찬히 훑어보았기 때문이다. 그 시선은 몹시 폭이 넓으면서도 날카로워서 마치 아르센 뤼팽을 붙들어 가두어놓고 그 어떤 사진기보다 더욱 정확하게 본질을 기록하는 듯했다.

'이제 영상으로 각인된 거나 다름없군. 이제는 저자를 상대로 변장해봐야 소용없겠어. 그런데… 과연 나를 알아보았을까?'

두 사내는 작별 인사를 나눴다. 이때 발걸음 소리, 말이 뛰면서 나는 편자 소리가 울려 퍼졌다. 군경이었다. 두 사람은 말발굽에 채이지 않으려고 풀이 잔뜩 난 비탈길에 몸을 바싹 붙여야 했다. 군경이 그 앞으로 지나갔다. 기병들은 서로서로 거리를 두고 있었기 때문에 모두 지나가는 데 한참 걸렸다. 뤼팽은 생각했다.

'나를 알아봤을까? 여기에 모든 것이 달렸어. 만약 알아봤다면 이 상황을 이용할 가능성이 크겠군. 이거 심각한 상황인데.'

마지막 기병이 지나가자 헐록 숌즈는 몸을 일으켜 아무 말 없이 먼지로 뒤덮인 옷을 툭툭 털었다. 숌즈 가방 끈에 가시나무 가지 하나가 걸려 있었다. 아르센 뤼팽이 나뭇가지를 얼른 떼어주었다. 다시 한 번 두 사람은 서로를 들여다보았다. 만약 누가 옆에서 이 광경을 본다면 특별한 재능을 지녔기 때문에 서로 부딪칠 수밖에 없는, 이토록 강하고 월등한 두 사람이 처음 만나는 모습을 보고 감동하지 않을 수 없었을 것이다.

숌즈가 입을 열었다.

"고맙습니다, 선생."

"별말씀을요." 뤼팽이 대답했다.

두 남자는 헤어졌다. 뤼팽은 기차역을 향해서, 헐록 숌즈는 성을 향해서.

예심판사와 검사는 조사에서 아무런 성과도 얻지 못한 채 이미 떠나버렸고, 사람들은 호기심에 차서 명성 자자한 헐록 숌즈만 목이 빠질 듯 기다렸다. 그래서였을까, 숌즈가 평범하고 온화한 중산층 신사처럼 보여서 모두는 약간 실망했다. 상상하던 모습과 참으로 달랐기 때문이다. 헐록 숌즈를 생각하며 떠올린 소설 속 영웅, 불가사의하고 마성을 지녔을 법한 인물의 모습과는 거리가 멀었다. 어쨌든 드반은 온갖 치레로 열렬한 환영 인사를 했다.

"드디어 오셨군요, 선생! 이 얼마나 큰 영광인지요! 뵙기를 얼마나 기대했는지 모릅니다…. 이런 사건이 벌어져서 다행이라고 여길 지경입니다. 선생을 이렇게 뵐 수 있으니 말이지요. 그건 그렇고 무얼 타고 오셨습니까?"

"기차로 왔습니다."

"저런! 도착하신 부두 쪽으로 제가 차를 보냈는데요."

"시끌벅적한 환영 행사라도 여신다는 거로군요. 내 일에 큰 도움이 되겠습니다그려."

숌즈는 불만조였다.

초반에 이렇게 비호의적인 말을 듣자 당황한 드반은 농담으로 얼버무리려고 했다.

"그 일이란 게, 뭐 다행스럽게도 제가 서신으로 말씀드린 것보다 더 간단해졌습니다."

"어째서지요?"

"어젯밤에 절도 사건이 터져버렸기 때문이지요."

"만약 선생이 내가 온다고 광고만 하지 않았어도 아마 어젯밤에 사건이 일어나지는 않았을 겁니다."

"그럼 언제 일어났을까요?"

"내일, 아니면 다른 날에 일어났겠지요."

"그랬다면?"

"뤼팽이 덫에 걸려들었을 테지요."

"물건들은요?"

"뺏기지 않았을 겁니다."

"그런데 물건들이 여기 그대로 있습니다."

"여기에?"

"오후 3시에 도로 가져왔더군요."

"뤼팽이 말입니까?"

"군 수송 마차 두 대로요."

헐록 숌즈는 거칠게 모자를 눌러 쓰고 가방을 고쳐 멨다. 드반이 외쳤다.

"뭐하시는 겁니까?"

"가겠습니다."

"아니, 왜요?"

"물건은 여기 있고 아르센 뤼팽은 멀리 있습니다. 내 역할은 끝난 것 같군요."

"하지만 선생, 선생의 도움이 반드시 필요합니다. 어제 일어난 일이 내일 다시 일어날 수도 있단 말입니다. 제일 중요한 사실을 모르기 때문이지요. 바로 아르센 뤼팽이 어떻게 들어와서 어떻게 나갔느냐, 그리고 왜 몇 시간 후에 다시 물건을 되돌려 주었느냐 하는 점 말입니다."

"아! 그러면 아직 모른다는…."

풀어야 할 비밀이 있다는 생각에 헐록 숌즈의 태도는 좀 더 부드러워졌다.

"그렇다면 찾아보도록 하지요. 하지만 서둘러야겠지요? 그리고 가능하다면 우리끼리만 합시다."

주변에 늘어선 참관자들을 염두에 두고 한 말이 분명했다. 드반은 말뜻을 알아듣고 숌즈를 거실로 안내했다. 미리 준비해 오기라도 한 듯 단호히 절제된 문장을 말하는 모습이라니! 숌즈는 전날 저녁 모임과 그때 모였던 손님에 대해, 평소 성을 드나드는 사람들에 대해 질문했다. 그리고 연대기 두 권을 살펴보고 지하 통로 도면을 비교해보았다. 젤리스 신부가 언급한 인용문 두 개도 다시 말해달라고 했다.

"그럼 바로 어저께, 처음으로 이 두 인용문에 대해 말씀하신 겁니까?"

"예, 어제였습니다."

"그 이전에는 오라스 벨몽 씨에게 그 이야기를 한 적이 없습니까?"

"절대 없습니다."

"좋습니다. 그럼 차를 좀 불러주십시오. 한 시간 후에 떠나겠습니다."

"한 시간 후라니요!"

"선생이 낸 문제를 푸는 데 아르센 뤼팽도 그 정도 시간밖에 쓰지 않았으니까요."

"제가요…! 문제를 냈다고요…."

"그렇습니다! 아르센 뤼팽과 벨몽은 같은 인물이란 말입니다."

"그럴 줄 알았어…. 아, 이 나쁜 놈!"

"그런데 어제저녁 10시에 선생께서 뤼팽이 모르고 있던, 그래서 여태껏 몇 주 동안 찾아 헤매던 정보를 준 겁니다. 덕분에 뤼팽이 밤중에 이 정보를 해독해내고 자기 일당을 모아서 성을 턴 거지요. 나 역시 그만큼 빠른 시간 안에 이 문제를 해결할 수 있을 것 같군요."

숌즈는 깊이 생각하며 방 이쪽저쪽을 걸어다니더니 길쭉한 다리를 꼬고 앉아서 눈을 감았다.

드반은 다소 당황한 채 기다렸다.

'자는 건가, 아니면 생각하는 건가?'

드반은 나가서 몇 가지 지시를 내렸다. 다시 거실로 돌아오니 숌즈는 회랑 계단 아래쪽에 무릎을 꿇고 양탄자를 살펴보고 있었다.

"뭐가 있습니까?"

"보세요…. 여기… 촛농 자국…."

"아, 그렇군요…. 생긴 지 얼마 안 되었군요…."

"보시면 계단 위쪽에도 있고 아르센 뤼팽이 연 진열장 주변에도 더 있습니다. 진열장을 열어 물건을 빼갔다가 여기 있는 이 안락의자에 놓았지요."

"그렇다면 어떤 결론이 납니까?"

"아니, 결론은 안 납니다. 단, 이 사실이 뤼팽이 물건을 되돌려 준 정황을 설명하는 단서임은 틀림없지요. 하지만 이 부분까지 신경 쓸 시간은 없겠군요. 중요한 건 지하 통로가 어디로 나 있느냐는 거지요."

"그럼 선생께서는 여전히 찾길 바라고…."

"바라는 게 아닙니다. 알고 있지요. 성에서 대략 200미터에서 300미터 되는 지점에 예배당이 하나 있지요?"

"예, 거의 허물어져가는 예배당으로 롤롱 후작 무덤이 그곳에 있습니다."

"운전사한테 그 예배당 옆에서 우리를 기다려달라고 해주십시오."

"운전사는 아직 돌아오지 않았어요…. 오면 제게 알려올 텐데요…. 그런데 지금 말씀하시는 걸로 보아 지하 통로가 예배당으로 나 있다고 보시는 모양입니다. 무슨 근거로…."

헐록 숌즈가 드반의 말에 아랑곳하지 않고 말했다.

"선생, 사다리와 등불을 하나씩 구해주십시오."

"아! 사다리와 등불이 필요하십니까?"

"물론이지요. 필요하니 달라는 게 아닙니까."

어리둥절했으나 드반은 하인을 불러 두 물건을 가져오게 했다.

뒤이어 군대 명령처럼 엄격하고 정확한 지시가 연이어 떨어졌다.

"이 사다리를 서가의 티베르메닐THIBERMESNIL 글자 왼쪽에 대어 놓으십시오."

드반이 사다리를 세워놓자 숌즈는 계속 말했다.

"좀 더 왼쪽으로… 오른쪽으로… 그만! 이제 올라가 보십시오…. 좋습니다…. 글자가 전부 양각으로 새겨져 있습니까?"

"그렇습니다."

"그러면 H를 봅시다. H가 어느 한쪽으로 돌아가지 않습니까?"

H를 잡고 시키는 대로 한 드반은 탄성을 질렀다.

"정말 그렇군요! 오른쪽으로 약 90도 정도 돌아가는군요! 누가 이걸 알려주었는지요…?"

대답은 않고 헐록 숌즈는 계속 말했다.

"그러면 지금 계시는 곳에서 R에 손이 닿습니까? 예…. 그걸 몇 번 흔들어보세요. 빗장을 닫았다 열었다 하는 것처럼 말입니다."

드반은 R을 흔들었다. 놀랍게도 안쪽에서 무엇인가가 달칵하고 풀리는 소리가 났다.

헐록 숌즈가 말했다.

"좋아요. 그럼 이제 사다리를 다른 쪽 끝으로 옮겨서, 그러니까 티베르메닐 단어 끝부분으로 말이지요…. 좋아요…. 이제 내 생각대로 일이 순조롭게 진행된다면 L이 쪽문처럼 열릴 겁니다."

드반은 엄숙한 태도로 L을 붙들었다. L이 열리면서 드반은 그만 바닥으로 사정없이 떨어지고 말았다. 티베르메닐 첫 번째 글자와 마지막 글자 사이에 놓인 책꽂이 전체가 제자리에서 회전해 지하 통로 입구가 열렸기 때문이다.

헐록 숌즈가 침착하게 물었다.

"다치진 않으셨습니까?"

드반이 몸을 일으키며 말했다.

"아니, 아닙니다. 다친 건 아니지만 솔직히 말해 정신이 하나도 없습니다…. 그 움직이는 글자들이며… 이 지하 입구며…."

"그래요? 모두 쉴리 재상이 쓴 그대로가 아닌가요?"

"세상에, 어떻게 말입니까?"

"당연하지 않습니까! H가 빙글 돌고 R이 떨리고 L이 펼쳐진다(프랑스어로 '도끼hache'와 'H', '공기air'와 'R', '날개aile'와 'L'은 각각 발음이 동일함 – 옮긴이)고 하지 않았나요? 바로 이 덕분에 앙리 4세가 탕카르빌 양을 그 야심한 시각에 불러들일 수 있었지요."

"그렇다면 루이 16세는요?" 어안이 벙벙해진 드반이 물었다.

"루이 16세는 대단히 솜씨 좋은 대장장이에 열쇠 기술자였습니다. 루이 16세가 쓴《문자 조합식 자물쇠 개론》을 읽은 적이 있지요. 티베르메닐 가문 입장에서 왕의 취향을 알고 이 놀라운 장치를 보여주어 호의를 사려고 했을 겁니다. 왕이 이를 기억해놓으려고 2-6-12, 즉 티베르메닐의 두 번째, 여섯 번째, 열두 번째 글자라고 적어놓은 것입니다."

"아! 대단하군요, 이제야 이해됩니다…. 그런데 말입니다…. 이제 이 방에서 어떻게 나가는지는 이해되는데 뤼팽이 어떻게 들어왔는지는 잘 모르겠군요. 보시다시피 그자는 밖에서 들어왔단 말입니다."

헐록 숌즈는 등불을 밝혀 들고 지하 통로로 몇 걸음 들어섰다.

"보십시오, 여기 있는 장치는 마치 괘종시계 태엽처럼 훤히 드러나 있고 글자가 거꾸로 달려 있지요. 뤼팽이 칸막이 이쪽에서 장치들을 똑같이 작동시키기만 하면 됐던 겁니다."

"증거가 있습니까?"

"증거라고요? 여기 기름이 고여 있는 걸 보십시오. 뤼팽은 장치에 기름칠을 해야 할 상황까지 예상했던 겁니다."

헐록 숌즈 말투에 감탄하는 기색이 비쳤다.

"그렇다면 그자는 이 길이 어디로 통하는지도 알고 있었나요?"

"내가 알고 있듯 그자도 알고 있었지요. 따라오십시오."

"지하 통로로요?"

"무서우십니까?"

"아닙니다, 하지만 길을 잃지 않을 자신이 있습니까?"

"눈을 감고도 훤히 보입니다."

먼저 열두 계단을, 그리도 또다시 열두 계단을 내려갔고, 그렇게 두 차례 계단을 내려갔다. 이윽고 긴 통로를 따라갔는데 벽돌로 된 벽에는 여러 차례 보수된 흔적이 있었으며 여기저기 물기가 배어 있었다. 땅바닥은 축축했다.

"지금은 성 밖의 호수 아래를 지나고 있군요." 드반은 불안해하며 말했다.

통로 끝에 열두 개의 계단이 나왔고 이러한 계단을 세 차례나 힘겹게 올라갔다. 마침내 바위를 깎아 만든 빈 곳에 이르렀다. 더 이상 길은 없었다.

헐록 숌즈가 투덜거렸다.

"빌어먹을. 아무것도 없는 빈 벽이로군. 이거 곤란하게 되어가는걸."

드반이 우물거렸다.

"되돌아가면 어떻겠습니까. 더 이상 알 필요는 없으니까요. 이제 진상을 다 알겠습니다."

이때 숌즈가 고개를 들어 위를 바라보더니 안도하듯 한숨을 내쉬었다. 머리 위에 입구와 똑같은 장치가 달려 있었다. 세 글자를 조작하니 화강암 덩어리가 통째로 회전했다.

출구 바깥에 '티베르메닐THIBERMESNIL'의 열두 글자가 새겨진 롤롱 후작의 묘석이 서 있었다. 나와 보니 숌즈가 말한 대로 무너져가는 작은 예배당 안이었다.

"신에게 이르리. 즉 예배당에 도착한다는 말이었지요."

인용구의 마지막 부분을 전하며 숌즈가 말했다.

헐록 숌즈의 통찰력과 민첩한 두뇌 회전에 놀란 드반이 탄성을 질렀다.

"그게 가능합니까. 아니, 그 간단한 단서만으로 찾아내신 겁니까?"

숌즈가 말했다.

"글쎄요! 사실 그마저도 필요 없었습니다. 국립 도서관 도판을 보면 아시다시피 통로 왼쪽은 원형에 도달해 있고, 아마 모르시겠지만 오른쪽은 작은 십자가로 된 부분에 닿아 있습니다. 이 부분은 워낙 흐릿해서 돋보기를 대야 보이거든요. 그 십자가가 바로 우리가 있는 이 예배당을 뜻하는 게 분명하지요."

가련한 드반은 자기 귀를 의심했다.

"믿을 수 없군요. 놀랍습니다. 정말, 애들이라도 알아냈을 만큼 쉽군요! 어째서 아무도 그 비밀을 알아내지 못했을까요?"

"필요한 서너 가지 단서를 아무도 모으지 못했기 때문입니다. 바로 책 두 권과 인용문 말입니다… 아르센 뤼팽과 나를 제외하고요."

드반이 반박했다.

"하지만 저도 그렇고 젤리스 신부 역시… 모두 선생만큼 알고 있었는데…."

숌즈가 미소 지었다.

"드반 씨, 모든 사람이 수수께끼를 푸는 재주를 가진 건 아닙니다."

"아, 10년이나 찾아 헤맸는데. 선생은 10분 만에…."

"뭐, 항상 하는 일이다 보니…."

두 사람은 예배당을 나왔다. 그 순간 숌즈가 소리쳤다.

"보세요, 자동차가 대기하고 있군요!"

"아, 저건 내 자동차인데!"

"선생 차라고요? 운전사가 아직 돌아오지 않았다고 하셨잖아요."

"예, 맞습니다…. 대체 무슨 영문인지…."

둘은 자동차로 다가갔고 드반이 운전사에게 물었다.

"에두아르, 대체 누가 자네한테 여기 와 있으라고 시켰나?"

"벨몽 씨였어요."

"벨몽? 그래, 그자를 본 건가?"

"역 근처에서요. 예배당으로 가라고 이르더군요."

"예배당으로 가라고 했다고! 아니, 왜?"

"선생님과… 선생님 친구분을 기다리라고…."

드반과 헐록 숌즈는 서로 바라보았다. 드반이 입을 열었다.

"선생이 이 문제를 애들 장난 정도로 풀 거란 사실을 알았던 거예요. 이런 식으로 존경을 표하는 모양이군요."

숌즈의 얇은 입술에 만족스러운 미소가 번졌다. 존경을 표하는 방법이 마음에 든 모양이다. 숌즈는 고개를 끄덕이며 말했다.

"대단한 인물입니다. 사실 마주쳤을 때 딱 알아봤지요."

"그래, 만나셨단 말씀입니까?"

"아까 마주쳤지요."

"그때 그자가 오라스 벨몽, 그러니까 아르센 뤼팽이라는 걸 바로 알아보셨습니까?"

"아니요, 하지만 금방 눈치챘습니다…. 그자가 슬쩍 비꼬는 말을 하는 바람에."

"그럼 도망치게 내버려 두신 건가요?"

"뭐, 그렇게 됐습니다…. 상황이 참 좋긴 했지요…. 군경 다섯 명이 지나가고 있었으니."

"뭐라고요! 절호의 기회였을 텐데…."

이 말에 숌즈는 도도하게 말했다.

"그랬습니다. 하지만 아르센 뤼팽 같은 적수를 상대할 때 헐록 숌즈는 주어진 기회를 이용하지 않습니다…. 기회를 만들어 내지요…."

하지만 이럴 시간이 없다. 뤼팽이 기왕 차를 보내주었으니 이용하는 수밖에. 드반과 헐록 숌즈는 편안한 리무진 뒷좌석에 올라탔다. 에두아르가 시동 핸들을 돌렸고 이내 차가 출발했다. 들판이며 나무들을 지나쳐갔다. 그들 앞에 코 지방 풍경이 부드럽게 펼쳐졌다. 문득 휴대품 보관함에 들어 있는 작은 소포가 드반의 눈에 띄었다.

"어, 이게 뭐지? 소포라! 누구한테 온 거야? 아, 탐정님 앞으로 온 소포군요."

"내 앞으로요?"

"여기 보십시오. '헐록 숌즈 선생께, 아르센 뤼팽 드림'이라고 적혀 있지 않습니까."

숌즈는 소포 끈을 풀고 포장지 두 장을 벗겨냈다. 회중시계였다.

"이런!" 숌즈는 분노에 찬 몸짓을 보였다….

"회중시계로군요. 혹시…?"

드반이 묻는 말에 숌즈는 답하지 않았다.

"아니, 탐정님의 시계로군요! 아르센 뤼팽이 되돌려 보낸 거라고요! 되돌려 주었다는 건 일단 가져갔단 말인데…. 탐정님의 시계를 가져가다니요! 아, 정말 이런 유쾌한 농담도 없습니다. 아르센 뤼팽이 헐록 숌즈의 시계를 훔쳐가다니! 세상에, 이렇게 재밌는 일이! 아니, 이런… 죄송합니다…. 너무 웃겨서 그만."

실컷 웃고 나서 드반은 확신에 찬 목소리로 단언했다.

"오! 정말 대단한 자가 맞군요."

숌즈는 눈 하나 꿈쩍하지 않았다. 디에프에 도착할 때까지 입을 꾹 다문 채 획획 지나가는 지평선만 뚫어지게 바라보았다. 펄펄 날뛰고 화내는 것보다 더 무시무시하고 헤아릴 수 없는 거친 침묵이랄까. 선착장에 이르자 분노를 가라앉힌 숌즈는 확고하고 결연함이 담긴 어조로 몇 마디를 던졌다.

"그래요, 대단한 인물입니다. 그래서 지금 선생께 내미는 이 손을 그자의 어깨에 얹을 날이 반드시 오길 바랍니다. 드반 씨, 아르센 뤼팽과 헐록 숌즈가 조만간 다시 만나리라는 생각이 드는군요…. 그래요, 세상이 하도 좁아서 우리 두 사람이 만나지 않을 수 없겠습니다…. 그리고 그날이 오면…."